# 西游记的无字真经

刘丙意◎著

人民东方出版传媒
People's Oriental Publishing & Media
東方出版社
The Oriental Press

图书在版编目（CIP）数据

《西游记》的无字真经 / 刘丙意 著 . — 北京：东方出版社，2024.9
ISBN 978-7-5207-3959-7

Ⅰ.①西… Ⅱ.①刘… Ⅲ.①《西游记》研究 Ⅳ.① I207.414

中国国家版本馆 CIP 数据核字（2024）第 098539 号

《西游记》的无字真经
（XIYOUJI DE WUZI ZHENGJING）

作　　者：刘丙意
责任编辑：张永俊
责任审校：金学勇
出　　版：东方出版社
发　　行：人民东方出版传媒有限公司
地　　址：北京市东城区朝阳门内大街 166 号
邮　　编：100010
印　　刷：小森印刷（北京）有限公司
版　　次：2024 年 9 月第 1 版
印　　次：2024 年 9 月第 1 次印刷
开　　本：660 毫米 ×960 毫米　1/16
印　　张：16
字　　数：169 千字
书　　号：ISBN 978-7-5207-3959-7
定　　价：49.00 元
发行电话：（010）85924663　85924644　85924641

# 目录

# 引 言

## 一

在中国古典小说中，如果要问哪部作品蕴含哲理、寓意隽永、结构精妙、幽默风趣，那么答案定然是众说纷纭。但要问哪部作品的艺术风格独特——熔象征、解构、寓言、“大写意”等艺术手法于一炉；对前人形成了多方位超越，使后人难望其项背、叹为观止；不论你喜爱阳春白雪还是下里巴人，都能够乐在其中、各有所获，那么答案就比较清晰了。诞生于四个多世纪前的《西游记》正是这样一部风格独特、气势恢宏、精妙绝伦、雅俗共享的奇书伟著！

读罢《西游记》，谁人不被孙大圣那敢教日月换新天的英雄气概所折服？谁人不为唐僧大慈大悲的情怀、舍身求法的精神而赞佩？又有谁能不为猪八戒的憨拙与谐谑而捧腹？甚至有时你还不得不为妖魔的勇气、神通、智谋点个赞！

但感慨之余，我们又不能不为《西游记》的层层迷雾感到困扰和疑惑。比如：《西游记》的开篇为什么要从天地的形成、宇宙的起始来写？作者为什么冒天下之大不韪，把历史上一位民族脊梁式的人物玄奘，刻画成一个窝窝囊囊、哭哭啼啼、不招人待见的模样？孙悟空为什么是降生于石头中而不是生物中？孙悟空为什么跳不出如来佛的手掌心？五行山为什么又改名叫两界山？为什么小说中很多妖魔的结局并不是被铲除？唐僧取经为什么必须是九九八十一难，少一难都不成？紧箍咒仅仅是唐僧约束孙悟空的一个工具吗？……只有解开了这些谜团才可算读通了《西游记》，读懂了书中提到的那部“无字真经”，而这也正是本书所要探究的。

## 二

《西游记》主要是围绕唐僧取经的故事来展开，作为一部艺术作品，它与历史上真实的唐僧取经故事有着天壤之别。首先，取经者的初衷与动机就很不一样。历史上的唐僧是以偷渡者的身份，为了获取佛学的真谛，自觉自愿、不畏艰难去印度取经的；而《西游记》中的唐僧是奉唐王的旨意，为了大唐的江山社稷去西游求法的。其次，历史上的唐僧取回了经书，完成了行前计划；小说中的唐僧，取回的经书却是残缺不全的。其实小说作者不过是借历史上唐僧取经这样一个外在形式，来孕育自己的思想内涵及哲理洞见，同时寄托自己独树一帜、不同凡响的艺术追求。

小说第八回中描述：佛祖如来认为南赡部洲者，贪淫乐祸、多杀多争，正所谓口舌凶场，是非恶海。便决定把手中的三藏真经传与东土以劝人为善，并指派观音菩萨寻找取经人，且有言在先：教取经人“苦历千山、询经万水”方可到我处求取真经。

扼要地说，小说从第十三回起，取经人唐僧为了大唐的江山永固，去取那能超亡者升天、能度难人脱苦、能修无量寿身、能作无来无去的三藏真经，由此踏上了艰苦卓绝的十万八千里“长征”。那么作者在构筑一个神秘、辉煌的目标，来让取经人追求的同时，也自然激发出了读者们强烈的好奇心与深深的期待——三藏真经真的有那么神奇吗？一定要仔细品读、耐心赏阅以求得答案。但是通过接下来对文本的探析、研读，我们发现在作者天马行空的奇思妙想之下，在千回百转、跌宕起伏的故事寓意中，却是在不停地解构、不断地消解取经人所向往和盼取的那部被佛祖和观音吹嘘得神乎其神、无所不能的三藏真经。那么作者这么写的用意何在？又是用什么样的艺术手法和故事演绎，来一味地接连不断地解构呢？让我们先从小说中关于佛界的故事说起吧。

# 第一章

# 佛界的市侩气

## 一　同门相忌

《西游记》对普通的僧侣着墨不多，成章够回的场景大约只有两三处。就是在这少许的描述中，作者用简练、生动的笔触，清晰地表达了对僧人的印象与看法。

第十六回的故事里，有一名在观音禅院里修行了二百五六十年的老僧，这家伙应该算是佛教界的收藏家，袈裟珍藏了七百多件，但当他看见唐僧的宝贝袈裟时，居然爱不释手，忍不住号啕痛哭，且心生歹意要占为己有。那种见钱眼开、见利忘义的贪婪丑态，让人感叹：就是巴尔扎克笔下的葛朗台再生、莫里哀剧中人阿拉贡再世也莫过如此。而这名老僧为占有袈裟所采用的手段之狠之毒，不要说是佛门中人，就是一般江湖强盗也未必做得出——把唐僧师徒活活烧死！要知道，僧人的第一戒就是“不杀生”，不但人不能杀，就连牲畜蚁虫也不能杀。而这老僧全无禁忌，似海盗般杀人越货。

面对这样一个心狠手毒的老僧，孙悟空显露出他疾恶如仇的本性，毫不手软将计就计，借广目天王的避火罩，把唐僧罩住以免烧伤，然后使出呼风的手段助火势愈燃愈猛，寺院近乎烧成了废墟。

虽然老僧的阴谋未能得逞，且落得个自掘坟墓的下场，可作为读者难免产生疑虑——一个吃斋念佛、修行二百余年的老僧，修来修去怎么修成这副德性？而一个普通人的生命也就七八十岁，论起修行来远不如那老僧的时间长，那又会修成什么样子呢？真是不可想象啊！

第三十六回，唐僧师徒四人来到敕建宝林寺，打算告借一宿。宝林寺的僧官，对待传达室值班的、敲钟打鼓的、打杂的那些道人，如同老爷对待下人一样颐指气使、呼来唤去，主人的派头十足。而且这僧官还是个势利眼，只愿接待士大夫这种有点身份的人，至于对唐僧之类的游僧，态度冷淡不说，而且出口伤人：直接叫唐僧到寺院的前廊蹲着去。搞得窝窝囊囊的唐僧心中那叫一个憋屈。

此时又是孙大圣替师父出头，一棍将方丈门前的石狮子打得粉碎。吓得僧官骨软筋麻，慌忙往床底下钻。大圣言道："快去把院里所有的和尚点得齐齐整整，接进我那唐朝的师父来，就不打你了！"再听僧官："爷爷，若是不打，便抬也抬进来。"

作者刻画的这个没有任何同门情谊、欺软怕硬、内心猥琐、一身市侩习气的僧官，实是对佛家的讽刺、戏谑。

《西游记》的形式毕竟是神话小说，自然作者的浓墨重彩是用来描述神仙、妖魔的世界，而妖魔往往就围绕在神仙的身边。

## 二　佛神的身边

《西游记》中对妖魔的描写，一个最大特点就是，越是有“社会背景”的妖魔，他的神通、手段也往往越厉害，而且常常只是被收伏，并不遂读者或孙悟空的愿——彻底铲除邪魔。这既是对作者生活的年代、黑暗现实的一种映照，也是作者对邪恶的一种哲理认知（这一点后面的章节将会谈到）。

首先让我们来看看第一个要吃唐僧肉的妖怪——黄风怪（第二十回至二十一回的故事）。此怪的道行和功夫十分了得，与孙悟空大战三十回合不分胜负，最后这怪使出看家本领，吹一口三昧神风，把个孙大圣的火眼金睛吹得是眼珠酸痛、流泪不止，大圣只得颇显狼狈地去寻找眼科医生。

最终降伏黄风怪的还是孙悟空请来的灵吉菩萨。原来这怪是灵山脚下一只得道的黄毛貂鼠，来到此地成妖作怪。

令人不解的是，你如来佛祖就住在灵山，怎么一只貂鼠在你的熏陶、教化下变得如此不仁？你又何以去劝善东土百姓、感化芸芸众生？

第三十七回至三十九回的故事，讲述的是乌鸡国的国王托梦给唐僧——三年前一个道人把国王推入井中，然后变成国王的模样，冒充国王治理国家。

唐僧师徒决定为国王冤魂昭雪，除掉假国王。眼看假国王就要被孙悟空打杀，这时文殊菩萨出现，劝阻住了孙悟空。原来这假国王是文殊菩萨的坐骑——青毛狮子。

当初这乌鸡国国王好善斋僧，如来便派文殊菩萨度他归西，早证金身罗汉。菩萨变作凡僧，问他化些斋供，顺便难为了他几句。没想到这国王气量狭小，一生气命人把文殊菩萨捆了，扔进御水河中泡了三天三夜。如来佛祖知道了此事，煞是郁闷，便指使青毛狮子寻机为自己的部下报仇。用文殊菩萨的话说这叫“一饮一啄，莫非前定”。其实说白了就是：你打我一拳，我还你一脚。你掐我脖子，我拧你鼻子。这哪里是什么普度众生、超凡入圣的佛祖，整个一锱铢必较的凡夫俗子。

有必要指出的是，青毛狮子是以道人的面目行凶作恶的，这让“道上的人”怎么想？而佛教与道教在历史上的积怨并不少，在封建统治者的面前曾多次展开“辩论大赛”相互贬抑。如此一来，恐怕你佛祖难脱陷害道教的干系！

那么作者是不是在寓意佛家的轮回报业说呢？回答是否定的。道理很简单，如果张三致使李四破了产，而李四亲自或者支使他人烧了张三的房子，这不能叫轮回报业，只能叫“轮回报仇”。

小说第四十七回至四十九回，叙述了灵感大王霸占了老鼋的水鼋之第，在此地开始兴风作浪、为非作歹。这妖魔每年要搞一次祭赛，叫陈家庄百姓供献出童男童女各一名，他一顿吃了，可保村民风调雨顺，若不祭赛便降祸生灾，贻害乡民。

灵感大王的陆地作战水平远不及孙悟空，所以他把唐僧掳入通天河之后死活不出来。而曾在天河中率领八万水军的天蓬元帅与当过流沙河霸主的沙僧，二人同时对战灵感大王竟然不能取胜。而在水中打斗则是孙悟空的软肋，他要一边捻避水诀一边战斗，实力自然大打折扣。万般无奈，孙悟空只好去请观音菩萨。

原来这样一个邪毒侵心的妖怪，偏偏是慈悲至极的观音菩萨莲花池里养大的一条金鱼，这怪每日浮头听经，修成手段，却干起了与诵经者意愿相悖的恶劣行径。作者以文学作品常用的反差式对照描述，极大增加了对佛教的嘲讽意味。

观音菩萨胯下的坐骑——金毛犼也同样是个无恶不作的主儿。他威逼朱紫国的国王交出金圣宫，也就是正宫娘娘，给他做压寨夫人。不然就吃了国王再吃众臣，将满城黎民，尽皆吃绝。国王迫不得已交出了金圣宫，由此患上了一种——用孙悟空的话说叫双鸟失群之症。

此怪自称赛太岁，赛太岁不仅强夺了金圣宫，而且还要朱紫国年年送两个宫女——名义上是侍候娘娘，实际上是供他改善伙食，至于是烤着吃还是涮着吃，只能由着他怎么高兴了。这怪之所以能肆虐无忌、霸道横行，全凭着他手中握有威力巨大的三个紫金铃——分别可以喷火、喷沙、喷烟。孙悟空拿他也没什么办法，只得用计偷了他的铃铛，以其人之道，还治其人之身。正当赛太岁被烈火围困，性命难保时，又是观音菩萨及时现身，洒下几滴甘露，浓烟烈火顿时消散，救了赛太岁一命。

观音向孙悟空解释说：国王当太子时，极好射猎，结果射伤了西方佛母孔雀大明王菩萨所生的二子（雌雄两个雀雏）。佛母吩咐要叫这国王“拆凤三年，身耽啾疾”，也就是为了惩罚国王，要把他和皇后拆开三年，让他饱尝失侣之痛。当年观音胯下这坐骑，一同听到了佛母的言语。不承想，坐骑金毛犼把此事记在了心上，趁观音不备咬断了绳索，快快乐乐去为佛母寻仇。在观音身边吃素吃得脸都绿了，这一下凡可算见着荤腥了——吃宫女，心里能不乐吗！问题是这类名誉上为公（佛母），实际上为己的下属多了，不把社会搞乱才怪呢。

第六十五回和第六十六回，描述的妖王叫黄眉大王，这家伙的本事忒大——与孙悟空单打独斗丝毫也不落下风。再加上这厮还有个如意布口袋——搭包儿，也称“人种袋”，只要这厮跟谁打得不耐烦了，就把他的搭包儿向空中一抛，任你是何处的神仙、哪路的天将，尽被他的口袋囫囵地收去。正由于他本事太大，就犯了本事大的人的通病——自我膨胀。

黄眉大王不满足于做个山大王，过有吃有喝、优哉游哉的幸福生活。他要打死唐僧师徒，去如来处取经，果证中华，获一个万古流芳的好名声。真正的邪恶之徒就是这样——他们从来不会靠实力，“光明正大”地去争夺天下“第一邪”这把交椅，反而要不择手段、不遗余力地把和他们不搭边的“正与善”的椅子，拼命塞进自己屁股底下。这倒也证明了世界上的“正与善”自有它不可磨灭、生生不息的力量！

黄眉大王的主人就是尽人皆知、笑口常开的弥勒佛，他不过是弥勒佛手下一个敲磬的小童。弥勒佛虽然收伏了此妖，但不知他看到自己手下的斑斑劣迹、累累恶行之后还能否笑得出来？

第七十四回至七十七回叙述的故事，非常精彩，极富戏剧性。大魔二魔住在狮驼岭的狮驼洞，三魔则居住在离狮驼岭四百里地的狮驼城。大魔二魔本与三魔各自为王，互不相干，但自从探知唐僧师徒要打此路过，他们便联手精心准备，非要吃到唐僧肉不可。

这里不妨先简单介绍几句这个大魔：这大魔与孙悟空有一个共同点，就是“胆大包天”，都不把玉皇大帝放在眼里。有一年王母娘娘设蟠桃大会，不曾邀请大魔，大魔便欲与玉皇大帝争天，玉帝派遣十万天兵来降伏大魔，大魔使出变化把嘴张开，似城门般大小，唬得十万天兵无一人敢应战，只好紧闭南天门装作什么事也没发生。这不由得让人想起孙悟空大闹天宫时的情景！

第一战就是大魔与孙悟空之间的较量，这大魔又使出撒手锏，张开血盆大口，不对，只能说是“血城大口”了。孙悟空此前已经从名叫小钻风的小妖那儿打探到大魔的这个绝技，所以并不慌张，收起金箍棒顺势钻入大魔的肚中，这魔不知好歹居然还想用药酒药杀大圣，没料到大圣喝了酒之后，在他肚里撒开了酒疯——踢飞脚、竖蜻蜓、抓住肝花打秋千……一通折腾，直到大魔跪地求饶，答应送唐僧师徒过山，孙悟空方才同意从他肚里出来。这时狡猾的三魔对大魔窃语：等孙悟空从嘴中出来时一口咬死他！大圣将计就计先把金箍棒捅出来，大魔一口咬下，顿时门牙迸碎。

二魔对孙悟空并不服气——以为孙大圣在大魔肚子里耍能耐不算本事。他不情愿就这么叫唐僧师徒走了，所以他要面对面地与孙悟空大干一场。

孙悟空让猪八戒率先出战，结果八戒被二魔的象鼻子一下子卷走。等到与大圣开战时，二魔故技重演，大圣汲取八戒的教训，把胳膊伸直让他只卷着腰身。此刻八戒给大圣出了个好主意——用金箍棒杵他鼻子眼儿。杵得二魔鼻孔酸痛，只得放开象鼻，大圣趁机拽住他的鼻子将其擒获。

大魔二魔战败，决定放唐僧师徒过去算了。狡诈的三魔仍不甘心，他要在送唐僧师徒走的路上施展诡计。八名妖兵在前开路，八名妖兵用大轿抬着唐僧，三个魔头扶着轿杠，一路上殷勤伺候，饿了献斋，渴了奉茶。快走到狮驼城时，大圣觉察不对，可为时已晚，三个魔头先下手为强——大魔对付八戒、二魔对付沙僧、三魔对付大圣。八个妖兵抬着唐僧就往三魔的地盘狮驼城中跑。八戒、沙僧敌不过大魔、二魔，无奈被擒。大圣一看情况不妙驾筋斗云要溜，但他不知三魔有极强的空中作战能力——大圣一个筋斗云是十万八千里，而三魔的大鹏展翅，扇一次翅九万里，扇两次便能超过大圣。三魔用利爪将其牢牢抓住，拿在手中。师徒四人全部被抓进狮驼城里，妖魔要把他们蒸食。

三魔大鹏金翅雕是小说《西游记》所有妖魔中最“足智多谋”的一个。孙悟空变作小钻风，混入狮驼洞就是被三魔敏锐识破的。前边说过给大魔出主意，等孙悟空从大魔口中出来时一口咬死的也是他，孙悟空识破了他的诡计不肯出来，继续待在大魔肚子里，他又采用“激将法”，给孙悟空戴高帽：你孙悟空是个大英雄、顶天立地的好汉，你赖在人家肚子里不出来，是“小辈”所为，很丢人的。孙悟空好面子也只好出来了。笔者在这里赘言一句：凡是被“激将法”击中的人，说明他的“厚黑学”没学到家。同样的事情掉个个儿，孙悟空给三魔用此“激将法”就未必好使。之后三魔表面上心甘情愿送走唐僧，其实是玩了个“障眼法”，吩咐抬轿小妖：我们把唐僧的徒弟缠住，你们几个抬唐僧快速跑进城中，要注意千万不能吓着唐僧，吓着唐僧他的肉就酸了，吃起来不过瘾了。这三魔算计唐僧真是算计到家了。这家伙的最后一招也是最有效的一招——“瞒天过海”。他把八戒绑在殿前柱子上，又把沙僧捆在殿后柱子上，唐僧则是被塞进一个铁柜里藏起来。之后到处散布消息说唐僧已被三个魔头生吃了，他算准了大圣逃走之后还会回来打探消息，并设法施救。结果不论是偷听小妖们聊天，还是问绑在柱子上的八戒、沙僧，他们全都异口同声：唐僧被生吃了。正是在这三魔一连串的阴谋打击下，孙悟空的心理防线被彻底击溃，人生中唯一一次认栽。他准备去灵山跟如来佛祖打个招呼，然后回老家花果山度假、找乐子去了。

最终如来率领文殊菩萨、普贤菩萨等，把三个魔头降伏。原来大魔是文殊菩萨的坐骑青毛狮子，二魔是普贤菩萨的胯下白象，三魔则是佛母的弟弟大鹏金翅雕，按辈分如来得叫他一声舅舅。

大魔青毛狮子大家应该不陌生，变成道人在乌鸡国作恶，损害道家名誉的就是他，与孙悟空有着相同经历——闹天宫的也是他。而天宫是道教的地盘儿，这里的最高长官是玉皇大帝。若从道教与佛教争斗的角度讲，青毛狮子无疑是如来佛祖手下一员最得力的干将，所以尽管他反复出来行恶，佛祖也舍不得杀他。

纵观整部小说，不论是如来还是观音，从他们身边跑入凡间的妖魔，没有一个是助人为乐、见义勇为做好事的，可以说个个都是罪不可赦、罪不容诛的。这就足以让人们做出判断：《西游记》对佛教的态度绝非褒扬，而是否定、贬抑的！

## 三 雷音寺中若凡间

《西游记》第九十八回中，唐僧师徒历经千难万险终于来到了佛门圣地——雷音寺。如来佛祖对唐僧师徒可以说是热诚欢迎、热情款待，并指示两位高徒阿傩和迦叶把经传与唐僧。

唐僧师徒满心欢喜地随两位高徒来到珍楼宝阁处取经，却被阿傩、迦叶索要财物，理由为：白手传经继世，后人当饿死矣！由于唐僧师徒身无分文，阿傩、迦叶便一脸的不高兴，于是不动声色地把一批无字的空本儿递到师徒手中。

当师徒四人发现取到的是无字经书时，慌忙返回雷音寺找如来讨要个说法。如来佛祖对此漫不经心地回答："他两个问你要人事之情，我已知矣。但只是经不可轻传，亦不可以空取。向时众比丘圣僧下山，曾将此经在舍卫国赵长者家与他诵了一遍，保他家生者安全，亡者超脱，只讨得他三斗三升'米粒黄金'回来。我还说他们忒卖贱了，教后代儿孙没钱使用。你如今空手来取，是以传了白本。"

对比一下如来和两位高徒的言辞、表现，让人觉得两位高徒不过是做小本生意的小商小贩，没赚到钱，耷拉着脸老大不高兴。而如来则像是驰骋商界多年的大忽悠，认为自己的经书乃无价之宝，你给多少钱也不多。而且还辩称：不是自己贪财，是为后代儿孙着想。

其实这个辩词根本就站不住脚。你想啊，孙悟空他们在取经途中，为人们消灾解难，有多少人愿意捐赠钱财，向他们表达感激？随便举两个例子：在乌鸡国孙悟空找来仙丹，使真国王起死回生，又把假国王打败，于是真国王心甘情愿跪在阶心说：请哪一位师父为君，我情愿领妻子去城外为民。唐僧一心只是要拜佛求经，坚决不受。又请孙悟空，面对称王为君的诱惑，孙悟空同样不为所动。师徒临行前那皇帝将镇国之宝、金银缎帛，献与师父酬恩。师徒们仍旧是分文未取。

在朱紫国，国王张贴了皇榜：若有精医药者，请登宝殿，疗理朕躬。稍得病愈，愿将社稷平分，决不虚示。孙悟空撕了皇榜，并且用大黄、巴豆、锅灰及马尿（唐僧的白马乃是西海飞龙）制作的药丸，把国王的病治好了。唐僧师徒要想挣钱，半壁江山值多少钱？话说回来，你佛祖比孙悟空的本领还高，若是走到凡间为黎民广众降妖除怪、消灾解难，多少钱财挣不来？还愁什么儿孙后代没钱使用？其实最根本的是佛门戒律本身就不允许出家僧人接受钱财，而像阿傩、迦叶那样主动向唐僧索要，在佛家戒律中则干脆被称为“盗”！

其实佛祖如来的大忽悠才能，展示的还不止这一次，他在寻找取经人的动员大会上就曾大言不惭地说：“我西牛贺洲者，不贪不杀，养气潜灵，虽无上真，人人固寿。但那南赡部洲者，贪淫乐祸，多杀多争，正所谓口舌凶场，是非恶海。”大家看，如来把自己居住的西牛贺洲描绘成安富尊容、和谐祥瑞的太平盛世。而把大唐地界说成蠹居棋处、一无是处。但当我们纵观唐僧师徒取经的全过程，惊奇地发现：取经途中遭遇的百分之九十以上的魑魅魍魉、妖魔鬼怪都出在佛祖所居的地盘——西牛贺洲。如此这般情景如来还好意思吹嘘说，我西牛贺洲者不贪不杀，养气潜灵。这不是大忽悠是什么？

在小说接近尾声的叙述中，作者把灵山圣境描述得与世俗无异，拜金主义盛行，见不着一点圣洁、净土之地的影子。如此直接地把佛祖拉下神坛、没入俗世的描写，无疑是对佛界的否定与不耻。同时也在暗表所谓的“三藏真经”，恐怕并无甚高论。

那么如来佛祖本人对三藏真经是如何介绍和评价的呢？如来对唐僧说：“此经功德，不可称量。虽为我门之龟鉴，实乃三教之源流。……内有成仙了道之奥妙，有发明万化之奇方也。”这就清楚地告诉了人们“三藏真经”融合、汲取了佛、道、儒三家的思想精华，是一部三教合一的书了。

前面我们已经就作者对佛家的态度、看法分析过了，而作者对道家和儒家的描叙，又会采取一个怎样的姿态，与对佛家的解构立场是否相同？让我们进入下一章：道教天地。

# 第二章 道教天地

## 一　玉皇大帝

说到道教当然就不能不说玉皇大帝，因为他是道教的最高统帅，天、地、人三界统归他管辖，是一个权力无边的大人物。但就是这样一个大人物，在整部《西游记》中却根本看不出他有怎样的神通、法术。似乎他能爬到这样一个位高权重的显赫位置，完全是靠修行的年头多，说白了就是熬上来的。让我们看看佛祖如来在收伏孙悟空时的对话，就能明白这一点。如来问："你为何如此横暴？"孙悟空答："灵霄宝殿非他久，强者为尊该让我。"由于如来也不知道玉皇大帝有什么比孙悟空强的地儿，只得说："他自幼修持，苦历过一千七百五十劫，每劫十二万九千六百年，方能享受此无极大道。"意思是说人家熬了二亿二千六百八十万年才熬到这个位置，很不容易。我们不跟你比能耐大小，要比就比谁熬的年头长。

由于玉皇大帝不具备担此大任的"文韬武略"，以致他的外甥二郎神也看不起他。首先二郎神根本不认玉皇大帝这门亲，其次他是

“听调不听宣”。古今中外没听说过谁有个亲戚当皇帝，他拒认的，反过来为认皇亲打破头的倒不少。小说里介绍二郎神是因为心高气傲不认天家眷。心高气傲是因为他法力超强，能亲自把孙悟空擒获，如果你玉帝像佛祖一样神通广大，摆平孙悟空乃是小菜一碟，他二郎神还敢在你面前心高又气傲吗？他凭什么？

最可气的是二郎神听调不听宣。噢，我直接宣你：去，把孙悟空灭了！你只当耳旁风。我非得学臣子的样子调你：去捉拿孙猴！你这才痛痛快快去执行。你说这不成心斗气吗？“宣”乃是皇帝独享的威仪、特有的权力。可你偏不让我享受，非叫我跟手下官员一样，有事称“调”，你心里就舒服了。大家想想——玉帝听到二郎神这个名字心里能不郁闷、能不堵得慌吗？二郎神如此蔑视皇权、藐视陛下，观音菩萨却单单要举荐他来替玉帝摆平孙悟空，其用心难免不令人生疑。不说别的，你观音自己出手，解下坐骑金毛犼项下的三个紫金铃来对付孙悟空，肯定就够孙悟空喝一壶的。可以说观音之所以要举荐二郎神是有意给玉帝添堵、寒碜道界领袖。

对此，太上老君自然是心知肚明，所以他在取出金钢琢准备助二郎神一臂之力时，也借机恶心了一下观音菩萨。太上老君是这么说的：“当年过函关，化胡为佛，甚是亏它。”每个佛教徒听到“化胡为佛”这个典故都气不打一处来，因为这是道教人士为贬低佛教，编造出来的故事，意思是说老子也就是太上老君是你佛教的祖师爷。在历史上，关于“化胡为佛”的说法，佛、道两教之间曾争斗得不可开交、不亦乐乎，但不管怎么说，太上老君在这里总算给仙人们挽回了一点颜面。

既然玉皇大帝没有什么过人的法术和神通，那他是不是有着高超的管理才能或过人的治国理念，比如道家所鼓吹的“无为而治”等等，来证明自己是个当之无愧的统治者，从而赢得仙界众神的拥护呢？从小说中玉帝的表现来看，似乎也很难得出这样的结论。

猪八戒、沙僧都是被玉皇大帝贬入尘间的。猪八戒曾是天河里的天蓬元帅，是玉皇大帝的直属近臣武将，领神兵三十六万众，权力很大。猪八戒倒霉就倒霉在蟠桃大会上，他喝得醉醺醺地闯入广寒宫，调戏了仙女嫦娥，按罪当斩。但在太白金星的求情下，玉帝只打了他两千锤出出气，发落到尘间了事，从此猪八戒占据福陵山，靠吃人度日。玉帝算是解了气了，可福陵山百姓却倒了大霉，是死是活只得听天由命，没有丝毫保障了。自己解气，却让无辜的人倒霉，这能说你玉帝是个合格的皇帝?

沙僧有个好听的名号——卷帘大将，职责是在灵霄殿下侍銮舆，也就是一个在玉帝身边忙前跑后的角色。他在蟠桃大会上这一忙乎不要紧，一不留神，失手把玉帝家的玻璃盏摔碎了。玉帝龙颜震怒，打了他八百下不说，将他贬下界之后还要每七日用飞剑射胸百余下。七天就要尝一次“万箭穿心”的滋味，这生不如死的煎熬，使他的脸色异常晦暗，难怪小说中谁见到沙僧都说他长着一张晦气脸。按说沙僧打碎一个杯子比起猪八戒调戏仙女，罪过应当小得多，但沙僧受到的惩罚却远大于猪八戒，这只能说明玉帝陟罚臧否毫无准则，凭一己之喜好，滥施淫威，无公平公正可言。

沙僧被贬到流沙河之后吃人无数，仅打此路过的取经人他就吃了九个，沙僧的这些罪孽，你玉帝也要承担一定的责任。

按说玉帝应对猪八戒、沙僧在凡间吃人承担一定的责任，可问题是玉帝像历史上的昏君、暴君一样，压根不把老百姓的死活当回事，换句话说担不担责任他根本就不在乎，小说第八十七回的故事就说明了这一点。

唐僧师徒来到凤仙郡，只见眼前是一幅满目疮痍、哀鸿遍野的景象。原来凤仙郡已连续三年滴雨未下，不下雨的原因是三年前的一天，郡侯无意中得罪了玉皇大帝。那一天玉帝在灵霄宝殿待烦了，想到下界溜达溜达，巡视一下。怎么那么巧，正好看见郡侯夫妇吵架，恶言相向。郡侯一气之下掀翻了供桌，斋馔撒了一地。于是郡侯叫家里的宠物狗过来，把供品吃了。玉皇大帝见了这一幕怒火中烧，回转天界便立下三事：一、立一座约十丈高的米山，让一只拳头大小的鸡来啄食。二、立一座约二十丈高的面山，叫一只金毛哈巴狗来舔食。三、立个铁架，上边挂一把大金锁，锁梃有手指粗细，下方搁一盏油灯。直到鸡把米山吃完、狗把面山舔净、灯焰把锁梃烧断，凤仙郡方可下雨。要不是唐僧体贴饥民，指使孙悟空“上天入地”来回奔忙——为民解灾，恐怕凤仙郡十年也下不了一场雨。

俗话说冤有头、债有主，郡侯得罪了上天，理应严惩他本人，但玉帝却采取了一个“立三事”的法子，使凤仙郡无辜的黎民百姓深受其害，“三停饿死二停人，一停还似风中烛”，卖儿卖女的现象也在不断地发生。如此一来，你玉皇大帝的罪过岂不远远大于凤仙郡郡侯！

在《西游记》中，玉皇大帝被描绘成道教的最高统帅，其实在真正的道教系统中，三清的地位才是最高的。而太上老君——老子就是三清之一，老子的《道德经》更是被奉为道教典籍中的最高经典、开山之作。关于什么样的统治者才是治理国家的高明者，老子是这么评说的：“太上，不知有之；其次，亲而誉之；其次，畏之；

其次，侮之。”（《道德经》第十七章）老子说得很清楚：最好的统治者，人们不知、感觉不到他的存在；稍差一点的，他的部下或可以接触到他的人，对他是亲近的，而群众对他是赞扬的；再差些的，王公贵族包括老百姓都畏惧他；最差的，人们根本就看不起他、贬辱他。这后两条玉皇大帝全占了，也就是说用道家的标准来衡量他，他也是个很不称职的统治者！

《西游记》的作者在小说比较靠前的部分就把道教的最高领导人置于昏庸无能、狼狈不堪的境地。如果我们把玉帝与佛界的“高层领导”进行对比，那么玉帝愚钝、昏聩的特性就愈发凸显，从中也可以发现小说作者鲜明的态度——对道教的鞭挞是远多于对佛教的。

虽然前面一章，我们已经说明了小说作者对佛界的“解构”态度，但作者对佛界领导者的能力却是给予充分肯定的。拿观音菩萨来说，她的智慧在为取经人找寻徒弟的时候就表现得十分明显——小说中妖魔鬼怪有的是，从佛界出来作恶的魔怪也不少，可她专拣跟玉皇大帝有芥蒂，甚至有仇怨的妖魔来当唐僧的徒弟。沙僧、猪八戒前文说过了，孙悟空大闹天宫，玉帝恨他恨得牙根痒。唐僧的坐骑白龙马乃西海龙王敖闰之子，他被父王到玉帝那儿告了个忤逆罪，玉帝把他悬吊在空中，打了三百下，即将被诛杀。观音菩萨亲自找玉帝说情，留住他一条小命。

观音菩萨之所以把这些人拢在一起保唐僧取经，并非偶然，而是大有深意。我想不外乎有这么几个因素：

第一，你们哥几个在玉帝那儿都没好果子吃，皈依我佛门之后，保唐僧取经，你们虽然在路上要吃不少苦，但生命安全绝对有保障——六丁六甲、五方揭谛、四值功曹、十八位护教伽蓝都在暗中护佑着你们呢（这有点像美国的防导系统，尽管不是攻击性武器，但能化解敌方的攻击），等取经任务完成之后你们自然地修成正果，名誉地位都有了。在我佛门中混比在“道上”强多了吧！

第二，你们几个在“道上”招灾惹祸，玉帝对你们又打又罚，可结果不但没使你们改邪归正，反而让你们变得更加凶恶残忍。但自从皈依我佛门，踏上取经大道——白龙马变得乖乖的，沙僧变得中规中矩，猪八戒心情愉悦，孙悟空屡建奇功，全无往日的狰狞、昔日的可憎。这一个个弃恶从善的例子摆在这儿，谁见了不夸我佛法功德无量，谁看了不说我佛门理应发扬光大！这就很自然地达到了扬佛抑道的目的。

第三，叫孙悟空做唐僧的大徒弟，这一招既够高又够损。为什么这么说？在保唐僧取经前，孙悟空曾自诩为“天下第一妖”，可佛祖与观音菩萨知道他的本性并不坏，起码不会像大鹏金翅雕似的，武功盖世但心术不正，你要大鹏金翅雕去保唐僧，弄不好没走出二里地呢，他先把唐僧炖着吃了。当然让孙悟空保唐僧最主要的原因是因为他闹过天宫，这就使道教中人了解了孙悟空的本事，从而不敢轻举妄动，打消了他们中的某些人破坏佛祖弘扬佛法的企图。特别是当取经团队遇到自身难以克服的困难，需要天庭出手相助时，这时的孙悟空显得尤为重要。小说第三十一回就是一个最典型的例子：妖怪打不过孙悟空就隐藏了起来，孙悟空判断此妖应是天上的某位神将，大圣不想让他逃脱，于是去找玉帝帮忙察勘，果不其然，二十八宿中少了一位奎星，玉帝便命本部收他上界。面对玉帝帮的大忙，孙悟空也不谢皇恩，只是朝上唱个大喏，便辞别而去。玉帝部下的一位天师颇为不满:“那个妖猴还是这等村俗。替他收了怪神，也倒不谢天恩，却就喏喏而退。”玉帝道:“只得他无事，落得天上清平是幸。”玉帝的回答很无奈，但却正是观音菩萨精心设计所要的结果。

“长征是播种机，长征是宣传队。”这句话放到取经队伍身上似乎也无不可，因为在长达十四年的取经时间里，在十万八千里的取经征程中他们播下了为民解厄、为民除害、为民拼争的种子，同时宣扬了佛教贬恶扬善的理念。

观音菩萨这一集作秀、宣传、积德、祛恶、扬佛、抑道于一体的具有长远战略意义的举措，既证明了她的工作才智，也证明了她领会领导意图的能力超强，所以堪称相才，实乃“佛国总理”的不二人选。

那么为什么说观音菩萨很会领悟领导意图？作为佛界的领袖人物，佛祖如来的意图或者说方针政策是什么？这可以从他的一言一行中品味出来，那就是他时时刻刻都不忘维护佛教的利益，一有机会便贬低自己的竞争对手——道教。

如来佛祖在小说中一亮相就暗示人们——玉皇大帝没啥大本事，只是修持的年头长而已。紧接着跟孙悟空打赌：如果输了，他“做主”叫玉皇大帝下台，把皇位让给孙悟空。虽然如来有必胜孙悟空的把握，但你说做得了叫玉帝下台的主，这话本身对道教有很大的“羞辱”成分。从天神的体系来讲，道教在你佛教之上，绝不在你之下，你根本没有资格说这话。可玉帝还没法拿这话跟如来去掰扯，因为如来有的是理由：我不这么说，孙悟空不跟我打赌，不跟我打赌我怎么赢他？赢不了他，他还真没准能把你从“皇帝”的位子上搅和下去。所以说在这件事上玉帝只能干吃哑巴亏。此外，千万不要认为如来降住孙悟空是诚心实意在帮道教的忙，他确实不愿意孙悟空把玉皇大帝赶下台，因为玉帝这个无能皇帝在台上对佛界更有利，随便换个人来领导天界，也不会像玉帝这么好糊弄。自从佛祖替玉帝平息了孙悟空大闹天宫这场“暴乱”之后，玉帝就觉得欠了人家老大人情，因此为佛祖如来导演的这出西天取经的大戏，出人又出力——派六丁六甲、五方揭谛……暗中保护唐僧，取经途中如遇什么困难需要玉帝帮忙，玉帝基本上也是有求必应。感觉玉帝完全是在跟着如来的如意算盘走，根本就没有自己的原则立场，丧失了与佛教的竞争意识，可以说如来把他卖了，他还去帮如来数钱呢。

《西游记》作者用佛祖、观音的聪明智慧、法力神通反衬玉帝的窝囊无用、痴愚笨拙，充分表现了对道教的不敬、不屑。如果说作者对佛祖的讽刺、挖苦还属于旁敲侧击的话，那么作者对以玉帝为代表的道教，采取的则是直接的抨击和鞭笞。

## 二　道界魑魅

《西游记》第二十九至三十一回主要是叙述黄袍怪的故事，此妖本是天界中的二十八宿之一奎星，为了追求爱情才舍弃了上界无边的胜景，下界成妖。原来宝象国的三公主百花羞，乃是天界披香殿的侍香玉女，由于对奎星一见倾心，便相约下界去凡间展开一场轰轰烈烈、死去活来的爱情。但事与愿违，侍香玉女下界投胎变成了宝象国的三公主，而奎星下凡却成了吃人肉、喝人血的地地道道的妖怪，人与妖有如两个不同的物种，哪里还有什么爱情可言？可想不到奎星却是个对爱情海枯石烂不变心的主儿，也不征求女方的意见，要一股妖风便把百花羞摄入他的洞中，做了十三年夫妻。

此时的百花羞已是美人之身，让她与青面獠牙的妖怪同眠，无异于与野兽共枕。不要说享受爱情的甜蜜，我相信她的内心一定是备受煎熬、苦不堪言，所以她要千方百计抓住任何逃离虎口的机会。而取经人唐僧的出现，让她似乎觉得机会来了。在唐僧被黄袍怪抓进巢穴，趁黄袍怪出洞与猪八戒、沙僧打斗的这么一个工夫，百花羞上前与被绑在定魂桩上的唐僧主动搭讪，并达成了一个约定：百花羞放走唐僧，唐僧则替百花羞捎一封书信给宝象国的国王，也就是百花羞的父亲。信的主要内容就是：我被妖怪逮走了，望父王救我！

要说这黄袍怪对百花羞也真算得上是一往情深，百花羞为放唐僧，编了个小瞎话去求情，黄袍怪二话不说、满口答应，到嘴边的唐僧肉不吃了，而且告诉沙僧、猪八戒：把你师父从后门放了，你们到后门那边去找吧。

唐僧到了宝象国，把百花羞的书信交给国王，国王见信惊骇不已，悲喜交集。他询问文武百官：哪个敢前往碗子山捉拿妖怪？平日里口若悬河、能说会道的百官，至此个个沉默不语。国王只有指望唐僧，唐僧只得指望徒弟。猪八戒、沙僧抄家伙直奔黄袍怪的洞穴（孙悟空此时已被唐僧贬回花果山）。但八戒、沙僧二人根本不是黄袍怪的对手，八戒见情况不妙，借口想上厕所开溜，沙僧则被生擒。

黄袍怪并不笨，他已判断出百花羞有可能将书信送至了宝象国里。真是艺高人胆大，妖魔变化成一英俊潇洒男子，单枪匹马闯入宝象国，以三女婿的身份来见国丈。国王见此人风流倜傥，毫无妖魔的影子，吓破的心安定下来，问：为何早不来拜见？不承想黄袍怪还具有小说家的潜质，编造出一个英雄救美的故事来：一日打猎，见一只斑斓猛虎身驮一美女，便一箭把猛虎射伤，美女自称是一民家之女，我便娶之为妻，因猛虎有媒妁之功便放走了他。想不到这虎修炼成精，专迷人害人，主公啊！那绣墩上坐的正是十三年前驮公主的猛虎，不是真正的取经人。国王问：那可否让他现出本相？黄袍怪真就使法术把唐僧化作一只斑斓猛虎。黄袍怪的本领之高也由此可见一斑。

那国王被妖怪蒙蔽，大摆筵宴谢驸马搭救之恩，不然，险些被和尚害了。宴席散去之后，妖怪又来到银安殿。国王挑选了十八位宫女陪他继续饮酒作乐。醉意上来时，妖怪忍不住胡作非为，现了本相。凶相毕露的妖怪抓过一名弹琵琶的女子，吭哧，照头咬了一口，喝一盏；再喝一盏，扳过人来又啃上两口。血淋淋的场面着实不忍直视，令人惊恐。

最后还是猪八戒连哄带骗地把孙悟空从花果山请来，打败了妖怪、解救了师父。

《西游记》作者让一位上界仙人来到凡间作恶，这就产生了一个很大的问题：苦苦修炼成仙，为什么一落入凡间就成妖成怪非吃人不可？这样的仙人于世界何益？本来仙人是个令我们这些凡夫俗子高山仰止、羡慕、嫉妒、爱的美好形象，但作者毫不留情地打碎了罩在仙人身上的光环，其否定道界的态度不可谓不坚决，其批判的锋芒不可谓不锐利！

第三十二回至三十五回是描写金角大王、银角大王（也称大魔二魔）与取经团队激烈而又精彩的较量。但这只是表面现象，背后实际是取经团队的总负责人观音菩萨与金角大王、银角大王的主人太上老君之间进行的一场“超级豪赌”！

前面提到过——观音菩萨推荐派二郎神捉拿孙悟空是有意给玉皇大帝添堵，太上老君看出其中端倪，便用老子化胡之事回敬观音菩萨。但在第二十六回，观音甘泉活树的故事中，观音菩萨又透露出一个具有挑衅意味的信息：“当年太上老君曾与我赌胜，他把我的杨柳枝拔了去，放在炼丹炉里，炙得焦干，送来还我。是我拿了插在瓶中，一昼夜，复得青枝绿叶，与旧相同。”可以想见，观音菩萨向他人重提赌事，令太上老君心中不悦、耿耿于怀是肯定的。如果说这一次属于文赌的话，那么观音菩萨向太上老君借看炉童子托化成妖（金角大王、银角大王）一事则属于武赌、豪赌。为什么这么说呢？请看下面的分析。

观音菩萨为了考验取经团队的意志力，向太上老君借看炉童子，借了三次，太上老君才最终决定借给她，三次借童子的具体过程作者并没有交代，但我们不妨推演一下。

第一次，观音菩萨的口气当然是很客气：“老君，素闻你手下人，个顶个的法力高强，今欲借你两位童子去托化妖魔，考验一下我的取经团队可有真心往西去也。”

太上老君是心明眼亮之仙，深知观音菩萨惯耍心机，便一口回绝:“此事有辱道名，不借！”心底说：你们几位菩萨逗猪八戒玩撞天婚的游戏不来找我，如今干托化妖怪、行凶作恶的缺德事想起我来了。

观音被太上老君驳得挺没面子，可观音岂是那么好打发的？没过多久她又来找太上老君，这次使出撒娇卖萌的手段也说不定:“老君，上次你说什么有辱道名，我小菩萨可不是那样的人，等两位童子完成任务，我就向天下宣告：他们做的恶事全是我的主意，与老君无关，这总行了吧？求求你了！”

道教人士炼外丹离不开女人的配合，而太上老君是炼丹的顶级高手，什么九转金丹、七返火丹、还魂丹等等，可以说炼丹无数，那么在面对女人时的定力绝非一般人可比，自然也不会被女人撒娇卖萌的小伎俩忽悠了:“菩萨休再多言，童子无甚本领，难当此任。老朽倒可举荐一人，助菩萨一功，二郎神还不赖吧？”观音心里嘀咕：你个老东西，看出当年我用二郎神恶心了一把玉帝，如今你想用其人之道还治其人之身，二郎神与悟空旗鼓相当，万一悟空稍有疏忽，岂不误了我的取经大业？想到这，观音满脸不悦，起身告辞。

观音走后，太上老君心中开始盘算：观音是个不达目的不罢休的女子，如果她再胆敢前来就别怪我手下无情，我干脆将计就计叫她取经的计划彻底泡汤。

观音回到落伽山后，心中闷闷不乐：这个老东西一点怜香惜玉的情趣也没有，一点面子都不给。下次去我干脆使个激将法，就算借不来童子，我也趁机羞辱他一番。

不几日观音又来到兜率宫，首先向老君检讨自己:“经过这几日的思量，我也觉得借童子一事甚为不妥啊，两位童子细皮嫩肉的，怎经得起那大圣的重棍？确也达不到考验他们的目的呀，都怪我考虑不周、做事急切。望老君鉴谅。”

太上老君：“菩萨此言差矣，只因童儿们年幼无知，动作轻重无度，若有闪失，岂不是误了菩萨的取经事业？”

观音一听有门：“老君不必多虑，俗话说不经历风雨怎么见彩虹，若有不测，只怪他师徒命中无‘经’，怨不得他人。只是有劳二位童子了。”

这样，观音借童子的目的终于达到，而太上老君欲借此机会打破佛祖的取经计划。至于笔者演绎的这三次借童子的过程精不精彩、好不好玩，其实并不重要，重要的是要感谢作者的慷慨，给了每一位喜欢《西游记》的读者一次发挥想象力、参与再创作的游戏机会。但不管你怎么想象，如何再创作，最终都必须归结到观音与太上老君这场赌赛上来，因为作者向我们详细描述了这场扣人心弦、险象环生、残酷无情的“超级对决”。

唐僧师徒来到平顶山附近，日值功曹（日值功曹、五方揭谛他们在师徒整个取经过程中是听命于观音菩萨的）给孙悟空送信：前面的妖怪神通极大极广，随身有五件宝贝，而且有你们师徒的画像。

妖怪那边也有人通风报信，报信者是谁作者没提，但唐僧师徒快到平顶山的时候，平时半个月也不巡一次山的妖怪，马上带着妖兵和唐僧师徒的画像去巡山。而且根据画像认出在前面探路的猪八戒，把他俘获。银角大王将猪八戒带到金角大王跟前，金角大王马上说：“逮着猪八戒没用，最厉害的是孙悟空，把他擒住方可吃那十世修行的好人唐僧肉，不然孙悟空会跟咱哥俩没完。”他对取经团队的内部情况十分了解。

银角大王一点儿也不含糊，这次他变化成一个摔伤的道士，直奔目标——孙悟空。唐僧见他伤得走不了路，就让孙悟空背着他，银角大王借机施展法术，用三座大山的重量死死压住孙悟空。仅这一招就足以表明太上老君的手下人是何等厉害。

这招还不是最致命、最危险的，最要命的是银角大王把孙悟空装进了紫金红葫芦里。此时的妖怪若是把葫芦扔在一边，不再理会，把唐僧蒸熟了一吃，太上老君的阴狠计策便可大功告成，观音菩萨哭死也没用。只是金角大王是个成事不足、败事有余的家伙，他总惦记葫芦里的孙悟空到底熔化没有。拧开盖一看，孙悟空趁机溜掉。

孙悟空以其人之道还治其人之身，偷了妖怪的秘密武器，最终用紫金红葫芦、玉净瓶战胜了妖怪。

上述发生的一切都没逃过太上老君的眼睛，因为工夫不大他就来索要他的五件宝贝——七星剑、芭蕉扇、幌金绳、紫金红葫芦和羊脂玉净瓶，且把底牌和盘托出——观音菩萨问我借了三次，让金、银童子在此托妖作怪，考验你们师徒西行的真心。孙悟空闻言只好把五件宝贝还给了太上老君。太上老君欲除掉取经团队的阴谋虽未得逞，但也借机显示了一下他的法力：从葫芦与净瓶中倒出两股仙气，用手一指乃化为金、银二童子。这无非是在告诉人们：你观音菩萨可以把烧焦的柳枝复活，老夫我也能把化为水的“人”还原，能耐一点儿也不比你小。

从表面上看，观音菩萨借童子化妖，考验取经团队的目的达到了，而太上老君趁机回应了上次的赌赛，似乎双方完成了一场互惠互利、双赢共愉的“友谊比赛”。其实不然，太上老君乃是大大的输家。因为正像太上老君的真实目的是铲除取经团队一样，观音的目的也绝不仅仅是考验取经人那么简单，以观音菩萨的冰雪聪明，她完全可以预料太上老君借机置取经团队于死地的歹心，那么她为什么还要冒如此巨大的风险继续往下赌呢？因为她的真实目的就是要去掉太上老君身上的神秘光环，让他把“家底”亮出来——紫金红葫芦、净瓶等等，这些宝贝一亮出来，太上老君就成了众矢之的，无数双质疑的眼睛就会盯向他：当年孙悟空大闹天宫的时候你为什么不出手？莫非你有取玉帝而代之的野心？此刻太上老君唯一的辩词就是：当年是我助二郎神一臂之力，二郎神才将孙悟空擒拿的。但是这话并不能令人信服，因为当时的情形是观音首先提出来要用净瓶杨柳抛下去打那猴头，太上老君不愿看见观音把功劳全部占去，才假惺惺地阻挡住观音，自己用金钢琢砸了一下猴头。由此看得很明白，太上老君的出手是一件可有可无的事。那么太上老君欲取代玉皇大帝的野心，可以说是已告白于天下。

总之作者通过这一章回的描述，把佛、道两教的上层人物，那种面和心不和、斗智斗狠、鬼蜮阴招，用貌似“随意点染”实则“暗流涌动、经纬相连”的艺术手法揭示出来，不仅极大丰富了小说文本的艺术魅力，而又绝妙、给力地继续解构着三藏真经的意义。

第四十四回至四十六回是描述在车迟国发生的故事，这是一个最为典型、最为全面地表达了作者对道教态度的故事。虎力大仙、鹿力大仙、羊力大仙他们凭借呼风唤雨的法术，赢得了车迟国国王的宠异，从而对佛教徒进行了严酷的欺压和凌辱，这样的情节并非作者的完全杜撰，在明朝的历史上确实发生过类似的事情，如明世宗朱厚熜宠信道士邵元节，加授其礼部尚书，给一品俸禄；授陶仲文神霄保国宣教高士，扈架南巡承天；同一时期又除禁中佛殿、毁佛像、舍利诸物。

作者身处抑佛扬道的时代，耳闻目睹皇帝被道士魅惑荒废朝政，去追求所谓的长生不老，吃金丹、建斋醮，官员奢靡成风、百姓疾苦无人过问，由此引发的作者对道士的怨恨与激愤，在这几个章回中得到了很大程度的宣泄。如孙悟空带领两个师弟，用吃斋供的时机把道教的象征——三清塑像，推倒并拖入茅厕，借猪八戒之口说出了对道家大不敬、大侮辱的话："今日里不免享些秽物，也做个受臭气的天尊！"

作者对三名道士更是极尽讽刺挖苦之能事——当三个"有眼无珠"的道士，面对孙悟空、猪八戒、沙僧变化的三清塑像，乞求赐予些金丹圣水，孙悟空灵机一动，以天机不可泄露为名，让道士回避，然后每人撒了一泡尿当圣水赏赐给他们喝，道士们怀着激动的心情品尝之后，发觉猪尿臊气扑鼻，方知被人嬲耍。道士们自然怒气难消，想方设法要报复唐僧师徒，于是一幕幕惊奇、惊险、惊愕、惊悚的斗法大戏上演了……

第一幕开演的大戏是赌赛求雨，而且国王有令：僧人输了立马砍头，赢了立即放行。道人输了则毫发无损——除了名誉受点影响外。面对比赛结果待遇的极不公平，孙悟空并不去计较，不要忘了，孙悟空那是跟玉皇大帝说翻脸就翻脸的主儿。车迟国国王发出这样的命令，正可谓无知者无畏。

虎力大仙抖擞精神首先登坛祈雨，烧符、念咒、发文书、击令牌……把所有的道具都用上了，果然惊动了玉帝。玉帝掷下旨意叫雷电下雨，风、云、雷、雨各路神仙悉数到场。孙悟空真身飞临空中将众神拦住，告诉他们老孙正与道士比赛，只能助俺老孙不可帮那道士，我叫你们下雨时方可下雨。在场神仙早知孙悟空的威名，哪个敢造次不从，比赛结果自然是孙悟空师徒获胜。但虎力大仙开始耍赖，他声称："我求雨时神仙们不在家，接着我的信号后急急忙忙往这儿赶，赶到这儿正巧和尚们在登坛求雨，所以下雨之功应该记在我的头上。"

读者不要小觑作者对道士们诬赖言行的叙述，因为它自然使人联想到，道教追求的长生不老根本就是不存在的，但为了使人们相信它的存在，就必须在谎言、诡辩上周旋。这已经是被历史无数次证明了的，最典型的例子就是秦始皇时代，方士们蒙骗秦始皇，为他寻找长生不老药的行径。

而当代认为《西游记》是阐述道教理论的一些学者，由于自己的观点不能自圆其说，也不乏游辞巧饰的笔墨。就拿孙悟空师兄弟把三清塑像推倒拖入五谷轮回之所，也就是茅厕这个场景来说，他们的解释逻辑是：轮回就是变化，变化也可以颠倒，最后扯到什么颠倒用上。这种生拉硬拽的联系真是到了让人啼笑皆非的地步。很显然，轮回的变化只能是循环式的变化，绝不意味着随意的变化，更不可能是颠倒的变化。其实"五谷轮回"很好解释：就是人吃了五谷杂粮变成粪便排出，粪便又是五谷杂粮的最佳肥料，用此肥料浇灌长成的粮食是纯天然的绿色食品，人吃了绝对健康。

还有一种论调，说要想炼成内丹，必须把三清推倒。你要说修炼内丹时必须忘掉一切杂念包括三清，这还勉强说得过去，但是忘记和不想绝对不能与推倒和打倒相等同，这根本就是两组不同的概念。如果你非要说：修炼内丹就是把三清推倒，本来就不是忘掉。

那我只能说：这是你自己的“发明创造”，与《西游记》的作者没有什么关系，因为道教中所有关于修炼内丹的典籍并无此一说。换个角度说，如果你跟一位道士探讨修炼内丹的秘诀，告诉人家我把三位天尊推倒又叫他们在屎坑子里泡个臭气熏天，于是我神奇地将内丹修成了，我想结果肯定是你被人家道士打得满地找牙、抽得鼻青脸肿。

还是让我们继续观赏孙悟空与道士们斗法的精彩演出吧。第二幕表演的节目叫“云梯显圣”，就是在五十张桌子摞起来的台子上坐禅。这次一向胆小怕事、隐忍不争的唐僧主动请缨：我会坐禅。坐禅可以说是唐僧的老本行，只是台子太高需要孙悟空暗中相助将其送上台面。虎力大仙与唐僧在高台上坐禅多时难分胜负，鹿力大仙拔下一根头发，变化个大臭虫去叮咬唐僧，孙悟空看出情形不对，隐身飞到师父头顶，把臭虫捏去，随后变了个七寸长的大蜈蚣，钻咬虎力大仙的鼻孔，虎力大仙受到惊吓栽下台面。

鹿力大仙替师兄辩护，声称虎力大仙有暗风疾，到了高处冒了天风，旧病复发。此番他要亲自上阵与和尚赌“隔板猜枚”。猜枚共猜了三次，道士全输。

这让我想起毛泽东的一句话：捣乱失败，再捣乱再失败，直至灭亡……下面就让我们看看三位大仙是如何灭亡的。

虎力大仙提出要与孙悟空赌砍头，孙悟空欣然应诺，脸不变色、心不跳走向“砍头台”。刽子手举起钢刀，嗖的一声猴头落地，刽子手一脚将头踢出三十步开外。孙悟空肚里紧急呼叫：“头来，头来……”鹿力大仙见此情形忙念咒语，叫本处的土地爷暗中把孙悟空的头扯住。孙悟空情急之下挣断绳索大喝一声：“长！”脖腔内噌的一下长出颗新头来，唬得刽子手个个心惊胆寒。轮到虎力大仙上“砍头台”，刽子手毫不偏袒照样一刀将其头颅剁下，一脚把头踢出。虎力大仙也叫：“头来！”孙悟空拔下一根毫毛，吹口仙气叫：“变！”变作一条黄犬奔跑过去，用嘴衔住头颅奔往御河边。虎力大仙毕竟法术有限长不出新头，不一会儿现出原形，是一只没了头的黄毛虎。

平日里耀武扬威惯了的鹿力大仙，面对师兄的惨败不但不醒悟反而愈加逞强，他要和孙悟空比试“剖腹剜心”。其实没什么可比，因为虎力大仙、鹿力大仙、羊力大仙与孙悟空根本就不在一个级别，他们不过是凡间的鬼怪，根本够不上天界的妖魔，所以他们也不曾听闻孙悟空有闹天宫的本事，不然的话他们也不会玩这种作死游戏。比赛结果可想而知——孙悟空毫发无损，鹿力大仙被孙悟空用一根毫毛化作的饿鹰叼走了肝肠，落得个空腔破肚淋漓鬼、少脏无肠浪荡魂的下场。

羊力大仙要为两位师兄报仇，准备与孙悟空比试在滚烫的油锅里洗澡。殊不知孙悟空在太上老君的炼丹炉中烧烤了七七四十九天都安然无恙，何惧拿热油搓个澡。羊力大仙之所以敢和孙悟空比试用热油洗澡，并不是因为他不怕油热，而是因为他掌握了用冷龙护住锅底的本事，也就是他跳入油中时油是凉的。孙悟空识破了他的招术，立即找到龙王敖顺，命他把冷龙收走。再看羊力大仙在油锅里挣蹦了几下，须臾间便骨脱、皮焦、肉烂。

以常人的思维来讲：如果恨一个人，恨到家了也就是想把他的脑袋剁下来，再不就给他来个剖腹剜心，顶到头用油锅烹了他。这几种最解恨、最解气、最残忍的惩处仇人的方式，作者偏偏把它们用到了三名道士的身上，可见作者对道教已不是通常意义上的否定，而是达到了痛恨、愤恨的程度。

第五十回至五十二回讲述的是师徒四人来到金兜山（有版本作金剮山）发生的故事。

金兜山中有个金兜洞，洞里住着个独角兕大王，此魔王的法力巨大，与孙悟空大战数十回合并不落下风，最后使出撒手锏——用一个亮灼灼白森森的圈子把大圣的金箍棒套去。

孙悟空思前想后认定此妖绝非凡间怪物，定是天上凶星下界。大圣去往凌霄宝殿找玉帝帮忙，查询一下到底是哪位神将思凡跑入了俗世。玉帝派手下查来查去，各路神将俱在，并无擅离职守进入凡间者。虽查金兜山的恶魔不是道神，但玉帝对孙悟空像好哥们儿一样很仗义，主动让孙悟空挑选几员天将随他去擒魔王。孙悟空心说：想我闹天宫时不曾遇见比我武功高的，当前的魔怪手段极强……许旌阳看出了孙悟空的心思提醒道："你好违了旨意？"大圣不好违旨只得领情，点了李天王父子及众部天兵去战那恶魔。

哪吒太子率先出战，但不出孙悟空所料——哪吒太子与魔王激战正酣时，被妖魔用圈子把他身上所有的武器一下子套去。无奈孙悟空又去请火德星君，火德星君带领火部众兵前来助阵，待李天王与魔王打得难解难分之时，妖魔又取出圈子，天王见势不妙败走而去。火德星君趁机指令众部火神一齐放火，大魔见烈焰滚滚而来，微微冷笑大吼一声："着！"什么火龙、火马、火枪、火弓、火箭……呼啦一下，又被那圈子套走。

实在没辙，孙悟空只得去请教如来佛祖。如来慧眼遥观，便知晓了此魔怪的底细，但他不想直接告诉孙悟空，怕悟空嘴没把门的，没等除掉邪魔便走漏了风声的。若真是这样，魔王会暂不与孙悟空斗而直接去找如来算账。因佛祖也惧他三分，当然不愿招惹此怪。如来派遣十八罗汉取了十八粒金丹砂随悟空一同去擒那恶魔。金丹砂的威力很大，如果是个普通人，只需要十几秒的时间就可以把他活埋掉，但魔王三蹦两跳把银圈向上一抛：“着！”十八粒金丹砂全被他收去。此时降龙、伏虎二罗汉把佛祖的交代转告了孙悟空：太上老君一定能收伏此怪。

孙悟空去往离恨天兜率宫找到太上老君，显然孙悟空对待太上老君不像面对如来佛祖和观音菩萨那样心怀敬意，而是与他插科打诨，在兜率宫里随便转悠、寻找。发现青牛丢了时还要半真半假地责问老君：“你这老官，放纵怪物，抢夺伤人，该当何罪？”太上老君也并不与之计较，带上芭蕉扇和悟空到达了金兜山，用芭蕉扇扇了两下，恶魔即现了原形，轻而易举将之收伏。

佛祖麾下的大红人观音菩萨，她的坐骑金毛犼也曾私下尘间为非作歹，而《西游记》作者似乎生怕“怠慢”了道教人士，不吝笔墨让道界的重量级人物太上老君胯下的青牛也“上演”了一幕凶恶、狰狞、食人的好戏。其正顺延了作者贬斥道教超过佛教的初始用心。

更令读者玩味的是，小说作者把太上老君的府邸兜率宫，安排在了三十三天之上的“离恨天”。我们的古代文学通常把“离恨天”和“相思病”对应着用，比如：“三十三天觑了，离恨天最高。四百四病害了，相思病怎熬。”（语出元代郑光祖《倩女离魂》）男女相恋却长期不得相见，又找不到解决问题的方法，难免对老天爷产生怨恨。太上老君当然不存在什么思念之苦，但小说作者偏要把“离恨天”与太上老君联系在一起，这让我们怎么理解呢？

《西游记》中的“离恨天”在三十三天之上，这就意味着在所有神仙中，太上老君的府邸是离玉帝的凌霄宝殿最远的一个。玉帝乃“天”的主宰和代表，离玉帝远也就是离天远。那么“恨天”又如何解释呢？莫非太上老君也是恨天的？回答是肯定的。孙悟空大闹天宫时太上老君的态度就能充分说明这一点——太上老君有足够的秘密武器，金钢琢、紫金红葫芦等，都可以降伏孙悟空，可他就是不拿出来使，而是作壁上观，眼瞧着玉帝丢人、出丑、狼狈不堪。据此我们说太上老君对玉帝心怀不满、心怀怨恨并非空穴来风。可以说“离恨天”三个字对太上老君这个形象的心态概括是准确的。

《西游记》把太上老君的府邸称为“兜率宫”也是饶有趣味的。率者，顺着也。不论天庭发生什么事我都顺其自然，在你玉帝身边兜圈子，出工不出力，眼睁睁看着你出丑、丢人。别人还休想指责我什么，因为我握有道家的正根——“无为而无不为”这面“真理无敌”的挡箭牌。来自道界的任何质疑、攻击，都会被认定为歪理邪说，因而被无敌挡箭牌轻松化解。小说作者用“离恨天”“兜率宫”这六个字就把太上老君的内心阴险、表面无为，貌似宽厚大度实则狡黠贪婪的人物形象，雕饰得再清楚不过，也再一次显示了作者对道教的否定态度，且用笔极辛辣、极巧妙。

《西游记》第六十四回刻画的是几位隐士的形象，虽然篇幅不长，但也足以彰显作者对所谓隐士的不屑态度。

隐士本为道家一脉，他们是以道家思想为基础——遁迹空山、苦练恒修，不以人事累意、不修仕禄之业，息影山林的人物。但在历史的长河中，真的隐士往往令人无从知晓（无从知晓正符合隐士的本意），留下印迹的常常是以隐士的身份沽名钓誉、待价而沽的伪隐士。正像清朝诗人蒋士铨的诗文所言：“翩然一只云中鹤，飞来飞去宰相衙。”一个最典型的例子就数秦末时期的商山四皓。公元前202年，刘邦登基称帝，派人请商山四皓出山，辅佐大汉王朝。可商山四皓嫌官位财礼轻薄，继续隐逸山林。但当吕后为了让自己的儿子刘盈当上太子，不惜重金请商山四皓为自己的儿子“站台”时，肥遁鸣高的四皓再也抵挡不住真金白银的诱惑，答应了吕后的请求。由此陆续上演了刘氏皇族血流遍地、惨绝人寰的恐怖景象。

而《西游记》的作者故意把小说中几位隐士的形象，描述得与商山四皓相似，以至于引发唐僧的问询：“四位仙翁，俱享高寿，可是汉时之四皓乎？”作者这种有意识地把眼前的隐士和汉时的四皓联系起来，其用心是不言而喻的。商山四皓的“皓”可引申出清淡、超然的无为境界，而作者称小说中的隐士为“深山四操”，“操”乃品行、行为之意，与隐士奉行的“无为”原则那是南辕北辙，而这从小说中隐士的言行也可以看出端倪。

一名称为十八公的隐士化作一股阴风把唐僧摄去，说是要会友谈诗、消遣情怀。但当唐僧与四位隐士玩完顶针与和诗之后，随着一位女仙人杏姑的出现，隐士们便撕去清心寡欲、雅人深致的面纱，强人所难甚至威逼恫吓要唐僧与杏姑耍子一番（行房事）。唐僧不从，他们便凶狠地说：“待我们耍起村野之性，叫你和尚做不得，老婆也娶不得。”这种近乎流氓、恶棍的行径连对人起码的尊重都没有，更别指望他们靠多年的修炼，挽救芸芸众生、拯救劳苦大众于水火。孙悟空不愧是“火眼金睛”，他一针见血地指出：“师父不可惜他，恐日后成了大怪，害人不浅也。”

尽管小说中的隐士并未做出伤害人命的举动，但历史上因隐士出山而引发的祸端以及由此而上演的一幕幕满门抄斩的血腥惨剧，肯定极大刺激了作者的神经，所以对这些罪不当斩的伪隐士毫不留情地予以铲除！

小说第七十八回和七十九回描写的是发生在比丘国的离奇故事。

唐僧师徒正在大街上行走，发现路两旁的人家门口都搁着一个用彩缎遮住的鹅笼，师徒四人都觉得蹊跷，孙悟空就变成一只蜜蜂去看个究竟。见每个笼子里都坐着一个小孩儿，而且全部是男孩儿。师徒们带着迷惑不解的心理来到馆驿，唐僧在馆驿中一打听才知道：原来笼中的孩童是为国王治病当药引子使的。一向谨言慎行的唐僧也忍不住破口大骂：昏君！昏君！

事情的起因是在三年前，一个道人为比丘国王献上了一位十六岁的绝色佳人，这国王贪淫喜欲、沉迷美色，把身体弄得虚弱无力。此时道人号称有个海外秘方可为国君医治，但此药需用一千一百一十一个小孩儿的心肝做药引子，这昏君为了自己长命，竟对这么多儿童的生命毫不吝惜。

但以慈悲为怀的唐僧对此却痛心入骨。当孙悟空提出要搭救这些小孩儿的性命时，唐僧急躬身向行者施礼：“若救得孩儿性命，贤徒真乃天大之功德。”

孙悟空立即行动，找来了四值功曹、五方揭谛等诸神，叫他们把放小孩儿的鹅笼通通移走、隐藏起来。第二天孙悟空变作蟭蟟虫儿暗中陪唐僧去上朝倒换关文，比丘国王正要问取经原因，此时因献女有功已被封为国丈的道人大摇大摆地来到朝廷之上。躲在暗处的孙悟空一眼识得他是妖怪，便悄悄告诉师父真相，让师父换完关文之后先撤，自己留下继续搜集情报。

孙悟空接下来获得的情报真是极其重要。

当唐僧走不多时，就有官员来报：昨夜一阵冷风把各门各户的鹅笼带小孩儿刮得无影无踪。愚蠢的国王闻奏焦虑万分："此乃天要灭朕，如何是好？"阴险的道人微微一笑："陛下休要烦恼，我发现了一个比那一千一百一十一个童儿更加绝妙的药引，小儿之心只可使陛下延寿千年，而此药引配合我的仙药，可使陛下延寿万年！"昏聩的国王追问到底是何药引。道人说："就是那东土取经的和尚。我观他乃是十世修行的真体，元阳未泄，若用他的心肝煎汤配我仙药，足保陛下长寿万年！"事不宜迟，国王立即命羽林军包围馆驿，捉拿唐朝和尚。

孙悟空风驰电掣回到馆驿，把掌握的情报和盘托出。唐僧猛然间被吓蒙了，竟然说出"贤徒若救得我命，情愿给你做徒子徒孙"这种极不成体统的话来。最后还是按孙悟空的办法，孙悟空变成师父的模样，替师父去皇宫献出心肝。

假唐僧来到朝廷之上，毫无惧色直接问道："比丘王，让我和尚来何事？"国王道："寡人要借你的心肝做药引一用。"假唐僧："心，我倒是有几颗，不知你要用哪一颗。"道人在一旁插话："用你那颗黑心。"假唐僧："既然如此，快取刀来，若有黑心我谨当奉上。"说话间用刀把腹肉剌开，滚出一堆心来——有红心、黄心、白心、悭贪心、名利心、嫉妒心、好胜心、恐怖心……唯独没有黑心。假唐僧对国王说道："陛下不是要用黑心做药引吗？你那国丈就是一颗黑心，不信，我替你取来看看！"

那国丈认得现出本相的假唐僧是孙大圣，吓得化成一缕寒光立即逃窜。孙悟空安顿好师父之后，带着猪八戒去寻找妖怪的洞穴。据比丘国地界的土地爷透露：妖怪的住处叫清华洞，那儿有一棵九叉杨树，围着杨树左转三圈、右转三圈，而后双手拍树连叫三声“开门”，清华洞府的门自然就开了。

正当大圣、八戒打得妖怪只有招架之功而无还手之力时，南极老寿星出现用法力罩住了妖怪，并劝悟空、八戒莫再动手，原来此怪是寿星佬的脚力白鹿。

我以为不论什么人，如果想用孩童的心肝去治病也好，或者为了其他目的拿孩童的心肝做试验也罢，只要动了这个念头，那么这个人就是个十足的邪恶之人。若此人已经付诸行动，并且是用一千多个小孩儿的心肝来达到他的目的，那么足以说明此人的邪恶已到了无以复加的地步，就是对他千刀万剐，恐怕也难解众人心头之恨！《西游记》的作者偏偏把这样一种罪大恶极、罪该万死的邪恶编排在道人身上，足见作者对道教痛恨到了何种程度。

纵观《西游记》对道教身上所发生的故事的叙述，我们不难发现，作者对道教进行了全方位、多角度的否定与批判，从玉皇大帝昏庸无道到太上老君狡黠阴骜，从玉帝身边的奎星下界吃人肉喝人血到太上老君的坐骑青牛下界为孽吃人无数，从车迟国的三位国师奴役、残害僧侣到南极老寿星的脚力白鹿欲吃小孩儿心肝，甚至作者不无偏执地把处于道教边缘的隐士也要拉过来嘲弄、鞭挞一番，可以说作者是不留余地、不遗余力地对道教进行了讽刺与批判，其力度与对待佛教相比是有过之而无不及的。

源于三教合一的“三藏真经”已被作者解构去两教，剩下的儒教对中国人而言其影响深远而广大，不论从政治伦理还是社会道德方面都大大超过了佛教和道教对国人的教化。那么作者对儒教的态度是否会大相径庭？与佛、道两教区别对待呢？如果对儒教也像对其他两教一样，继续解构、批判下去，那唐僧师徒历经千难万险去取经的过程岂不成了白忙活、瞎耽误工夫的过程了？让我们进入下一章去探个究竟。

# 第三章

# 无处不在的儒教

《西游记》中没有专门刻画儒教（儒教以儒家思想为最高信仰。《西游记》第八十六回中，作者借孙悟空之口称“孔圣人是儒教之尊”）的人物形象，这主要是由于小说文本受到神魔题材的限制。不过这并没有妨碍小说作者对儒家思想臧否的表达。由于儒家思想像空气中的尘埃一样，弥漫在封建社会中的各个角落，令人无从规避，任何一位古代作家不论他写什么作品，哪怕是像《西游记》这样的神魔题材的小说，哪怕是纯臆造、纯虚幻的小说，都要受到他所在社会的制约。换句话说，儒家思想就会自觉不自觉地渗透其中。因而《西游记》尽管没有代表儒教的人物形象充当坐标供读者来评析，但儒家的“三纲五常”等思想仍然会通过故事情节、人物言谈显现出来，何况“三藏真经”无非是三教合一的产物，而儒教作为其中的一教，作者当然会使用各种艺术手段来表述他对儒教的或褒或贬、或扬或抑的态度。

儒教的教主当然非孔子莫属，孔子创立的儒家学说以及在此基础上发展起来的儒家思想，是站在统治阶级的立场上，研究如何治天下的一门学问。被儒家奉为圭臬的礼乐思想，是极不平等的政治伦理，所谓“君君臣臣、父父子子”“民可使由之，不可使知之”等言教正是儒学的“精髓”所在。

儒家作为先秦诸子、百家争鸣中的一家，墨子、韩非等人对它的批评也不少，但到了汉武帝时期，汉武帝奉行罢黜百家、独尊儒术的国策，以董仲舒为代表的儒家把儒家学说提升到了“天道”的高度，“惟天子受命于天，天下受命于天子”“王道之三纲，可求于天”等论说已有了很强的宗教气息。儒学发展到宋明理学时期，则标志着儒教的完成（任继愈先生直接把宋明理学称作儒教），儒教的圣经就是“四书”，同时也被朝廷指定为国家教科书。理学的著作往往都要大讲一通“理”“气”“太极”“无极”的宇宙观，然而这些不过是装饰、包装而已，它的实质就是把三纲五常等打扮成“天理”，好叫人们去崇拜和信仰。信仰是不允许你讨论研究的，如果你胆敢提出异议，那你就是禽兽。这样的逻辑很混蛋，但是皇帝很满意。从孔子到董仲舒再到朱熹，毫无疑问他们的学说都是为统治阶级服务的，只不过一个比一个更卖力。

儒教与其他宗教相比有着明显的区别——政教不分，皇帝是教皇，皇帝也是天子，他的所作所为就是天理、天意，根本不容置疑、置喙。天子既是天下人崇拜、敬仰的对象也是天下人的父亲。举个例子：与小说作者同时代的享有清官盛誉的海瑞，在呈交皇帝的奏疏中指责皇帝一心炼丹、不务正业。而刑部是根据儿子诅骂父亲的条例给海瑞定罪的——绞刑。幸运的是皇上没有批准执行。这在今天的人们看来是多么荒唐、滑稽，而与这同样荒谬的是儒教中的“礼”不仅规定了君尊臣卑、官尊民卑，“同时也规定了高贵者代表着真理与道德，卑贱者则一定愚昧无知，这就叫：惟上智与下愚不移”（见易中天《文化与人》）。

既然儒教对皇权有着近乎疯狂、疑似病态的尊崇，那么我们干脆以此为切入点，看看《西游记》作者对统治者的态度与儒教是否相同、立场是否一致。

## 一　列国昏君

唐僧师徒正式踏上取经的征程之后，经过了八九个国家，必须指出：唐僧师徒不论进入哪一个国家，孙悟空面对君王时都是不肯行礼的。我想仅这一条，如果让儒教的教主孔子看见了就能气个半死。因为孙悟空的“不行礼”绝不仅仅是个礼节的问题，而是对维护皇权的礼制的直接践踏，是对儒教倡导的君尊臣卑、官尊民卑思想的生生蔑视。

此外，每当作者的笔墨触及君王时，基本上都把他们描绘成昏君，至于昏君身边的臣僚也一个个都被刻画成无能之辈，这就是有意与儒教所推崇的“惟上智与下愚不移”针锋相对、大唱反调。你越说皇帝圣明，我越说他是昏君；你越说尊贵者充满智慧，我越说他是个笨蛋。看得出作者是铆足了劲儿要跟腐儒们对着干！

作者显然无意把君王当成主角来描写，所以常常采用看似浮光掠影、蜻蜓点水而又不失画龙点睛效果的笔法。这就让我们在捕捉君王的形象时神情放松，像翻阅一幅幅漫画，比较容易心领神会。下面我们就以“免签”的形式进入各国，领略一下作者为君王们所勾勒的漫画像。

唐僧师徒走进的第一个有正式名称的国家是宝象国。宝象国的三公主百花羞被黄袍怪摄去做了压寨夫人，虽然与妖怪已产下两子，但显然她并不爱黄袍怪，所以当唐僧被黄袍怪捉去绑在定魂桩上时，百花羞悄悄来到跟前与唐僧商量：我会想方设法放你走，你只要顺路到宝象国帮我带一封书信给我的父王即可。唐僧当然不想错过这难得的逃跑机会，满口答应了百花羞的条件。

唐僧到了宝象国，把百花羞的书信交给了国王。国王在阅完信后心痛之余发问两班文武：“哪个敢兴兵领将，去捉拿妖魔，救我百花公主？”连问数声，一声比一声高，竟无一人敢答，“真是木雕成的武将，泥塑就的文官”。作者在这里并不仅仅是对这些大臣使个幽默，讽刺讽刺，因为当人们在做儒教所提倡的主敬或慎独时，往往被形容为木雕人或泥塑人一般，所以这话实际上也是对儒教的讽刺。作者在这个场景中所采用的一语双关，真可谓妙趣天成令人叫绝，其喜剧方面的才华横溢也由此可见一斑。

黄袍怪虽然算得上神通广大，但与孙悟空比起来毕竟稍逊一筹。黄袍怪被孙悟空打败，百花羞公主与国王也得以享受全家团聚的喜悦，但当初百花羞刚被妖怪摄去时，却有众多家庭遭遇了骨肉分离的痛苦。国王自己表示，当时并不知道三公主是被妖怪摄去，所以派人四处寻找，因找不到公主，不知贬退了多少文武官员，不知打死了多少大小婢子、太监。

国王自己的闺女丢了，失掉亲人知道伤心、痛哭，可他排解痛苦的方式居然是让更多的人失去亲人，如果说妖魔的罪恶在于毁坏了一个家庭，那国王可是毁坏了众多家庭，其罪恶程度已是妖魔的许多倍，如此说来国王真是比妖魔还要“妖魔”啊。

失去亲人的伤痛感受，人与人之间不会差别太大，只要国王稍微有点恻隐之心就不会在自己悲痛的同时立即叫别人也去经受这种悲痛，问题的实质还在于国王根本没拿自己身边的人当人。君叫臣死，臣不得不死；父叫子亡，子不得不亡，这样的儒教逻辑导致国王不拿人当人也不稀奇，因为它完全符合儒教的“礼”。在儒教者们眼里你只要符合“礼”了，你就等于有理了。但是在我们普通人眼里，国王的所作所为足以说明他就是一个“滥杀无辜”的昏君！

车迟国的国君是敬道憎佛的。只因当年一场求雨，和尚们未求得成，而道士求下甘霖，国王一怒之下便把所有僧人御赐给了道人，任由道人随意驱使、奴役、打杀他们。不仅如此，还赐封三位道士为国师，对他们言听计从、不敢违拗，简直成了道士的傀儡。

孙悟空、猪八戒、沙僧在三清观把号称国师的三位道人嬲耍一番之后，三位国师道人便怀恨在心，非要置唐僧师徒于死地，于是一系列的赌赛开始上演。

先是比赛求雨——国王说了：唐僧师徒若赢了就立即放行，若是输了，就将他们押赴杀场典刑示众。比赛结果是孙悟空赢了。国王让倒换关文，放唐僧师徒继续西行，但被三位国师阻挡，国王出于对国师的忌惮只得食言。

孙悟空见道士们抵赖便说：“龙王现在就在云中，你若能叫龙王现身，就算你的功劳。”国王一听这话对道士有利，而自己这辈子还没见过龙王什么模样，所以很乐意，说道：“好吧，能叫出来的有功，叫不出的有罪。”三位国师不过是不入流的土仙，哪里比得上大圣的本事，当然是大圣又赢了。国王见状把关文盖了宝印，正要交给唐僧，又被道士们拦下。道士们声称刚才的赌赛坏了他们的名声，为了挽回颜面要与和尚们再赌一场坐禅。国王虽然心中不悦也不敢不听，只得再次食言。

坐禅是师父唐僧的拿手好戏，他自称可坐两三个年头，所以这回是唐僧出马比试。道士又耍花招但被孙悟空识破，所以唐僧赢了。国王见和尚得胜又教放行，鹿力大仙急忙奏请：“我要与那僧人比隔板猜枚，和尚赢了再放他们走不迟。”愚蠢的国王依了道人，又一次食言。

结果猜枚猜了三次唐僧在孙悟空的暗助下都赢了。

国王惊呼：“和尚们一定有鬼神相助，快放他们走吧！”但道士们执迷不悟，死活不让国王放唐僧师徒走，又提出要与和尚比砍头、剖腹剜心、滚油锅洗澡。国王对道士们的畏惧心理使得他只有再度食言。

孙悟空分别与道士们赌赛——砍头、剖腹剜心、滚油锅洗澡，结果大获全胜。三位道士落了个死无全尸、罪有应得的悲惨下场。

作为一国之君，本应有一言九鼎、言出法随的威严，可车迟国国王却在道士国师面前唯唯诺诺、言听计从，对众人三番五次食言，毫无威严和信誉可言，完全变成了国师手中的木偶，不见一点圣明的踪影，可以说他就是一个标准的“傀儡”昏君！

祭赛国中有一金光寺，寺中有一宝塔，塔中藏有宝物舍利子，正因此宝塔上空祥云笼罩、瑞霭纷纭，夜放霞光、昼喷彩气，被邻国视为天府神京年年朝贡。

但宝物被一位万圣龙王和他的女婿九头虫惦记上了，他们选择农历七月初一这一天，施法术下了一场血雨，乘机偷走了塔中宝物。从此宝塔霞光消散、彩气尽失，四个邻国也不再进贡美女、珠宝。祭赛国王一气之下要对邻国进行征讨，但此时一些大臣却进谗言：硬说是金光寺的和尚偷去了宝物。这昏君也不察理便命赃官抓捕僧人，千般拷打、万样追问，结果三辈的僧人被打死了二辈。

唐僧师徒到此了解了和尚们受虐遭罪的情况，决心查明案情为僧人们洗刷冤诬。孙悟空抓住了万圣龙王手下的两个小喽啰奔波儿灞和灞波儿奔，录下口供之后叫他们带路找到了万圣龙王的住地——碧波潭。万圣龙王久闻孙悟空的大名不敢出来迎敌，可他的九头女婿身怀绝技、毫无惧色，与孙悟空大战三十多回合不分胜负。

就在悟空与八戒一筹莫展，不知如何战胜强敌时，幸好二郎神打此经过。由于孙悟空曾被二郎神降伏过，不好意思直接出面去请，就让猪八戒告诉二郎神齐天大圣在不远处恭候。二郎神闻听心中甚喜，正是英雄相惜，显圣真君敬佩齐天大圣的胆识，齐天大圣钦慕显圣真君的傲骨。他二人携手相搀、问好叙情。在二郎神的相助下九头女婿被打掉一头，负伤逃离，猪八戒正要追赶被孙悟空止住：我变成九头女婿的模样到万圣公主处，把宝贝诈来即可。

大圣、八戒带着舍利子回到祭赛国，将宝贝安放于原处，那宝塔又重放异彩、光芒四射。国王备感欣慰，不由得感叹：“不是你师徒到此，怎能明得此事也！”

不明得此事您就任意拷打和尚，致使三辈僧人被活活毒打死二辈，少说也得几十人吧？如此草菅人命，评你是个暴戾的昏君应该不算冤枉吧！

比丘国，百姓无奈地称它为小子国，该国国王听信了妖魔的妖言——用一千一百一十一个男童的心肝做药引，配合仙药，可使自己病愈——居然真的派人去挨家挨户索取小孩儿。所以“小子国”三个字的分量实在是太过沉重，包含着一千多个童体、童真的泯灭，包含着一千多个家庭丧子、丧孙的悲痛欲绝啊！

唐僧闻听此事真是心如刀绞，猪八戒用儒教的理论劝慰师父：“君叫臣死，臣不得不死，父叫子亡，子不得不亡。他伤的是他的子民，不关你事，该睡觉就睡吧。”作者不失时机地借猪八戒之口道出了儒教政治伦理的害人本质。

虽然孙悟空找各路神仙帮忙连夜将小孩儿悄悄运往了安全的地方，但妖魔对国王说：“唐僧的心肝做药引效果比小孩儿心肝强百倍。”孙悟空不得已只好假扮唐僧去献心。

假唐僧来到殿前高问：“比丘王请贫僧到此何事？”那昏君微微一笑：“朕要借你心肝一用。”假唐僧镇定自若：“心倒是有几颗，不知你想用那一颗？”国丈插言道：“借你那颗黑心！”假唐僧把肚子剖开，拿出十几颗心让国王看，唯独没有黑心。假唐僧现出本相：“既然黑心能给国王治病，你国丈就长一颗黑心，不信我把它取出来看！”那魔怪认得现出本相的孙悟空，立即窜逃。

孙悟空称那要用小孩儿心肝做药引的国丈长着一颗黑心，那么要亲口食用以小孩儿心肝做药引的国王，岂不更是一颗黑心吗！故事开头当唐僧得知鹅笼中的小孩儿是为国王治病用的，就大骂国王是昏君，那么我们现在完全可以在昏君前面再加几个字——黑心的昏君！

唐僧师徒走到灭法国的边境区域，观音菩萨变化为一个老妈妈来到唐僧师徒近前，提醒他们前方就是灭法国，那国王立愿要杀一万个和尚，现如今已杀了九千九百九十六个僧人，你们四个和尚赶快回去吧，不然进入了城中正好被国王杀掉凑足一万。孙悟空识出老妈妈乃观音菩萨所化，倒身下拜，观音即刻踩祥云飘回南海。

对于观音的提醒师徒四人不能不认真对待，商议的结果还是由猪八戒、沙僧在原地保护好师父，孙悟空先去城内打探、侦察一番。只见那城中喜气冲融、祥光荡漾。孙悟空心里嘀咕：这么好个去处，为何要打杀和尚？又见一客栈中八九个住客都已洗了手脚上床睡了，孙悟空灵机一动，偷去四套俗人的衣服，待用过后归还。

师徒四人换上了俗人的衣服，把头包裹得严严实实进了城门。他们要在赵寡妇家的店住下，对赵寡妇谎称是贩马的，有的是钱，饭菜尽管拣好的上。吃过饭后唐僧提出：如果我们睡着了不注意头巾掉了，被他这里人看见我们是和尚，准要吵吵，惊动了官兵可就麻烦了。孙悟空一想也是，忙叫来赵寡妇询问有没有不透风、不透亮的房间，说我兄弟几个有的怕风有的怕光。赵寡妇面露难色：没有这样的房间，家中倒有一个特大的柜子，里面可以躺几个人。师徒四人就睡在柜子里并嘱咐赵寡妇把柜子倒锁上。

当孙悟空介绍自己是马贩子时没想到隔墙有耳，店里的伙计跟强盗有勾结，强盗们接到报信立即手持凶器——大刀、斧头等来打劫马贩子，强盗们当然不会想到他们要抢的马贩子乃是强盗的“克星”。不过这伙强盗运气不错，他们没有找到马贩子，只发现了一个沉甸甸的大木柜。强盗们判断木柜中财银锦缎会很多，准备用绳子、木杠把大柜子抬出城外然后均分赃物。这伙盗匪确实凶悍，竟敢把阻挡他们出城的守门官兵也给杀了。由于柜子太重，劫匪们走不快，从城中赶来的官兵离他们越来越近，匪徒见势不妙干脆把柜子扔掉逃命要紧，官兵们把缴获的木柜和白马带回城中，待第二天早朝奏明皇帝表功。

唐僧在大柜子里又开始埋怨悟空：“要在外面被拿还好辩解几句，在柜子里被捉只等着开刀问斩吧。”悟空给师父宽心丸吃：“你就知足吧，若在外面你现在不是被捆着就是被吊着，哪能像现在躺着这么舒坦，放心吧，保你没事。”唐僧虽然知道自己的大徒弟能耐大，可能否逃过在灭法国的这场劫难，心里还是没底，答案只得等到早朝的时候才能揭晓。

国王在龙床上正襟危坐：“有事出班来奏，无事卷帘散朝。”巡城总兵启奏：“臣蒙圣旨巡城，夜来获得贼赃一柜，白马一匹。微臣不敢擅专，请旨定夺。”国王传旨把柜子抬来打开。柜门一开从中出来四个和尚，众人惊呆，那国王的态度却出人意料，对唐僧师徒极其和蔼：“朕今夜皈依，望老师勿吝高贤，愿为门下。师若肯从，愿将国中财宝奉上。”

一个见和尚就杀的国王陡然间判若两人，诚心诚意要入沙门，到底是什么原因驱使国王非要拜唐僧为师？原来是孙悟空使了个“大分身普会神法”，他在三更时分人们熟睡之际，变化了众多小孙悟空，又将金箍棒变成无数把剃头刀，小孙悟空们在土地爷的领路下——手里攥住剃头刀、兜里揣着瞌睡虫，有的直奔皇宫内院，有的去了官员府邸，什么皇帝、皇后、大小妃嫔，什么宰相、巡抚、大小官人，每人施一个瞌睡虫，然后摆弄剃头刀。须臾之间把他们一个个剃成了又光又亮的秃瓢。皇帝、皇后看着对方的发型，面面相觑，心里都明镜似的——这是打杀一万个和尚惹的祸。为了避免更大的不幸的发生，这才有了皇帝要拜唐僧为师的一幕。

灭法国皇帝之所以立愿杀一万个和尚，不过是因为有僧人谤言皇帝，就这点事你用个杀一儆百的方式足矣。一万个人相当于现代军队一个师的编制，这一万个人要知道自己肯定被杀，又没事先捆住手脚，一合计干脆抄家伙拼吧！弄不好您的皇位还真不一定能保得住。所以这国王的做法既不理性也不人性，只能解释成国王是一个杀人狂，一个杀人狂式的昏君。

## 二　是国王也是俗人

距离天竺国六十里的地方有一座布金寺，院主向唐僧师徒透露了一个信息：有一日，天竺国的公主被一阵风刮到了这里，目前还藏在寺中。为了防止被他人玷污，院主对弟子们谎称是抓住了一个妖精。老院主曾几次去天竺国打探关于公主的消息都无果而终。老院主虽不识齐天大圣的盖世神通，但也看出唐僧师徒的与众不同，所以恳请唐僧师徒到了天竺国设法辨明公主的音讯，救公主于苦海。

孙悟空保护着师父去倒换关文，但听得熙熙攘攘的人们大呼小叫：快去看抛绣球啦！唐僧不愿凑热闹想绕开走，但孙悟空提醒师父：不可忘记布金寺老院主嘱托的事。师父依了徒弟去往那抛绣球处。那妖精变的假公主远远就望见唐僧向这边走来，等唐僧到了距彩楼不远处，假公主拿起绣球不偏不倚正砸中唐僧的脑袋。

公主搀扶着唐僧一同去拜见国王，国王见被绣球击中的是个和尚，心里有些不快，便问公主："中意否？"公主的回答当然是满意了。国王见公主满意就叫传旨诏谕天下，择良辰吉日完婚。唐僧急得头冒汗，赶忙请求国王："放赦！放赦！"那国王闻说板起面孔："这和尚甚不通理，朕以一国之富招你为驸马，你不在此享用，为何只念西去取经，再若推辞，叫锦衣官校推出去斩了！"蛮横的一席话唬得唐僧战战兢兢、魂不附体。从国王对待唐僧的态度上看，天竺国王很威严、霸气，果真这样吗？让我们来看看国王对孙悟空是什么态度就明白了。

国王同意了唐僧的请求，召见三个徒弟前来倒换关文，让他们继续西行取经。当国王问道："哪位是驸马高徒？姓甚名谁？"孙悟空并不答问而是高声大喊：陛下"重己轻人"，既招我师父为驸马便是贵人，如何叫他一旁侍立？被溜须拍马、阿谀奉承惯了的国王哪见过这架势，不免大惊失色有点蒙圈了。在儒教者们看来孙悟空这是冒犯天尊、大逆不道，按律当斩。再说孙悟空指责国王"重己轻人"的观点也不能成立，所谓上尊下卑，国王贵为天子当然要"重己轻人"。指责他人"重己轻人"必须有一个前提：双方是平等的关系，而儒教的三纲五常等教条正是为了确定人与人之间的不平等关系才设立的。所以孙悟空指责国王"重己轻人"等于是在抨击那些极不平等的儒教教条。

孙悟空简单向国王介绍了一下自己的身世：父天母地，石裂吾生，拜至人，成大道。幽冥界，消死名。官拜齐天大圣，搅乱蟠桃会，大闹上天宫……再看那国王与前已是判若两人，慌忙下了龙床，御手挽住唐僧道：“驸马，也是朕之天缘，得遇你这仙姻仙眷。”此时的态度应算是和蔼可亲。

在孙悟空打败假公主救回真公主之后，孙悟空还不忘百脚山有蜈蚣成精黑夜伤人。于是对国王拱手说道：“老孙还有一事奉上。”国王答道：“神僧有事吩咐，朕即从之。”孙悟空：“请国王选一千只特大雄鸡，撒放百脚山可除那蜈蚣毒虫，为民解忧。”

现在让我们回顾一下国王的态度——从刚见到唐僧的盛气凌人，到对唐僧的和蔼亲切，再到甘愿听从孙悟空的吩咐，这一系列态度上的转变证实了国王不过就是个会“看人下菜碟”的俗人而已。什么贵为天子、皇权神授、君尊臣卑，统统是儒教鼓吹的欺人之谈罢了。

在乌鸡国中所展开的故事是关于真假国王的故事。

真国王在位时非常“点儿背”，赶上连续三年天大旱，土地干枯以致地里庄稼颗粒无收。饥民饿死无数，就连文武大臣也被停发了俸禄，国王本人也吃不上肉，真是一幅哀鸿遍野、饿殍满地的凄惨景象。

就在国王整天愁眉不展、无可奈何时，从钟南山来了一位全真道士，此人有呼风唤雨、点石成金的本事。国王请他登坛祈雨，只听令牌响后，顷刻间便大雨滂沱。国王喜不自胜愿与他结八拜之交，以“兄弟”称之。从此俩人便成了形影不离、吃喝不分的好“哥们儿”。但意想不到的是，这好哥们儿原来是包藏祸心，就在俩人同游御花园观赏美景时，这道士趁国王不备一下子把他推入井中，然后“摇身一变”就与国王的模样不差毫厘，皇后、太子及两班文武大臣们的肉眼根本无法识别，于是道士开始享受国王才有的尊贵、奢华的生活。

以儒教的理论来说，假国王是“夺权篡位、悖逆天理”。可这却与百姓没有一毛钱关系，因为百姓最关心的不是谁当皇上，而是谁能给百姓的生活带来实惠。自假国王掌权后，国家进入风调雨顺、国泰民安的向好形势。依百姓的眼光看，人们都能吃饱肚子才是最大的“天理”！你儒教宣扬的“天理”一味地向着统治者说话，即便是有些愚不可及的统治者，也必须称其为“当今圣上”。反过来却视百姓的生命如草芥，什么“饿死事小，失节事大”乃是最不人道的“歪理邪说”！

孙悟空叫猪八戒去井龙王的水晶宫，把淹死了的真国王驮出井口，由于真国王被井龙王用定颜珠定住，所以整个身躯完好无损，只是不会喘气罢了。

孙悟空为了把国王医活，不辞辛苦来到了太上老君的宅邸——兜率宫，开口就借一千粒九转还魂丹。太上老君听了很生气：“什么一千粒两千粒，当饭吃呢！”孙悟空又说：“百八十粒也行。”太上老君颇显不耐烦：“你以为金丹是泥捏出来的，没有，没有，快走，快走。”孙悟空见太上老君态度坚决，便也不再磨叽：“那好，我问别处借吧。”说完转身就走。待孙悟空走不多远，“老奸巨猾”的太上老君觉察出不对劲儿：这猴头今日变得如此乖巧，根本就不是他的办事风格。即令仙童把孙悟空叫回来：“我知你这猴头手脚不稳，我送你一粒‘还魂丹’，省你一些力气。”孙悟空嘻嘻一笑：“你这老官倒很识相。”

自皇帝吃下还魂丹也就半个时辰，只听肚子里咕噜噜开始乱响，孙悟空又往他嘴中吹入一口清气。只见那皇帝呼的一下坐起，瞅见唐僧急忙双膝跪拜，口中称谢不已。

活过来的国王跟随唐僧师徒一起到乌鸡国参加“打假行动”。去的路上孙悟空并没有让国王太悠闲，而是吩咐八戒把行李分成两半，一半八戒自己挑着，另一半则叫国王担着。孙悟空笑呵呵地问国王：“陛下，让你挑着担子跟我们走走，可亏你吗？”那国王慌忙跪下道：“师父，你是我重生父母一般，莫说挑担，情愿执鞭坠镫，伏侍老爷。”

孙悟空在这里的问话是有深意的，因为儒教教主孔子非常看不起劳动阶层，把体力劳动称作鄙事，把从事体力劳动的人看作贱人。正如《孟子》中所言：“劳心者治人，劳力者治于人。”在儒教的观念中最尊贵、最不该干体力活的人是谁？当然就是国王，是受命于天的天子。而《西游记》的作者却偏要与此针锋相对，非要让天的儿子做一回鄙事，当一次贱人。你儒教把天子当作天下人的父亲，让人们去忠去孝，我偏让他把孙悟空称作再生父母，而且甘做下人——执鞭坠镫去伏侍老爷。虽然孙悟空把假国王打败，让这位死而复生的皇帝重新登上了皇帝宝座，但作者也借此明确宣告了：所谓的皇帝不过是普通人而已！

有一首歌唱道：“爱江山更爱美人。”朱紫国的国王正是这样一位爱江山更爱美人的皇帝，何以见得？这要从国王卧病三年的病因说起。

三年前的端午节，国王与皇后、嫔妃等众人正在御花园喝着黄酒、吃着粽子，看歌舞、观龙舟。忽然一阵风至，半空中现出一个妖魔，此魔自称赛太岁，居住在麒麟山獬豸洞，洞中少个夫人，访寻皇后生得貌美姿娇，便逼迫朱紫国国王交出皇后，给自己做个压寨夫人，如若三声不从，就先吃了国王，再吃众臣，满城黎民尽皆吃绝。面对如此的凶神恶煞，国王及大臣们无计可施，只有束手待毙的份儿，迫不得已把皇后——朱紫国也称金圣宫——送给妖魔。受了这样一场巨大的惊吓再加上噩梦连连、忧思不断，国王一病不起就是三年。面对国王的病患太医也是无能为力，只好张贴皇榜广招天下贤医，榜中有言：疗理朕躬，稍得病愈，愿将社稷平分，决不虚示。

孙悟空认为朱紫国国王是个贤德之人，就揭了皇榜要医治国王的病。但这一举动可把师父唐僧吓坏了，师父咬着牙对孙悟空说："你这泼猴，害了我也！你跟我这几年，哪曾医好谁来？你连药性也不知，医书也未读，怎么大胆闯这个大祸！"孙悟空笑道："师父，你不晓得，我有几个草头方儿能治大病。就是医死了，也只问个庸医害人的罪名，罪不至死。"

通过孙悟空的回答，我们发现在孙悟空的意识中，给皇帝治病和给普通人看病没什么两样。绝不像儒教者们那样把皇帝视为天的儿子，奉若神明般地仰视和绝对尊崇。这在孙悟空后面的表现中展现得更加充分。孙悟空揭了皇榜之后回到住处，看榜的太监、校尉一行人在猪八戒的引路下来到了会同馆，找到了孙悟空。孙悟空的派头十足，对太监、校尉们说："招医榜确实是我揭的，你叫国王亲自来请我，我有手到病除之功。"

国王乃是君父，既是国家最高的长官，又是天下人的父母，也是实际上的儒教教主。给最高的长官看病，理应是你的荣幸，你不屁颠儿屁颠儿赶紧跑去，还要长官亲自来请，这要让儒教教主孔夫子知道了，估计又要惊呼“是可忍，孰不可忍了”。再有给自己的父母看病，还要自己的父母必须亲自来请，这是多么不孝。

封建社会的法典《开皇律》（隋代第一部成文法典）中有十恶不赦的十大罪状，大不敬和不孝都在这十大罪状当中。也就是说孙悟空给国王看病，非要叫国王亲自来请，这一个举动就触犯了两个该砍头的大罪。而大不敬和不孝之所以被列入十大罪状当中，正是为了维护儒教极力主张的礼治制度。

由于朱紫国国王身虚力怯，不可乘辇，所以叫大臣代请孙悟空，而且特意嘱咐：见着孙悟空要行君臣之礼。孙悟空使用了绝技“悬丝诊脉”来为国王看病，并诊断出国王得的是“双鸟失群”之症。有大臣想探个究竟便走向前问：何为“双鸟失群”？孙悟空笑答：“有雌雄二鸟原在一起同飞，被暴风骤雨惊散，雌不能见雄，雄不能见雌，雌仍想雄，雄亦想雌，这就是‘双鸟失群’也。”众官闻说，齐声称赞：“真乃神医也！”

孙悟空用大黄、巴豆、锅灰和马尿制成的药丸，把国王的病很快治愈。国王为了酬谢唐僧师徒，在光禄寺大排筵宴。唐僧不喝酒，由三位徒弟代饮。待酒过三巡孙悟空问道：“陛下可愿金圣宫回国？”国王含泪答道：“朕切切思思、无昼无夜，岂有不让她回国之理！”孙悟空说：“陛下放心，我定将那妖怪降伏。”国王扑通一声跪下：“若救得朕后，我愿领三宫九嫔出城为民，将一国江山尽付神僧，让你为帝。”听此言、见此景猪八戒忍不住哈哈大笑：“这皇帝失了体统！怎么为了老婆就不要江山，跪着和尚？”

猪八戒所言失了“体统”当然是指失了儒教的“体统”。儒教教主孔夫子有言：“唯女子与小人为难养也。”（语出《论语·阳货》）这种歧视妇女的态度，被后来的儒教信奉者彻底继承，女人低男人一等，在他们眼中是符合天意的真理，三纲中的“夫为妻纲”写得明明白白。孔子对女人存有偏见是确凿无疑的，孔子在卫国时，看见卫灵公和夫人同坐一辆车，这本是夫妻恩爱的表现，没什么不好，孔子却大发感慨：“我还没有见过爱慕德行像爱慕美色一样的人啊！”（“吾未见好德如好色者也。”语出《论语·子罕》）孔子看见鲁国国君沉迷女色，就要离开鲁国，其实这也可以理解，沉迷女色的人往往缺少大志向，正所谓“玩物丧志”，你羞于与这种人为伍，痛痛快快走就行了，可孔子却对为他送行的人唱了一首歌，而歌词却表现出对妇女的不公：“那些妇人的口，可以把大臣赶走；那些妇人的晋见，可以使你身死名裂。”（“彼妇之口，可以出走；彼妇之谒，可以死败。”语出《史记·孔子世家》）

所以，在信奉儒教的人看来，若拿一国江山去换个美人，这不但不成体统，简直就是胡闹。

朱紫国国王愿将一国江山换取金圣宫，并且有意让孙悟空为帝，自己要带领三宫九嫔出城为民。在笔者看来，国王的这一系列举动，除了说明国王对皇后的感情真挚、感情浓厚外，也在很大程度上表示了国王对儒教文化——君贵民贱、男尊女卑等观念的不屑。待孙悟空降伏了妖魔之后，师徒四人向国王辞别，要继续西行。国王把唐僧请上龙车，君王后妃不讲尊贵，一起扶辇推轮送别师徒。

## 三　国王之父

《西游记》中最典型、最直接、最有力的否定儒教宗旨的场景，当然是在孙悟空大闹天宫的恢宏画卷中。

孙悟空先是欺负龙王，后又搅翻冥界，接连在太岁头上动土。玉皇大帝闻奏此事，决定铲除妖猴以树天威。这时太白金星启奏道："此猴乃天地育成之体，日月孕就之身，有降龙伏虎之能，臣启陛下降一道招安圣旨，宣他上界，授他一个小官职，拘束此间，他若听话还可升赏，若违天命就此擒拿。一则不必劳师动众，二则凸显收仙有道。"玉帝闻言甚喜："准奏。"

太白金星亲自去了花果山，把孙悟空请上天界。来到灵霄殿外，金星奏道："臣领圣旨，已宣妖仙到了。"玉帝垂帘问道："哪个是妖仙？"孙悟空只是躬身应道："老孙便是。"众仙卿大惊失色："这个野猴！怎么不拜伏参见！该死了！该死了！"

见着玉帝不拜伏当然是大不敬的死罪，按照孔子的要求就是拜伏完了，你也不能没事儿人似的坦然待着，"君在，踧踖如也，与与如也"，"摄齐升堂，鞠躬如也，屏气似不息者"。（《论语·乡党》）也就是说在皇帝面前，你要低头哈腰、诚惶诚恐、大气不能出，这才是你该有的态度。你大大咧咧答一句"老孙便是"，这要让孔夫子看见，非把鼻子气歪不可。

玉帝自己给自己找了个台阶，说："那孙悟空乃下界妖仙，初得人身，不知朝礼，且姑恕罪。"之后给孙悟空安排了个"弼马温"的差事。孙悟空在弼马温的任上干了不到一个月，当听说弼马温是个不入流的官职时，顿时心头火起、骂骂咧咧、不辞而别回到了花果山。可“弼马温”从此却成了孙悟空身上的笑柄。在以后的取经途中，不论是猪八戒为了出气，还是妖怪为了表示蔑视孙悟空，都会大叫“弼马温”这三个字，而每听见这三个字孙悟空立刻会跟对方急眼。在内心深处，孙悟空觉得玉帝封他这个“弼马温”是对他的一种羞辱，所以孙悟空一回到花果山就竖起了一面“齐天大圣”的大旗，齐天大圣的意思就是与玉皇大帝平起平坐。

面对孙悟空的“目中无君”，想来就来、想走就走，把天庭当自由市场来逛，玉帝决定要动点真格的，让这妖猴尝尝天兵天将的厉害，于是封托塔天王李靖为降魔大元帅、哪吒三太子为三坛海会大神，即刻兴师下界，擒拿妖猴。

首先出战的是李靖部下先锋巨灵神，孙悟空对他说：“我不想一棒打死你，你捎个话回去，对玉帝说让他照大旗上写的‘齐天大圣’来封我，如若不依，我打上灵霄宝殿，叫他龙床坐不成！”这等于是告诉玉帝：我要造反！

由于巨灵神的武功比起孙悟空相差太多，所以没几个回合就败下阵去。哪吒能耐不小，与孙悟空经过多回合激战，终究稍逊一筹，也只得铩羽而归。

托塔天王返回上界，启奏玉帝：“那孙悟空神通广大，不能取胜，望万岁添兵剿除。”玉帝言道：“谅一妖猴有多大本事，还要添兵？”哪吒又近前奏道：“那妖猴使一条铁棒，先败巨灵神又把臣的臂膊打伤，他洞外立一竿大旗，上书‘齐天大圣’四字，若封他此官，他便休兵来投，不然还要打上灵霄宝殿也。”玉帝颇感惊讶：“这妖猴何敢如此猖狂，着众将即刻诛之！”正说间太白金星进言道：“加兵争斗，想一时不能收伏，干脆封他个‘齐天大圣’的空衔，不让他管事、不给他发工资，把他养在这儿，收他的狂野邪心，这般可乾坤安靖、海宇清宁也。”

玉帝采纳了太白金星的建议，封了孙悟空一个“齐天大圣”的名号，又在蟠桃园附近批了一块地皮，给他盖了一座“齐天大圣”府。孙悟空在上界过起了优哉游哉、东游西逛的愉快生活。可日子不长，一位叫许旌阳的真人向玉帝汇报：孙悟空广交朋友，有“结党营私”的嫌疑，还是给他找个事干，可免生事端。也许玉帝觉得猴子对果树比较熟悉，让孙悟空管理蟠桃园应该问题不大。但玉帝疏忽了猴子对桃的特殊“感情”，孙悟空无法控制品尝桃子的欲望，基本上是桃子成熟一个他吃一个。等到王母娘娘要举办蟠桃大会，派七个仙女去采摘，结果采摘到的桃子合格率极低。当孙悟空打探到王母娘娘举办的蟠桃大会，并没有邀请他这个“齐天大圣”时，心中很是不爽。他来到蟠桃大会举办地瑶池，把这里的工作人员全部“麻醉”，然后打开玉液琼浆、就着山珍海味，一通狂吃猛饮。喝得醉醺醺的孙悟空，摇摇摆摆、迷迷糊糊走到了太上老君的府邸兜率宫，孙悟空见院中无人，就来到炼丹房，还是无人（原来仙童、仙吏等众人都在朱陵丹台听太上老君讲道呢）。丹炉旁边安放着几个葫芦，葫芦里全是炼好的金丹，孙悟空明白金丹乃仙家之至宝，心中顿时喜不自胜，把葫芦盖打开，像吃炒豆似的将金丹吃了个精光。不承想，这金丹不仅具有使人长寿的效果，还有醒酒的功能，金丹下肚之后孙悟空的头脑一下子清醒了许多。孙悟空暗自思量：这场祸，比天还大，若惊动玉帝，恐性命难保，干脆撒丫子跑吧！孙悟空使了个隐身法，一路逃回花果山。

见孙悟空归来，四健将及众怪们磕头拜谒，大摆宴席为美猴王接风。孙悟空端起斟满椰子酒的石碗喝了一大口，而后龇牙咧嘴地嚷道：“不好喝！不好喝！”崩、芭二将言道：“大圣在天宫吃了仙酒、仙肴，自然觉得此椰酒不美。”“胆大包天”的孙悟空居然说道：“我再去瑶池走一趟，偷它几罐琼浆玉液回来，让你们也尝尝仙酒的美味。”说完孙悟空就以“超音速”的速度，不一会儿打了个来回。于是花果山的大小头目欢聚一堂，喝着孙悟空偷回来的琼浆玉液，热热闹闹地举行了一场“仙酒会”。

当玉帝闻奏孙悟空的一系列胡作非为之后，实在是怒不可遏，立即命四大天王协同托塔李天王，并哪吒太子，率二十八宿、九曜星官、十二元辰、五方揭谛、四值功曹、东西星斗、南北二神、五岳四渎、普天星相，共十万天兵，以排山倒海之势向花果山压来。到达之后托塔天王传令：把花果山围它个水泄不通，上下布满十八架天罗地网。随后李天王首先派九曜星官出战，面对九个凶神孙悟空毫无惧色，抡开金箍棒一通猛打，直打得九个星官筋疲力软，败阵而去。接下来李天王亲自带领其他四天王及哪吒太子共同对战孙悟空，孙悟空从容迎敌，把个金箍棒使得上下翻飞，挥舞得风雨不透。双方僵持多时，孙悟空见天色将晚便不再贪战，即拔下一撮毫毛，变化成千百个孙悟空把五大天王等击退。

应王母娘娘之邀，观音菩萨带着大徒弟惠岸也来参加蟠桃盛会，但见瑶池中场面混乱，忍不住问知根由。当得知是一位叫“齐天大圣”的妖孽捣的乱，众天兵正在花果山缉拿此怪，便吩咐徒弟：快去花果山了解战况如何，速速回报，如遇对战可助天兵一臂之力。

惠岸驾云迅急来到天兵大营，见着父亲托塔天王急忙下拜（惠岸是李天王的二太子，原名木叉），父子相见免不了寒暄几句，说话间有兵来报：齐天大圣在外面叫战。惠岸道："孩儿不才愿往，看他究竟怎么个大圣！"惠岸与孙悟空大战了五六十个回合，渐渐感到臂膊酸麻、体力难支，虚晃一招败下阵去。托塔天王见现在这样一个局面实难取胜，决定上表奏章请求援兵。

玉帝看到请求救兵的言辞有些不解：一个小小的猴精，有多大本事，居然能敌过我十万天兵？这时观音菩萨举荐一人说：陛下调二郎真君可擒此猴。

二郎神与孙悟空的对决，那是真正的棋逢对手、不分轩轾。他们一上来就战了三百回合，正缠斗得难解难分之时，二郎神忽地一下长成万丈身高，手中兵器以泰山压顶之势砸向孙悟空，孙悟空摇身一晃长成擎天之柱，生生抵住二郎神。之后孙悟空开始"变化万千"，二郎神随之"万千变化"。最终还是远在南天门观战的太上老君助了二郎神一臂之力——将金钢琢往下一抛正砸中孙悟空的猴头，二郎神等人趁机以绳索绑住孙悟空。

玉帝传旨：把孙悟空押至斩妖台，将这厮碎尸万段！

被牢牢捆在斩妖柱上的孙悟空，任凭大力鬼王等人刀砍斧剁、枪刺剑刳，身体居然完好无损。这下让玉帝犯了愁，正不知如何处治时，太上老君进言：把他交给我，我用文、武火不停地烧炼，待炼出他吃进我的丹来，身体自然化为灰烬。

太上老君把孙悟空推入八卦炉中，一直炼了七七四十九天。老君觉得时辰已到，准备开炉取丹。那孙悟空在炉内正揉搓着双眼，忽听见炉头响动，抬头望见光明，急不可耐纵身跳出丹炉，唿喇一声，一脚踹翻八卦炉，从耳中取出金箍棒，幌一幌碗般粗细，似疯狂的白额虎不分好歹，猛冲猛打，打得那九曜星闭门闭户、四天王无影无踪。直打到通明殿里、灵霄殿外，幸有值殿的佐使王灵官提金鞭挡住去路："泼猴何往？有吾在此，切莫猖狂！"孙悟空不由分说上来就打。后又有三十六员雷将加入厮杀，一同围堵孙悟空，孙悟空全然不惧，把个金箍棒舞得风雨不透、无人能够靠近。玉帝明白情况不妙，忙命人去西方请佛祖前来救驾。

如来佛祖赶到灵霄门外，叫雷将退下，之后问孙悟空："你屡反天宫，为何这等横暴？"孙悟空高声答道：

> ……
>
> 因在凡间嫌地窄，立心端要住瑶天。
>
> 灵霄宝殿非他久，历代人王有分传。
>
> 强者为尊该让我，英雄只此敢争先！

佛祖说道："他自幼修持，苦熬一千三百五十劫，方能享受这无极大道。"孙悟空对佛祖的说法儿不以为然，说道："他虽年劫修长，也不该久占在此，常言说得好，'皇帝轮流做，明年到我家'。"

从佛祖与孙悟空的对话中，我们可以深切地感受到作者对儒教的否定态度。儒教主张君为臣纲，而作者借孙悟空之口强调强者为尊；儒教主张皇权世袭制，而孙悟空理直气壮地高叫——皇帝轮流做！儒教把世间的皇帝视为天子，而作者把天子的"天"加以人格化，从而把他——玉皇大帝描述成昏聩、无能的形象。这样的描述是极其重要的，因为皇权统治最主要的法理依据就是"君权神授"。

我是天的儿子，我代表天意！而《西游记》作者把所谓的“天”拉下圣坛，归入愚蠢、无能的昏君行列，这是在直接撼动执政者的统治根基。这在儒教人士看来当然是大逆不道、罪不可赦。与小说作者同时代的著名思想家李贽，被统治集团投入大狱的主要原因之一，就是非议孔子及儒教。所以对儒教的反叛，不仅需要具有一定的思想水平，还需要承担不小的政治风险。

总之，《西游记》作者以旷绝一世的犀利笔锋及敢为天下先的气魄和勇气，把所有国王、天子的“老爸”拉出来进行了一番戏弄和嘲讽。我想至少从艺术创作的角度来讲，《西游记》的作者不愧是古往今来反儒教者当中的第一人！

从前三章的分析中，我们已经清晰地看到了，作者对儒、释、道三家思想所进行的笔伐墨诛，也就是说作者从儒、释、道三个角度分别对“三藏真经”进行了解构。其实在小说第二回中，作者就对三家学说有过概括的说明和形象的比喻，或者说进行过一次整体的解构。

菩提祖师问孙悟空：“我教你流字门中之道如何？”孙悟空反问：“流字门中，是甚义理？”祖师答：“流字门中乃是儒家、释家、道家、阴阳家、墨家、医家，或看经，或念佛，并朝真降圣之类。”孙悟空：“似这般可得长生吗？”祖师道：“若要长生，也似壁里安柱。”孙悟空又问：“怎么谓之壁里安柱？”祖师解释说：“人家盖房，欲图坚固，将墙壁之间，立一顶柱，有日大厦将颓，它必朽矣。”

作者借祖师之言，把儒、释、道等几家学说比喻成房子墙壁间的顶柱，所谓房子其实就是封建王朝的统治大厦，当这座大厦土崩瓦解时，它的支柱——儒、释、道等各家学说也就成了风吹日晒、雷击雨打的朽料。

无疑作者对儒、释、道三教的认识是深刻的、比喻是巧妙的、解构是有力的，特别是解构的过程贯穿了作品始终。在小说的结尾部分，第九十八回和第九十九回的故事里，作者又对“三藏真经”的整体进行了解构，从而达成首尾呼应的精彩艺术效果。

如来问阿傩、迦叶：“传了多少经卷与唐僧？可一一报数。”但在阿傩、迦叶所报的经卷名称中出现了《本阁经》《西天论经》等“荒唐无稽之经目”。据此，以鲁迅为代表的一些研究者认为《西游记》作者不懂佛教。下这样一种结论虽不敢说轻率，但显然是不解作者的用意。

笔者比较认可刘勇强先生对此的阐释：“根据《西游记》中有‘荒唐无稽之经目’就说作者不懂佛教未必十分妥当。因为佛教经目历来刊刻极多，如要如实援引，不是件很困难的事。其经目纵有不周到之处，也只能说明作者无意宣传取经和他惯用游戏之笔，而不能证明他连如此简单的知识都没有。”与刘勇强先生的看法稍有不同的是，我以为作者不但无意宣传取经，而且对取的“三藏真经”进行了无情的鞭笞，在唐僧所取的经卷中，之所以出现“荒唐无稽之经目”，恰与解构“三藏真经”的真意相吻合，作者用这种貌似草率实则轻蔑的游戏笔墨，来达到解构“三藏真经”的严肃目的，除了令我赞叹其艺术手法的绝妙外，作者创作时的潇洒状态也令人欣羡。

为了彻底打碎读者对“三藏真经”的那份美好的向往和期盼，作者非常“狠心”地让“三藏真经”以残缺不全的状态呈现在读者面前，从而完成了最后一次解构。

八大金刚护送唐僧师徒回东土，半路接到菩萨传来的暗旨，让把唐僧放在通天河西岸，以完成佛门九九归真的九九八十一难。通天河非常辽阔，一眼望不见对岸，师徒正发愁时河岸边出现一白头老鼋，老鼋大声嚷道："唐圣僧！这里来！老师父，我等了你们许多年，怎么今日才回呀？"师徒记起，来时正是此老鼋伏渡他们过的通天河，今日重逢大家自然欢欢喜喜。老鼋耐心驮着师徒半日有余，已经可以望见河的东岸，却仍不见唐僧提起往年托付的事，忍不住问道："我向年托付圣僧，问寻一下佛祖，我何时脱去本壳，可得一个人身啊？"老鼋见唐僧缄默不语，便知忘记替他问寻，于是将头一下缩入水里，唐僧师徒与白龙马连带所有物品全部落入水中。师徒们奋力登上岸匆忙整理湿透的衣物，忽然又狂风大作、飞沙走石、雷电交加、昏天暗地。惊得那唐僧死死压住了经包，沙僧使出浑身之力按住经担，八戒拽紧了白马。孙悟空挥舞金箍棒上下左右封护，原来孙悟空识破这风、雷乃是阴魔作祟，欲夺经书。如此这般忙活了一宿，待到天明阴魔总算散去。师徒四人走到高崖处，打开经包晾晒。不承想，晾干后收拾经卷时，有些经卷已粘在石崖上，尤其是经尾部分损坏比较严重。唐僧见状，懊悔、痛惜之情溢于言表。孙悟空却呵呵一笑："此乃应天地不全之奥妙。"

其实孙悟空自始至终对"三藏真经"都是持怀疑态度的。在第三十四回的故事里，孙悟空装扮成小妖去请妖王的老母亲。想到面见妖王老母必须磕头，孙悟空心生怨气：一卷经能值几何？今日却叫我不得不拜此怪。而在小说第七十七回的故事中孙悟空同样发出过类似的感叹——由于魔王们对外谎称已经把唐僧吃掉了，孙悟空四处打探的结果也是如此，顿时悲伤不已，心里念叨：这都是我佛如来坐在那极乐之境，没得事干，弄了那“三藏之经”。显然，孙悟空看待“三藏真经”的态度与师父唐僧迥然不同——唐僧内心对“三藏真经”充满了敬仰，而在孙悟空的心目中“三藏真经”似乎是无足轻重的。

《西游记》作者让小说的第一主角发出对“三藏真经”的质疑和不敬，这既透露了作者对“三藏真经”的真实态度，又提示了读者对“三藏真经”的作用应该有所醒悟，当然它也是小说解构艺术的有机组成部分。

行文至此，笔者把《西游记》作者如何解构“三藏真经”的过程已经梳理完毕。那么《西游记》是否也像许多欧美的后现代主义小说一样，只是一味地解构而没有建构呢？答案是否定的。作者以旷古绝伦、超尘拔俗的艺术才华，抽象、立体、多维的艺术构想，通过象征、隐喻、寓言等艺术手段，为读者建构了一部独树一帜、空前绝后的“无字真经”。但是对于解读“无字真经”的难度之巨，作者也是充分意识到了的，所以才有燃灯古佛的说法：“东土众生愚迷，不识无字之经。”如来佛祖也说过基本相同的话：“白本者，乃无字真经，倒也是好的。因你那东土众生，愚迷不悟，只可以此传之耳（只可传有字之经）。”不幸，小说作者借燃灯古佛、如来佛祖之口说出的预言一语成谶，至今已问世四个多世纪的《西游记》，里面的“无字真经”仍然处于无人解得的状态，笔者著此书的目的就是要领悟、解码这部“无字真经”，不解开这部无言语文字的真经，就算不得读懂了《西游记》，这恰如小说中师徒的一段对话所言——

孙悟空说道：“师父，你好像又把乌巢禅师的《心经》忘记了。”

唐僧道:“《般若心经》是我随身衣钵，自那乌巢禅师教后，哪一日不念，哪一时得忘？颠倒也念得来，怎会忘得！”孙悟空说道:“师父只是念得，不曾求那师父解得。”唐僧道:“猴头，怎么又说我不曾解得！你解得吗？”孙悟空态度谦卑、言语诚恳地答道:“我解得，我解得。”听见孙悟空说解得，在一旁的猪八戒和沙僧都笑得不能自禁，猪八戒说:“耍嘴！跟我一样妖精出身，又不曾听过经，说什么解得？听讲，请解！”沙僧也帮腔道:“二哥，你也信他？大哥扯长话，哄师父走路罢了。他只晓得弄棒，哪里会讲什么经！”唐僧说:“悟能、悟净，休要乱说，悟空‘解的是无言语文字，乃是真解’。”作者无疑是在暗示读者——读《西游记》如果只去抠它字面上的意义，是无法领会小说真谛的，只有从小说文本产生的象征中、从形式的语言中去探寻、挖掘才有可能得到《西游记》的“真解”，才有可能解开无言语文字的“无字真经”。

# 第四章

# 象征的世界

象征是《西游记》最主要的艺术特色之一，“无字真经”就孕育在那象征的世界当中。

在《西游记》问世两百多年之后，欧洲的法国诞生了一个文学流派——象征主义。它的代表人物之一法国诗人莫雷亚斯，1886 年在《费加罗报》上发表了一篇《象征主义宣言》。在这份宣言中，莫雷亚斯阐明了其象征主义美学宗旨：“赋予思想一种敏感的形式，但这形式又并非是探索的目的，它既有助于表达思想，又从属于思想。……象征艺术的基本特征就在于它从来不深入到思想观念的本质。因此，在这种艺术中，自然景色，人类的行为，所有具体的表象都不表现它们自身，这些富于感受力的表象是要体现它们与初发的思想之间的秘密的亲缘关系。”“客观只向艺术提供了一个极端简明的起点，象征主义将以主观变形来构成它的作品。”

莫雷亚斯这位西方文学艺术名家肯定没有想到，在其《象征主义宣言》中所提出的美学宗旨、所要达到的艺术境界——有一位东方文学艺术巨人，早于他两百多年前就以小说的形式，完美地实现了他想实现的美学宗旨，完美地达到了他想达到的艺术境界，这部小说就是在中国家喻户晓的《西游记》！

# 一　唐僧——善良的象征

在小说《西游记》中，唐僧这一形象与孙悟空的形象，是同等重要的角色，这不仅是因为没有唐僧西天取经就无从谈起，还因为他们都是作品中具有象征性的人物，或者说他们都是“无字真经”的组成部分。

首先，唐僧在作品中的身世就凸显着浓郁的象征色彩，他是佛祖的二徒弟金蝉子转世，还是十世修行的好人。金蝉子转世表明他“根正苗红”，十世修行隐示着他作为好人的永恒性和纯粹性，这些自然都加深了唐僧作为至善之人的象征性。

唐僧作为“善良”的象征，他在整部小说中的善言与善行是贯穿始终的，“善”既是他坚定的信仰，也是他言和行的原则，为了“善”他可以失掉尊严乃至牺牲性命。当然在作品中更多时候是这颗善良之心受到妖怪的欺骗和蒙蔽，尽管如此他始终坚持善的理念。凡是与善相悖的事情、相悖的言语，他坚决不做不说，不但自己不做不说，还要与这类现象做斗争。为此也时常引发他与徒弟们之间的矛盾，特别是孙悟空因此受了不少委屈。但在受委屈的同时孙悟空也从中受到感悟和洗礼，感触到了“善”的力量和“善”的美好，从而在西行的过程中更加坚决地保护唐僧，取经的立场也更加坚定。

在《西游记》中围绕唐僧身上发生的故事，或者说当他成为某一章回的主要人物而展开的故事，那么也可以说就是关于“善”的故事。观音菩萨奉如来旨意去东土寻找一位有大德行者的善信，并赠送他两件宝贝——锦襕袈裟和九环锡杖，穿此袈裟号称可以免堕轮回、手持锡杖可免遭毒害。观音菩萨到了东土大唐之后，在“水陆大会”上看见坛主唐僧（那时还只称玄奘法师），心中欢喜，知晓他乃是佛祖如来的二徒弟金蝉子转世，便选定他为西天取经人。

唐太宗见唐僧愿去西天求取“三藏真经”乃为保大唐江山永固，当即与他拜为兄弟，且在送行时指唐赐姓，又以西天有经三藏为名，赐他“三藏”的称号。但这一称号非但没给他带来什么福佑，反而成了作者“丑化”他一些行为的缘由。前文已经表述过作者对三教合一的“三藏真经”是持否定、批判立场的，考虑到这一点作者就不可能把顶着“三藏”称号的唐僧刻画得很可爱，相反他把小心眼、懦弱、窝囊、愚钝等常人身上的小毛病一股脑儿都涂在了唐僧身上。要知道，历史上真实的唐僧那可是民族英雄、民族脊梁式的人物，作者如此描写唐僧那是要有一点“冒天下之大不韪”的勇气的（如果当事人都健在，那作者肯定是要吃官司的），可这又是作品艺术性统一的需要，必然这么写，要怪只能怪唐太宗非要送他这么个倒霉的称号。关于唐僧性格的描绘还有一点时常被人诟病——有时一听闻前面有非常厉害的魔头便吓得滚鞍落马、魂飞魄散，有时到了生死关头又毫无惧色、视死如归。这让人看上去很不协调，如果按照现实主义文学的要求，唐僧的形象会被认为刻画得很不成功。其实这是唐僧作为“善”的象征的一种需要，因为至善的境界也就是“童心”的境界，而一个小孩子碰见丑陋的事物、凶恶的人被吓得胆战心惊、哭哭啼啼是很正常的。《西游记》是一部用解构与象征等艺术手法表达哲理性主题的小说，所以我们不能照搬现实主义的美学原则来衡量《西游记》。

唐太宗送别唐僧的仪式举行完之后，唐僧就正式踏上了西天取经之路。唐僧与两个随从及一匹白马行进得并不很远，还未走出大唐地界，便连人带马掉入了一个魔王设置的陷阱，此魔王号称寅将军，他还有两个好哥们儿，一个叫特处士，另一个叫熊山君。两位好友看见被绑在一边悲悲戚戚的唐僧及随从，便问：可能待客否？寅将军很是大方，立即命小妖把两个随从剖腹剜心，心肝算作上品待客，其他部位剁碎给小妖们分食。面对如此残忍之状唐僧早已吓得魂不附体，也由此见识了妖魔的本质是多么凶恶、残暴。这让唐僧在往后的取经途中，只要识破了妖魔的伪装，认准了徒弟们打杀的是真妖魔，他就绝不说半个“不”字，可除此之外就是遭遇抢劫，不给财物就要杀死他的强盗，唐僧也是大发慈悲，不忍灭杀。

唐僧从两界山底把孙悟空搭救出来之后，师徒俩第一次产生的矛盾是因为碰上了六个拦路抢劫的强盗，强盗们手持长枪短剑、气势汹汹，唬得唐僧跌落马下，孙悟空扶起他安慰说：“师父不用怕，这伙人是送衣物给我们的。”强盗们怎知孙悟空的厉害，抡枪舞剑地照着孙悟空的脑袋乱砍，等这伙强盗打累住手了，孙悟空拿出金箍棒，一棒一个全都让他们见了阎王。此时唐僧已从惊恐中缓过神来，开始给孙悟空上课，意思是你把他们赶走就完事了，没必要一个个都打死。平心而论唐僧说的并没错，但他却啰里啰唆讲了一大堆，什么出家人“扫地恐伤蝼蚁命，爱惜飞蛾纱罩灯”，你全无一点慈悲好善之心，你不分青红皂白无故伤人性命，要是在城市里你这样行凶，我也会跟着你受牵累，你横暴人间、欺天诳上所以要受压在山底的五百年之难，你这样子去不了西天，做不得和尚……孙悟空这暴脾气忍耐不了唐僧没完没了的絮叨，一个筋斗云跑得无影无踪。

为此孙悟空给唐僧的第一印象就是一个缺少慈悲之心的人。而唐僧恰恰是个慈悲为怀之人，所以他俩之间发生一些矛盾、争执或误会那是在所难免的。

小说第二十七回，也就是妇孺皆知的孙悟空三打白骨精的故事，它是非常典型的、最能反映唐僧性格特点、最能反映唐僧道德底线的一回故事。

师徒一行走到半山腰处，唐僧饥饿难耐便叫孙悟空化些斋来。孙悟空随口说道："此处前不巴村后不着店，我如何化斋？"唐僧心中不快："你这猴子，想你在两界山，被如来压在石匣中，要不是我，你能出得来？而今让你去化点斋却犯懒惰。"唐僧的意思很明确，你要知恩图报。如果孙悟空也是这种常人的思维，他可以回敬一句：要没有我你不早被妖怪吃了？但孙悟空没有说这话，因为孙悟空毕竟承认唐僧是他的师父。

就在孙悟空驾筋斗云去远处寻找食物时，惊动了此山的妖怪白骨精，白骨精也曾听闻吃唐僧肉可以长生不老，于是她计上心来，摇身一变，变成一个花容月貌的美女，左手提着青砂罐，右手拎着绿瓷瓶，径往唐僧的方向走去。唐僧见有人走来就对八戒、沙僧言道："悟空刚说这里旷野无人，你们看那里不是有人过来吗？"唐僧的言语中明显透露出对孙悟空的不够信任。猪八戒走过去问询得知，美女乃是一位斋僧的好人，高兴得一溜"猪癫风"回来报信儿："师父，吉人自有天报，斋僧的来了。"起初唐僧并不太相信，合掌问道："女菩萨，你府上在何处住？有甚心愿，来此斋僧？"白骨精编造出一大套花言巧语哄骗唐僧……这时孙悟空拿着刚摘的桃子回来，他一眼看出这个美女是妖怪变的，便举起金箍棒奋力一击，这白骨精功夫不错，抽走真身只留下一具假尸。唐僧气得浑身颤抖："猴头无礼，无故伤人性命！"孙悟空急忙说："师父莫怪，你且看看那罐里是什么东西？"师徒们一看，原来妖怪提的瓶、罐中尽是些长蛆、癞蛤蟆之类。唐僧见了此景将信将疑，猪八戒却在一旁唆嘴道："这女子明明是个农妇，怎么就成了妖怪？这是哥哥怕师父念紧箍咒，便使了个障眼法。"唐僧觉得猪八戒说得有理，不再犹豫念起了紧箍咒。唐僧宁可相信猪八戒也不相信孙悟空，那是因为在唐僧眼里孙悟空是有"前科"的。从第十四回的故事中孙悟空打杀了六个强盗，唐僧就得出了一个结论：孙悟空极少慈悲之心。这一次唐僧不光念了紧箍咒，还要把孙悟空清出取经队伍，决心之大从唐僧与孙悟空的对话中可以看得很清楚。

唐僧："出家人念念不离善心，你却步步行凶，打死这个无故平人，取将经来何用？你回去罢！"

孙悟空："师父，你叫我回哪里去？"

唐僧："我不要你做徒弟。"

孙悟空："你不要我做徒弟，只怕你西天路去不成。"

唐僧："我命在天，该哪个妖精蒸了吃，就是煮了，也算不过。终不然，你救得我的大限？你快回去！"

我们看唐僧的话语是多么铿锵有力，他的形象在读者心目中一下子仿佛高大起来，特别是他亮出了自己取经的原则：取经若是要以伤害无辜人的生命为代价，这个经宁可不取；为了保护我的性命，要以冤杀他人的生命为代价，我宁愿失去保护。由此也可以看出在唐僧的心中善行的理念高于取经的目的，自身性命的价值是建立在尊重他人生命的基础上。这样一种大善无形、上善若水的胸怀，这样一种我不下地狱谁下地狱的气概，不仅对读者，就是对孙悟空同样是一种心灵的震撼，令其信服。

孙悟空见师父决心赶他走只好苦苦哀告：师父把我从两界山中救出，如此大恩大德我若是不报，就这么走了，那岂不落得个“知恩不报非君子，万古千秋作骂名”了，求师父再给个报恩的机会吧。唐僧毕竟是个心软的和尚，也就回心转意，但警告孙悟空如再作恶决不轻饶。

唐僧肉对于白骨精的诱惑太大，所以她不甘心自己的失败，她要再次施展手段争取拿住唐僧。这回她变成一个八十多岁的老太婆，手拄着一条弯头竹杖，边哭边向师徒走来。猪八戒见了大惊道：“师父，不好了，那老婆婆来寻人了。”唐僧：“寻什么人？”猪八戒：“师兄刚才打杀的，定是她女儿。”孙悟空觉察到不对劲儿：“兄弟莫要胡说，那女子十八岁，这老妇有八十岁，怎么六十多岁还生产？断乎是个假的！”说话间孙悟空迎了上去，到老妇跟前一眼认出她是妖精，也不搭话举金箍棒照头便打。老妇一见棒起，真身敏捷化出，留一具假尸躺在路旁。唐僧被惊得滚下马来，更无二话，只把那紧箍咒足足念了二十遍。把孙悟空的脑袋勒得似个葫芦，孙悟空不得不哀求师父：“师父莫念了！有甚话说了罢！”唐僧道：“还有甚话说！我苦苦劝你别再行凶，才打死一个，现在又打死一个。”孙悟空：“她是妖精。”唐僧怒斥：“胡说！哪来这么多妖精？你是个无心向善之辈，有意作恶之人。你回去罢！”

一个太过慈善的人也一定是个童心未泯之人，在他们的心灵世界中，人类的美好远多于丑恶，人类的善良远多于邪祟。所以在妖魔蒙骗的过程中，虽然露出了不少破绽——瓶、罐中的蛆和蛤蟆，八十岁的老妇却有个十八岁的女儿。面对这些破绽，唐僧仍然认为妖精不是妖精，孙悟空是诬害好人、作恶多端。容易受骗上当可以说是善良之人的通病。孙悟空虽然觉得冤枉但也有口难辩，只好采取“曲线”策略让师父原谅，对唐僧说道：“五百年前我老孙那也是威风八面，头戴紫金冠、身穿赭黄袍、腰系蓝田带，足踏步云履，手执如意金箍棒，曾收伏七十二洞邪魔，手下有四万七千群怪。自从跟你做了徒弟，头上却多了个金箍，这样子回去恐遭故人取笑，师父若不要我，请念念‘松箍咒’把它褪下，师父不会这点情意也不讲吧？”唐僧为难道：“悟空，当初菩萨只是暗授了我一卷‘紧箍咒’，并未教我‘松箍咒’。”孙悟空：“既然没有‘松箍咒’，师父还是带我走走吧。”唐僧无奈道：“我再饶你这一次，切不可再行凶了。”孙悟空：“再不敢，再不敢了。”

对于又一次失败，白骨精心有不甘，特别是唐僧师徒再向前行走四十里就出了自己的地盘儿，到那时不光唐僧肉吃不上还要遭受其他地方妖魔的讥笑，想到此白骨精愈发恼怒，急躁中的她变化为一个老公公，手掐佛珠、口诵佛经向师徒走去。白骨精的这一次变化不知是过于完美，还是变化时用劲过大，总之她变化出的老公公“像”得有点过分，因为不光外形变得神似，连眼睛都变成了老眼昏花，孙悟空向前与他搭话，他居然未能认出，站立眼前的是两次棒打过他的敌手。他没认清孙悟空，可孙悟空一眼看出他是妖精，手起棒落……这次白骨精再也未能摆脱命运的劫数——本想吃口唐僧肉可长寿长生，结果事与愿违，只落得个命丧黄泉的下场。

面对孙悟空的屡教不改、眼见孙悟空的连毙三命，唐僧实在是忍无可忍，从包裹中取出纸笔写了一封贬书，郑重地对孙悟空宣告：

“猴头！执此为照！再不要你做徒弟了！如再与你相见，我就堕入阿鼻地狱！”孙悟空连忙说：“师父，不消发誓，我去便是。师父你请坐，受我一拜，我也去得放心。”唐僧倔强地转过身去：“我是个好和尚，不受你这歹人的礼！”孙悟空走之前嘱咐沙僧道：“贤弟，你是个好人，途中照顾好师父，倘一时有妖魔拿住师父，你就说我老孙是他大徒弟，量西方毛怪闻我的名声，不敢伤害师父。”唐僧听见大声说道：“我是个好和尚，不提你这歹人的名字！你快走吧！”

从唐僧对孙悟空的决绝态度上，读者可以清晰地看出他与行恶之人是多么水火不容，尽管唐僧是冤枉孙悟空的，但这并不影响我们领略唐僧对“善”的不可动摇的信念。当孙悟空迫不得已走后不久，唐僧被黄袍怪抓住绑在定魂桩上，此时唐僧心里不停地念叨：“悟能啊，不知你在哪个村中逢了善友，贪着斋供；悟净啊，你又不知在哪里寻他，可能得会？岂知我遇妖魔，在此受难！几时得会你们，脱了大难，早赴灵山！”在这生死攸关的时刻唐僧只想着猪八戒和沙僧，并不思念多次使自己化险为夷的孙悟空。而当黄袍怪的老婆百花羞与唐僧搭讪，唐僧干脆说道：“女菩萨，不消问了。我已是该死的，走进你家门来，要吃就吃了吧，还问什么？”他并不去想要是悟空在该多好啊，也许我会逃过此劫，或者想要不要念一下紧箍咒让悟空知道我有难了，他神通大、办法多或许我还有救。这些一般人通常都会有的想法，被唐僧彻底摒绝，由此可见他当初轰走孙悟空绝非戏言、绝非一时的气话，从他的言行中丝毫看不出后悔的意思，反而是可以清楚地看到他甘愿用生命来履行——宁可自己失去保护，也不冤杀他人性命的原则，这样一个原则的背后必定有一个强大的“善”的信念来做支撑，否则根本不可能坚持这一原则。

妖魔们对于唐僧善心的利用几乎可以说是屡试不爽。平顶山的魔怪银角大王深知孙悟空的厉害，如果硬取唐僧肉不要说吃，闻也闻不得，所以他使用“善中图计”的办法，装作一个受伤的老道，躺在路旁的草丛中高喊：“救命！救命！”唐僧听见呼救立即勒住马察看，发现是一位伤痕累累的道士在呼喊。道士自称是被猛虎所伤，恳求唐僧搭救送他一程，等回到观里必谢深恩。唐僧言道：“我是僧，你是道，我不救你算不得出家之辈，让我的马驮你走吧。”老道推托胯骨跌伤不能骑马。唐僧说：“沙和尚你背他一程吧。”老道的目标是孙悟空，所以他说：“我刚被猛虎吓着了，他长得凶过老虎，不敢叫他背。”唐僧只好说：“悟空你来背吧。”孙悟空不能违拗师父的旨意只好去背，这一下正合了银角大王的意。

孙悟空早看出银角大王是个魔怪，但并没拿他当回事，心想等到师父走远我就摔死你。出乎孙悟空的意料，银角大王可不是个等闲之辈，山神、土地像仆人一样任他使唤，所以他用起遣山术来得心应手。银角大王觉察出孙悟空想摔死他，于是他接连遣移须弥山、峨眉山、泰山三座大山的重量狠狠地压住孙悟空，使其动弹不得，这一下叫孙悟空又尝到了五百年前被如来佛祖压在五行山下的滋味。无计可施的孙悟空想到师父即将被魔怪吃掉，自己没有保护好师父成为一个失败者，顿时泪如雨下，也不免发出感叹：“天啊！既生老孙，怎么又生此辈？”幸亏金头揭谛把山神、土地们找来，孙悟空才得以脱身，脱险之后立即抖擞精神、斗志昂扬地投入解救唐僧的战斗中。

再一次利用唐僧的那颗至善之心的妖怪是红孩儿，而红孩儿简直就是孙悟空的克星。在唐僧、八戒、沙僧还未见过红孩儿，孙悟空也未曾与红孩儿正式交锋，无意之中红孩儿就让孙悟空尝到了苦头。

师徒四人行走到崇山峻岭之间，孙悟空忽见一朵红云升至九霄空中，结聚了一团火气，孙悟空大惊道："兄弟们，不要走了，妖怪来也！"慌得唐僧滚鞍下马，八戒急掣钉钯，沙僧忙抡宝杖，把唐僧团团围住。红孩儿在空中望见此情景，知道有人认出了他，便决定以"善"迷惑他心，按落云头离去。孙悟空见红云消散、火气消失，便叫："师父，请上马走路。"唐僧疑问道："你才说妖精来了，怎么又叫走路？"孙悟空解释说："我刚见一朵红云腾空而起，在空中结成一团火气，断然是妖怪，现红云已散，我想是个过路的妖精。"猪八戒道："妖精还有过路的？"孙悟空说："若有那山那洞的魔王设宴，邀请诸山各洞的妖精赴宴，各路精灵都来赴会，他只有心赴会，却无意伤人。此乃过路之妖精也。"唐僧听后将信将疑，只得攀鞍上马继续前行。

顺路正行时忽闻呼救声。唐僧道："有落难之人，我们可救他一救。"孙悟空劝道："师父，今日把那慈悲之心略收起些吧，此处凶多吉少，待过了此山，再发慈悲吧。"那救人之声不绝，令孙悟空实感闹心，他干脆念声咒语，使了个移山缩地之法，一下子把妖精撇在后面。红孩儿叫了数声，等了多时不见人来，心里盘算也许是唐僧走岔了路，于是他又纵红云升腾空中向下观瞧。孙悟空正仰面回望，识得是妖精闪现，匆忙把唐僧连搂带拽拖下马来，嘴中喊道："兄弟们小心，那妖精又来也！"慌得八戒、沙僧各持兵器把唐僧护在当中。红孩儿见状暗挑大指，横下心要先把那有眼力的弄倒。于是他到前方不远处，用绳子把自己吊在松树上。孙悟空见红云消失又请师父上马。唐僧问:“你说妖精又来，如何又要走路?”孙悟空答:“这还是个过路妖精，不敢惹我们。”唐僧嗔怒道:“你这泼猴，耍弄于我。有妖精处却说无事，清平之地又恐吓我，不时地嚷嚷有妖精，还狡辩说什么过路妖精，虚多实少的，险些摔伤了我也。”孙悟空道:“师父莫怪，跌伤了手足还可医治，若被妖精捞了去，那麻烦就大了。”唐僧见孙悟空顶嘴，怒气冲冲地就要念那紧箍咒。沙僧赶紧劝慰师父，替孙悟空说点好话，唐僧这才消了些气，重新上马走路。红孩儿的一个随意举动，被唐僧误会成了是孙悟空在有意耍弄他，孙悟空心里别提多憋屈了，稍后他把胸中的这口闷气，全撒在了妖精的假身上。

唐僧没走出几步，就听一个孩童的声音高喊救人，抬头望去，见一个小孩儿被吊在树上。唐僧回头怒斥孙悟空:“你这泼猴全无一点良善之心，只知撒野行凶，我说喊叫的是人声，你非说是妖精，你看这不是个人吗?”孙悟空看师父在气头上，不敢多说，怕他再念紧箍咒。随后，不论唐僧是让马驮着红孩儿还是叫八戒、沙僧背着他，红孩儿都找各种借口推托不行，最后让孙悟空背着他，红孩儿暗自高兴一口答应。孙悟空背着红孩儿边走边说:“你身体怎么才三斤多沉？肯定是妖精。”红孩儿说:“我骨骼小。”孙悟空问:“你几岁?”红孩儿:“我七岁。”孙悟空:“一年长一斤，也该七斤重啊。”红孩儿使了个重身法，向孙悟空肩上吐了几口仙气，真身迅速抽离，孙悟空顿觉有千斤重担来压，恼羞成怒的孙悟空把妖精的假身狠狠地摔在石头上，又解气地把他的四肢扯断扔在一边。红孩儿却已借机弄起一阵狂风，霎时灰尘迷漫、飞沙走石，直刮得八戒不敢睁眼、沙僧不敢抬头。风停再看唐僧已被红孩儿掳去。

孙悟空和猪八戒找到了红孩儿住处——火云洞。索要师父不成双方大打出手。红孩儿身怀绝技——口喷三昧真火、鼻冒滚滚浓烟，另有五辆战车也一齐火光迸发，如同火焰喷射器一般。猪八戒怕被烈焰烤熟早已退走，孙悟空虽不惧火但被浓烟围困，本事也难以施展，不得不暂时撤离。

沙僧见猪八戒、孙悟空狼狈而归，呵呵笑道：“擒此妖怪可用相克之法。”孙悟空一听很有道理，即刻动身去请龙王。龙王来了之后孙悟空前去索战，红孩儿故技重演又是喷火又是放烟，龙王见时机已到立马开闸放水，想把烟火浇灭，不承想红孩儿吐的是三昧真火，不但不怕水，遇到水更如同火上浇油越烧越旺，孙悟空一看情况不妙赶紧跑吧。逃出来后，一身烟火，燥热难耐，孙悟空一下跳入山涧里的水中。谁知被冷水猛地一激，弄得火气攻心、气塞胸膛一下子休克过去。幸亏猪八戒、沙僧采取急救措施，抻腿、压胸打通了气道，苏醒过来的孙悟空向两位师弟表白：我这次吃了大亏也。虽然后面的故事情节里孙悟空冒充牛魔王也就是红孩儿的父亲，受到了红孩儿口称父王、磕头参拜的大礼，总算找补回一点儿颜面，内心稍微平衡了一些，但孙悟空拿红孩儿真的没有什么办法，只好把观音菩萨请来才收伏了红孩儿。

唐僧三番五次上当受骗，给徒弟们伏怪降妖带来了很多不该有的障碍，这和唐僧的童心未泯、涉世不深有直接关系，但最主要的是由于他秉持“善”的理念，以慈悲观念引领自己的行为准则，对不明白、不明朗的人和事总是采取“无罪推定”的原则，所以他的受骗上当几乎是必然。孙悟空对此是比较理解的，尽管他因此受了很多苦，遭了很多罪，但当他从休克中醒来开口就大叫师父，说明他并不怨恨师父，而是心里惦挂师父。这么多次受妖精蒙骗也未从中吸取教训，一般读者会觉得唐僧很可气、很愚蠢。但如果我们辩证地去看这个问题——多次被人欺骗却不去骗人，多次去救人却差点被救的人吃掉，对此却无怨无悔、不改初心，依然施“善”下去，这不正是“善”不可遏抑的力量体现吗！这不正反映出唐僧行善的意志多么坚定、坚强吗！这不正说明“善”已融入唐僧的血液中，变成他坚不可摧的信仰了吗！

作者在降伏白毛老鼠精的故事一开场，便描述唐僧的头顶上空有祥云缥缈、瑞霭氤氲。孙悟空见状心呼：好啊，好啊！这不恰是“善”的化身的画面吗！这不恰是“善”的象征的图景吗！

白毛老鼠精变作一个有沉鱼落雁之容、闭月羞花之貌的美女来迷惑唐僧。在黑松林中唐僧听到有人呼喊救命，寻声音过去见一棵大松树上绑缚着一个美女，便问她因何事被绑在此处。妖精编了一大堆谎话哄骗说：去给先祖扫墓，没想到杀出一伙强盗，强盗的大王贪我姿色要我去做夫人，二大王想要我做妻室，三、四大王也想要我，最后有七八十人为我争吵不休。强盗们怕起内讧所以把我绑在林间听天由命。唐僧信以为真便叫猪八戒把妖精解下来。孙悟空及时赶到阻止了八戒，并告诉师父此女子是个妖怪。猪八戒不相信这么漂亮的女人会是妖怪，但这次唐僧表现得很明白，对猪八戒说：“你师兄时常看得也不差，不管她了，咱们走吧。”孙悟空很高兴，伏侍师父上马走路。可没走出多远那妖精使了一缕顺风，把一句话轻轻送入唐僧耳内：“活人性命还不救，昧心拜佛取何经？”就是这么一句话，一下子击中了唐僧的心门，使他再也挪不动向前行走的脚步，勒住马对孙悟空说："还是救那女子下来吧。"孙悟空问："正走着怎么又想起她来了？"唐僧道："她又在那里叫呢。"孙悟空说："我们都没听见，偏让你听见，她叫什么？"唐僧道："她说得有理呀，'活人性命还不救，昧心拜佛取何经？'救人一命强似取经拜佛。"孙悟空叹息道："师父行起善来真是没药可医啊。"唐僧道："古人云，'勿以善小而不为，勿以恶小而为之'。还是救她一救吧。"孙悟空无奈："你非得救我也不敢多劝，劝一会儿你又恼了，念那'紧箍咒'。"

唐僧师徒带着解救下来的妖精，走到了一座寺庙，师徒本打算借住一宿第二天就开拔，但唐僧早起浑身酸疼，大概得了重感冒，这样又多住了两天，一共住了三天，可三天之中庙里消失了六个敲钟的小和尚，大伙都觉得蹊跷，唯独孙悟空心里明镜似的，他决定变作个敲钟小和尚去捉拿妖精。在与妖精打斗时，那妖精自料敌他不住，便脱下左脚上的绣花鞋，念个咒语，变化成本身模样，真身化为清风直奔唐僧的住处，掳走了唐僧。

我们看唐僧的这次施善造成的后果是多么严重，但如果真的让他见死不救，他的那颗不忍之心又将难以平静，救人比取经还重要，这一点唐僧有着明确的认识，所以他无法做到继续前行。面对这种进退两难的处境，唐僧的选择是宁可救错也不能漏救。你说他太善良也好，说他太愚笨也罢，反正下次碰见这种情况他还是照救不误，用孙悟空的话说就是：善将起来无药可医。

如果唐僧认定孙悟空的对手确实为妖魔时，他也会毫不含糊地支持孙悟空铲除妖魔。例如当师徒们来到一个叫陈家庄的地方，听这里的人们说有一个灵感大王，每年要百姓祭赛一对童男童女供他吃掉，这样才可保当地居民风调雨顺、民康物阜，否则便降祸生灾。孙悟空决定为民除害，他想和猪八戒变化成那对童男童女，去祭赛灵感大王，以借机打杀邪魔。可猪八戒不愿意去，这时唐僧就站在孙悟空一边，开导猪八戒："悟能，你师兄做得很对，常言说救人一命胜造七级浮屠，你兄弟耍耍去来。"

特别是小说第七十八回故事里，比丘国国王由于遭受妖魔的迷惑，纵欲过度、身虚神弱。妖怪变化的国丈给国王出主意，说用一千一百一十一个小孩儿的心肝当药引，可使国王益寿千年，国王昏庸信以为真，便命各家各户有小孩儿的必须献出来。唐僧闻听此事气得大骂："昏君！昏君！痛煞我也。"当得知孙悟空要想方设法搭救这些孩童，立马丢下往日为师的架子，情不自禁躬身向孙悟空施礼："贤徒，若能救得孩童性命，真乃天大之德。"古人对礼节是十分重视的，三纲中的父为子纲，五常中的"礼"都可约束师徒间的关系。徒弟见师父躬身行礼这是最常见的礼节，反过来师父给徒弟行躬身礼这是要遭人耻笑的，而唐僧不太在乎这些繁文缛节，在他眼里徒弟们愿做积德善举比什么都好，可以这样说：师徒中唐僧是西天取经最坚决的，但他的奉慈行善比取经还要坚决，这在唐僧第二次驱离孙悟空的章回中足以得到说明。

第五十六回《神狂诛草寇　道昧放心猿》的故事叙述了孙悟空又一次被唐僧强迫离开。

一伙路匪截住了骑马走在前面的唐僧，唐僧没钱，路匪便让他把外衣脱下把马留下，不然就挨揍，情急之下，从不说谎的唐僧只得说："二位大王，切莫动手。我有个小徒弟，在后面就到。他身上有几两银子，把与你罢。”路匪头领吩咐把唐僧先吊在树上，等他徒弟过来。孙悟空到了之后对路匪说：“你们先放我师父走，然后咱们分银子。”放了唐僧之后匪徒们要孙悟空拿银子出来分，孙悟空耍起了猴性：“我没银子，我说的是把你们抢得的银子拿出来分分。”一听这话，匪徒们气得脸儿都绿了，刀枪棍棒没头没脑照孙悟空抡去。待匪徒们停手之后，孙悟空不慌不忙地从耳中取出金箍棒，当当两下结果了两个首领的性命。唐僧不忍看这血腥的场面，吩咐八戒赶紧刨坑把两具尸体埋了，之后又为匪首祷告：“拜惟好汉，听祷原因……却遭行者，棍下伤身……你到森罗殿下兴词（告状），倒树寻根，他姓孙，我姓陈，各居异姓。冤有头，债有主，切莫告我取经僧人。”又补充道：“好汉告状，只告行者，也不干八戒、沙僧之事。”孙悟空听唐僧这么说，忍不住笑道：“师父，你老人家忒没情义，虽是我动手打，却也只是为你。你不往西天取经，我不与你做徒弟，怎么会来这里，会打杀人！索性等我祝他一祝。”说完攥着铁棒朝那坟堆捣了三下，道：“遭瘟的强盗，你听着！我被你前七八棍，后七八棍，打得我不疼不痒的，触恼了性子，一差二误，将你打死了。尽你到哪里去告，我老孙实是不怕：玉帝认得我，天王随得我；二十八宿惧我，九曜星官怕我；府县城隍跪我，东岳天齐怖我；十代阎君曾与我为仆从，五路猖神曾与我当后生；不论三界五司，十方诸宰，都与我情深面熟，随你哪里去告！”

唐僧见悟空这般认真起来，天色不早，也只得压下心中的不悦，上马继续西行。行不多时，忽见不远处有一座庄院，唐僧决定在此借宿。院主人很是和蔼，热情地招待师徒。闲聊中得知院主的儿子不孝，经常干一些打家劫舍的勾当。师徒们吃完斋饭便去安歇。不一会儿院主人的儿子带着一伙人回家，看见院里拴了匹白马，感觉眼熟便去问媳妇白马是什么人的。媳妇回说是四个在这儿借宿的和尚的马。院主儿子一听很是惊喜，忙招呼同伙商量，准备吃好饭、磨好刀待和尚睡熟时杀掉他们，抢得白马顺手给死去的两个头领报仇。原来这院主的儿子正是白天抢劫唐僧的路匪中的一员。仁慈的老院主听到了这伙人的密谈，赶紧悄悄地告诉唐僧师徒，让他们从后门尽快离开。那帮草寇吃饱饭、磨快刀来到师徒睡觉的地方却寻不见人，白马也没了，只见后门大开，于是他们按照“作死”的节奏向西一路追赶。明明见识过孙悟空的功夫、明明领教过金箍棒的威力却还要去争强逞凶，这当然是自寻死路——被孙悟空三下五除二打得死的死、伤的伤，特别是院主的逆子，孙悟空对其格外痛恨，把他的头颅割下。

唐僧见死伤多人，二话不说就开始念紧箍咒，完了让孙悟空立即离开，不然还接着念。

让我们回顾一下观音菩萨把紧箍咒教给唐僧时的交代：你默念此咒，他再不敢行凶，也再不敢去了。

说到行凶，自孙悟空戴上紧箍儿之后，杀伤路匪是唯一的一次行凶，其他的行凶孙悟空都是被冤枉的，没有那些个行凶唐僧早就被吃无数次了。至于说到孙悟空再也不敢去了（当然是指主动离去），自从戴上紧箍儿那一刻起，根本是一次也没发生过。也就是说观音菩萨认为紧箍咒的主要作用是把孙悟空留下，叫他不敢离开，可事实上紧箍咒的作用却是相反，变成了驱走孙悟空最好使、最有力的工具了，这也许是观音菩萨当初没想到的吧，应该说唐僧也是有点滥用“职权”的嫌疑的。到底算不算滥用职权先不去管它，反正是每次被驱赶，孙悟空都非常不愿意走，包括这次孙悟空被紧箍儿勒得实在受不了走了，可转了一圈他又回来了，觉得还是应该继续保护师父：“师父，恕弟子这遭，以后决不敢行凶了。”唐僧连话也不搭，马上就念紧箍咒，念够了才问：“你又来缠我干吗？”孙悟空：“我不保师父，师父难以到达西天。”唐僧：“到得了到不了不关你事，快走，快走！”走慢些我又念咒，这次决不停口把你脑浆勒出来。

表面看唐僧对孙悟空是多么无情无义，其实唐僧的这种无情更多的是针对自己，因为唐僧决不会傻到不知道赶走孙悟空意味着自己的生命得不到保障，自己的取经大业很可能完成不了，但唐僧甘愿冒如此大的风险也要把孙悟空驱逐，原因就是“善”的信仰高于一切、“善”的原则必须坚守、“善”的理念必须奉行。

对这一点感触最深的，同时也是最理解唐僧的人，不是别人恰恰是孙悟空，所以孙悟空虽然三番五次被唐僧驱离，但他并没有真的很生气，真的去忌恨师父，而是每次都非常不愿离开，迫不得已离开时还常常眼底噙泪、恋恋不舍。这就与刚拜唐僧为师，杀戮六贼时的情景形成了巨大反差，那时的孙悟空只为师父絮絮叨叨、话不投机就擅自远走高飞，而随着故事的发展，孙悟空任凭师父打骂、驱赶也不肯离去，其中的原因到底是什么呢？

是为了求取真经？显然不是，孙悟空对所谓的“三藏真经”从未赞一词，而且还有对“三藏真经”不当回事的想法。那么是为了报答唐僧的搭救之恩？在三打白骨精的故事中孙悟空的确说过要报答师父的话，可要不是孙悟空的智勇，在此章回中唐僧就已被吃了三回了，更不用说在后面的故事里孙悟空救了师父太多次。所以从情理上孙悟空并不亏欠唐僧。当唐僧发誓说我再也不念紧箍咒让孙悟空走人时，面对没有了紧箍咒的束缚，孙悟空完全可以过诡衔窃辔、逍遥自在的畅快生活，但他没有这样选择。如果说当初孙悟空保护唐僧是出于某种不得已或无奈的话，那么从唐僧驱赶孙悟空而孙悟空又不肯离开的那一刻起，保护唐僧已经转化为一种高度自觉的行为，之所以出现这种转化是因为一个至善之人才可能具有的人格魅力深深打动了孙悟空；一个至善之人所自然流淌出的博爱精神征服了孙悟空！一个把“善”视作自己坚定信仰的人，一个时刻不忘积德行善的人，一个为“善”肯牺牲性命的人，他身上自然会聚积起一种浩然之气，当这种浩然之气从他身上释放开来，必将展现出“善”的光芒、“善”的力量、“善”的坚韧及“善”的一往无前、不可阻挡的气势！在这种气势面前，不论是孙悟空翻江倒海、上天入地的神通，还是妖魔千变万化的鬼蜮伎俩，都不过是个人的技能而已。而由唐僧象征的“善”却是世界上一切美好事物的根源、根本！一个毫无善心的人，就是人中之妖；一个没有“善”的世界，不配称作人类世界。因此，凡是希冀世界变得美好的人们，凡是诅咒人世间的丑恶叫它无处可遁的人们，都应聚集在“善”的旗帜周围，都应该像孙悟空那样为这面“善”的旗帜做英勇无畏、不屈不挠的斗争！

## 二　孙悟空——正义的象征

《西游记》一开篇就显示出了作者宏伟的构思蓝图，壮丽的史诗气派，它从宇宙的起源、天地的形成、人类的诞生写起，进而衍伸到对孙悟空诞生的描述。孙悟空的出生与众不同，极富诗性色彩和浓厚的象征意蕴。傲来国花果山顶上有一块巨大的仙石，每受天真地秀，日精月华，感之既久，遂有灵通之意。内育仙胞，一日迸裂，产一石卵，似圆球样大。因见风，化作一个石猴——孙悟空就此横空出世。按玉皇大帝的说法，孙悟空乃天地精华所生。这样的一种出生方式自然使人感到强烈的震撼，而且具有极强的寓意，同时它也强烈暗示着读者：不可照常规的小说人物那样去理解或欣赏孙悟空。那么到底该怎样理解孙悟空，历来是众说纷纭：有说他是心的代表，有说他是英雄好汉，有说他是倒向统治阶级的投降派，等等，不一而足。在笔者看来，上述这些理解是“表层”化的，是遵照传统小说的审美思维去理解孙悟空的，但《西游记》是一部运用解构、象征等艺术手法创作的小说，所以要真正理解《西游记》，真正理解小说中的主要人物，只有遵循象征文学的审美之维才有可能领悟它们的真正含义，才能领略《西游记》伟大而又奇妙的艺术风采。

纵览全书，孙悟空的形象能够达到“象征正义”这样一个高度，当然不是一蹴而就的。可以肯定地说，孙悟空在保唐僧取经之前，他与正义没有多少关系，那时的他恰如一个懵懂少知、无拘无束、狂野任性的少年，所作所为大多是出自本能的好恶，而非理想的指引或信念的坚持！

他在菩提祖师那里除了学得一身硬功夫外，道德修为方面则不见一丝长进，甚至还有退步的迹象。学艺前他还能做到：人若骂我，我也不恼；若打我，我也不嗔。可自从学会七十二番变化，除了本领大增之外，他的脾气也随之蹿长。

在他漂洋过海"留学"海外期间，一个叫混世魔王的水脏洞洞主，总是欺负花果山的这群猴子。孙悟空回到花果山闻听此事，二话不说就去寻他报仇，到那儿夺过大刀，一刀劈死了混世魔王。孙悟空自己得了一把大刀不算，又去傲来国的兵器库，"盗窃"了众多刀、枪、剑、戟等分发给手下群猴。一日，他觉得手里的刀很不称心，想换件兵器，手下老猴出主意说，可去龙宫找寻，那里也许会有大王中意的神器。他来到龙宫自报家门称：吾乃花果山天生圣人孙悟空！

这口气真是狂妄至极。按照历史上的惯例，"圣人"都是后人加封给前人的，如果谁敢活着的时候就称自己是圣人，我敢保证他离死不远了，你想啊，有多少人盯着你的一言一行，稍有差错便是讽刺、挖苦，"板砖"乱砸，用老百姓的话说：光唾沫星子也能把你淹死！尤其是专制社会的最高统治者，他会允许一个"圣人"在不远处闪烁光彩，而削弱他的光芒吗？特别是关于国家的事情，肯定要征求"圣人"的意见，征求的次数多了问题就来了，总听你的吧，人们不免产生疑问：国家的最高长官到底是谁？不听你的吧，哪件事办砸了，人们难免议论：圣人的主意你不听，这不是找倒霉吗？所以活着的圣人就是皇帝脚上的癞蛤蟆——不咬人，硌硬人。你让皇帝的心情不爽，皇帝能让你的日子好过吗？碰上一个性急的皇帝直接一刀就把你给宰了。孙悟空显然不曾考虑过这些事情，《西游记》前七回中他一直处在“无知者无畏”的状态，什么话都敢说，什么事都敢做。

龙王敖广看出孙悟空是来者不善，所以打算送他件兵器把他打发走得了，可孙悟空挑三拣四——见奉上的是一把大杆刀，干脆说不会使；龙王又派鲌大尉领鳝力士抬出一杆九股叉，孙悟空放在手里掂了掂嫌太轻；龙王无奈又派鳊提督、鲤总兵抬出一柄七千二百斤重的方天戟，孙悟空拿起来耍了两下还是嫌轻。龙王见状心中不由得生出几分恐惧，可龙宫里确实没有比方天戟更重的兵器了。但孙悟空不死心，非要龙王再找找。龙王只好说：“我这里最沉的东西就是天河定底神珍铁了，可那不算兵器。”孙悟空说：“你拿来我看。”龙王道：“拿不动，你得自己去看。”这块神珍铁居然能听懂孙悟空的话，叫细些就细些，叫短点就短点。这就是“金箍棒”的来历。得到了如意金箍棒，孙悟空并没有见好就收，而是很无耻地说道：“我若不得金箍棒倒也罢了，如今手里拿着它，最好能有一套与它相配的披挂，索性你再送我一身披挂。”龙王道：“这个真没有。”孙悟空说：“一客不犯二主，若没有，我定不出此门。”龙王恳求说：“烦上仙再去别处看看，我这儿确实没有。”孙悟空：“走三家不如坐一家，再说没有，就和你试试此铁。”

我们看，孙悟空的表现就是典型的强盗加无赖做派——才从人家那里索得一件兵器，接着又向人家要铠甲，人家没有，就想用刚刚获得的兵器与人家开打。这种行为是多么无耻，这种品质是多么恶劣。可人们在观看电视剧或阅读小说时，通常并没有觉得孙悟空这样做有多么可恶、可恨，那是因为人们对龙王有着先入为主的印象——龙王属于强者中的强者，是理所当然的厉害角色，在人们的潜意识中敢于与强者叫板、叫横的，那是英雄所为，是英勇的表现，而往往忽略了其中的道德因素。自孙悟空“学艺”归来之后，时间不长，“盗窃”“抢掠”“恃强凌弱”的事都干了。而在这之后发生的，为人们所津津乐道的“大闹天宫”也并没有多少值得人们去赞颂的要素，它并不像有些评论者所说的具有农民起义的意义或主动的反封建意义。孙悟空两次对天庭发泄不满，不是因为受到欺压、压榨，生活或生命难以为继，只是自尊心受了点伤害而已。

孙悟空第一次对天庭的怨恨是因为玉帝封了他一个没有品级的官——弼马温，当他得知弼马温是个未入流的官衔时，顿时火冒三丈，大喊：如此藐视老孙，养马乃下贱之役，岂是待我的，说完推翻公案不辞而别回到花果山。孙悟空的这一举动属于目无领导、无组织、无纪律的表现。让玉帝很没面子，等于小伤了一下玉帝的自尊。孙悟空大概觉得——你伤我一次自尊，我也伤你一次，咱俩谁也不欠谁。但玉皇大帝可不这么认为，天下唯我独尊，谁在我面前“玩自尊”那就是伤我自尊，所以玉帝自然要派天兵天将讨伐孙悟空。遗憾的是，讨伐未见成效，又不得不封孙悟空一个有名无实的“齐天大圣”。有了这个响亮的名号，孙悟空有点沾沾自喜本也正常，但这种愉悦的心情维持的时间并不长，孙悟空的自尊心再一次受到打击。

王母娘娘举办蟠桃盛会，邀请各路神仙出席，凡是有头有脸的人物都在受邀之列，但唯独没有邀请他这个“齐天大圣”，感到受了轻视的孙悟空直奔盛会现场，在把现场的工作人员全都“麻醉”之后，他搬来酒缸就着龙肝凤髓、熊掌猩唇等珍馐百味，一通狂吃滥饮，之后醉眼蒙眬的他又进入离恨宫，把太上老君葫芦里的金丹吃了个干净。得知蟠桃盛会被孙悟空搅黄，玉皇大帝恼羞成怒，非要把孙悟空彻底剿杀。可孙悟空被二郎神索拿之后，不论是刀砍斧剁还是文武火炼，都毫发无伤，而且当孙悟空从八卦炉跑出后，直接杀向灵霄宝殿，要玉皇大帝下台，以便取而代之。玉帝迫不得已请来了佛祖如来，佛祖质问孙悟空："为何在此大动干戈？"孙悟空理直气壮地答道："皇帝轮流做，不应总由一个人坐。"孙悟空的回话——他自己未必意识到，但在客观上体现出一种人道主义的平等精神，同时也是对儒教主张的"君权神授"，人分三六九等、高低贵贱观念的一种冲击。

纵观孙悟空大闹天宫的过程，他的所有行动并不是出于一个计划好的目标，而是源自一种朴素的本能反应——你大材小用让我当个不入流的弼马温，我就直接撂挑子走人；你邀请各路名流参加蟠桃盛会，却没我齐天大圣什么事，我就叫你的蟠桃盛会开不成；你派天兵天将剿杀我，要置我于死地，我就干脆把你打下台！这里虽然体现出了孙悟空顽强不屈的精神，也展示了他个人英雄主义的一面，但这与农民起义的性质是完全不同的，也不包含自觉的反封建意识。

这个时期的他，就是弗洛伊德说的本我，就是一个未被开凿未被教化的初始意义上的人而已。孙悟空所有意识上的拓展、转变，思想上的逾越、升华基本上都是因被如来佛祖压制在五行山下而完成的，在五行山下吃铁丸、喝铜汁，进行了长达五百年的反思、苦思、深思、悟世、悟人、悟道，思想得到彻底蜕变与飞跃是一件再正常不过的事。这也使得孙悟空在今后的取经途中，有资格时不时地开导一下师父唐僧，更主要的——它也是小说中把五行山改叫“两界山”的缘由与寓意所在。

五行山之所以改名两界山完全是针对孙悟空而言的。在跨过两界山之前的孙悟空根本没有什么行为准则、道德标准。可以说他不过是根据“动物”的准则来行事，也就是所谓的丛林法则——强者为王、弱肉强食……孙悟空学“艺”归来后，先去水脏洞杀了混世魔王，为花果山的族群报了仇。之后又去傲来国盗来了很多兵器，指挥猴群整天操练。七十二洞主也慕名而来对孙悟空表示臣服，听从调遣、年年进贡。此后他又遍访英豪、广交贤友，与牛魔王、蛟魔王等六个魔王结为兄弟（这期间他是吃过“人”的）。我们可以把这时的孙悟空简单理解成占山为王的“座山雕”或者是“黑社会”老大，虽然地盘大小不一样，势力强弱不一样，但性质是一样的——都按丛林法则行事，谁的拳头硬谁说了算，没有其他道理可讲。

被唐僧从两界山底下救出之后的孙悟空，有了伐毛洗髓、脱胎换骨的转变——不仅不再欺凌弱者，反而是常常保护弱者。对自己从事过的抢盗等行为也深恶痛绝。用他自己的话说：以前是“天下第一妖”；拜唐僧为师之后，是弃道从僧，改邪归正。拜师之前的孙悟空是按丛林法则来行事，他的思想意识还停留在“动物”的境界，而拜师之后的孙悟空有了“人”才有的平等、善恶等观念，也就是说他的思想意识进入了“人”的境界。

那么有了“人”的观念的孙悟空，在踏上了取经征程之后，他秉持的是非观念表现出了怎样的主要特征？也许可以用墨子的一句名言来概括：“兴天下之利，除天下之害。”就是说具有强烈的“正义”感。而在这条漫长、曲折、充满艰难险阻的取经路上，正义的光芒如何在孙悟空身上闪耀？正义是怎样在孙悟空身上得到伸张？要弄明白这些问题，那就要谈到孙悟空的具体的正义行为和表现，如此，我们只有去回顾整个取经过程，而在回顾当中我们会发现许多精彩又惊险的惩恶扬善的情节，同时这也是一个充分享受艺术趣味的过程。总之，在回顾取经过程中，就可以清晰地看到孙悟空身上的几个主要正义特征："为人解难""平等与自尊""善的捍卫"。

### （一）为人解难

一日，孙悟空与师父走到高老庄这个地方，听说了老高家关于倒插门女婿的事。原来这倒插门女婿是个黑脸大汉，而且很有力气、很能干活，什么搬砖运瓦、筑土打墙、耕田锄地、种麦插秧样样都行，就是饭量大了点——一顿早餐能吃百十个馒头，多吃多干也无大碍，但有一日忽然露出了本来面目，长嘴大耳完全是一副猪的模样，这可把一家老少吓坏了，弄得亲戚邻居也不敢与高家来往。大概要整天把一张猪脸变成人脸是一件挺辛苦的事，所以这妖怪也再懒得变化。把老婆往后院屋里一锁，半年也不让与娘家人见上一面，自己则云里来雾里去的该干什么干什么。老高家请过三四个和尚、道士来降伏此妖，无奈都不是他的对手。

了解到这个情况后，孙悟空自告奋勇要帮老高家解难，制伏妖怪。二人交手之后妖怪问孙悟空："是不是我老丈人请你来的？"孙悟空："你丈人不曾请我，是我保师父西天取经路过此地，顺便拿个妖怪耍耍。"妖怪一听立即丢下兵器说："我也是观音菩萨劝善，在这里持斋把素，叫我跟那取经人往西天拜佛求经，将功折罪。"听了这话孙悟空带妖怪去见师父，见着唐僧之后妖怪正式磕头拜师，师父给新徒弟起了一个响亮的别名：猪八戒。

唐僧师徒走到车迟国这个地方，忽听得一声震耳欲聋的吆喝，唐僧顿时心里开始紧张，孙悟空赶快前去侦察情况。

原来是五百来个衣衫褴褛的和尚，齐声呐喊着往陡峭的山坡上拉车，有两个年轻道士在一旁监视，所以和尚们拼命拉车不敢松懈。孙悟空变作个到处云游的全真道士，找两个道士攀谈后得知——当年车迟国土地干涸、一片荒凉，和尚们祷告求雨无果，后来天降下三个仙人，会呼风唤雨的法术，使天降甘霖、万物复苏。于是国王下令：把所有的和尚全部御赐给道士当家奴使用。那些和尚受尽欺压、摧残，因忍受不了虐待自杀而亡的就有七八百人，因伤病和劳累过度而死的也有六七百人，剩下的这五百名和尚也有很多想死而死不成的。原来是护教伽蓝、六丁六甲开始保护这些和尚，使他们悬梁绳断、投河漂起，并在梦寐中劝慰他们：

再忍些日子，等东土大唐取经的圣僧到来，其中有一位齐天大圣，专好打抱不平、济困扶危，他来了定然灭了道士，还你们敬沙门禅教的日子。

太白金星为了不让这些和尚错过取经人，也托梦给他们描述了孙悟空的长相：

磕额金睛幌亮，圆头毛脸无腮。咨牙尖嘴性情乖，貌比雷公古怪。惯使金箍铁棒，曾将天阙攻开。如今皈正保僧来，专救人间灾害。

孙悟空没有辜负太白金星和六丁六甲、护教伽蓝们的期望，通过惊心动魄、险象环生的赌赛，最终消灭了三位仙人道士。五百名和尚也算是迎来了解放、重新获得自由！

从太白金星与六丁六甲、护教伽蓝劝慰和尚们的言语来看，他们显然并不认为孙悟空的西游之行仅仅是保护好唐僧，他们似乎还认为他身上肩负着某种正义的使命，比如说：打抱不平、专救人间灾害，等等。这从小说后面的故事中仍然能够不断得到印证。

祭赛国僧人们的命运比起车迟国的和尚实在是更加凄惨，他们的生活状况简直连牢狱中的囚犯都不如。

唐僧师徒踏进城中，看见街市繁华、人物精神，但这繁盛景象却被一众和尚打破，他们披枷戴锁、衣衫褴褛，正在沿门乞化。唐僧见状顿觉心酸，忙叫孙悟空去问缘由，和尚们回话：我等冤屈不便在此细说，请到金光寺叙话。来到金光寺这里的和尚也都一个个身披枷锁仿似囚徒一般，唐僧急切问道：你们到底有何冤屈？

原先这金光寺的宝塔祥云笼罩、夜放霞光、昼喷彩气，周围邻国便把祭赛国视为天府神京，年年朝贡。但三年前的一天突然下了一场血雨，塔中的舍利子也被偷走，从此宝塔不再放光明，邻国也不再朝贡。国王本欲征伐，但众臣不愿打仗便诬罔僧人偷了塔中宝贝，所以导致祥云、彩气尽失，外国不肯朝贡。那国王也不察理就把全部僧人抓捕起来严刑拷问，三辈的僧人居然被拷打死两辈，活着的僧人也是长期披枷戴锁受尽折磨。

虽了解到僧人们的灾祸因宝塔而生，但师徒们也一时无法打开这苦难之结。唐僧曾经在法门寺里许愿：取经途中逢庙烧香、见塔扫塔，所以沐浴更衣之后叫孙悟空陪他一起去扫塔。金光寺的宝塔有十三层高，扫完十层，唐僧腰酸腿痛，孙悟空抖擞精神便替师父去扫余下的三层。快扫到顶层时忽听见有说话的声音，孙悟空便钻出前门，踏着云头观瞧，只见第十三层塔心里坐着两个小妖，正在猜拳饮酒，孙悟空不费什么劲儿就将两个小妖擒住。经审问得知：两个小妖一个叫奔波儿灞、一个叫灞波儿奔，塔中的宝贝乃是被万圣龙王与他的女婿九头驸马偷去。小妖还交代：龙王知道西天取经团队将到此地，其中有个齐天大圣神通广大，沿路上专一寻人的不是，特派我们来这儿打探，若取经人到了就回去报信，好早做准备。

由此可知，现在不光太白金星等人知道孙悟空在取经路上行侠仗义、为民除害，就连有些能耐的妖魔也了解了孙悟空身上的这一正义特征，而当初观音菩萨只是让孙悟空皈依沙门，给唐僧当个徒弟，保师父取经，其他的事并无交代，也就是说孙悟空的正义行为完全是一种自觉自愿。这一下就与压在五行山之前的孙悟空判若两人，那时的孙悟空不论是想长生不老去拜师学艺，还是为了自尊、名声而大闹天宫，出发点都在于个人原因。但经过在五行山下修行五百年后，孙悟空的所有举动都显示出了——如墨子所言：“贵义于其身”的色彩，就是说正义比自身的利益重要。

孙悟空、猪八戒押着两个小妖，让他们带路找万圣龙王和他的女婿算账。当万圣龙王听说齐天大圣前来索战，吓得战战兢兢，但他的九头驸马公然不惧，只见他手持月牙铲与孙悟空大战三十余回不分胜负。八戒瞅准时机想在背后偷袭妖怪，可妖怪长了九个头有九双眼睛，等于三百六十度没有死角的视野。妖怪一看腹背受敌便就地一滚现出九头虫本相，展开双翅向山崖飞去，孙悟空腾空追赶，那妖怪却绕崖转回一口叼住八戒钻入碧波潭底。孙悟空只得施展绝技变作个螃蟹把猪八戒救出。

孙悟空不善水战，就让猪八戒去水下挑战，自己立在潭岸等候。待那老龙追出水面，便一铁棒把老龙头打得稀烂。

随后，二郎神与梅山六兄弟打此经过，孙悟空便借助他们的力量把九头驸马打伤，九头驸马负伤逃跑之后孙悟空就趁机变成他的模样钻进潭底找到万圣宫主，从她那里骗得宝贝。最终使得物归原处，也彻底洗刷了僧人们的冤屈。

一日，师徒们被通天河挡住了去路，这河水极其宽阔，一眼望不到边。幸好不远处有一座村庄，师徒们准备到那里讨一些斋饭，借宿一晚。

这村落看上去也还祥和，每家的日子也过得殷实，但每户人家也都有不为外人知的锥心之痛。原来这通天河里住着一个灵感大王，他年年为村子施甘雨、落庆云，但有一个条件，村民们每年要用一对童男童女来祭赛，供他享用，而且必须是村民自己的孩子，你去外面花钱买来的小孩儿他还不吃。

孙悟空听村民说完这个情况，决定为民解难，铲除这个心狠手毒的妖怪，他想和猪八戒变化成童男童女去祭赛，借机拿住妖怪。唐僧很支持孙悟空的行动，但猪八戒不愿意去，认为那是多管闲事，与保护师父无关。孙悟空只得硬逼着他去——不去就打，猪八戒没辙只好费了很大的劲变了个童女跟着孙悟空（孙悟空变了个童男）去庙里祭赛。往年的祭赛灵感大王是先吃童男后吃童女，但这次不同，妖怪对着童男童女说：“祭赛乃上年旧规，如今供献我，当吃你。”童男（孙悟空）答：“不敢抗拒，请自在受用。”灵感大王一听这童男竟然能如此大胆应对，心中不免犯疑，说道："往年我先吃童男，今年倒要先吃童女。"说完伸手去捉童女（猪八戒）。猪八戒立即跳下供桌现出本相，举钯就打。那妖怪原是来赴会，不曾带得兵器，无法招架，只得慌忙逃窜。灵感大王空手跑到云端里，向前来追赶的孙悟空、猪八戒问道："你们是哪里的和尚？到此破了我的香火，坏了我的名声！"孙悟空道："我乃东土大唐圣僧三藏法师之徒弟，借宿陈家庄，闻知你年年要童男童女祭赛，真是罪不容诛，我等为拯救生灵定要捉杀于你！"妖怪闻言化作一股狂风钻入通天河内。

灵感大王回到自己的水宅，默默无言，很是郁闷——到嘴边的童孩肉没有吃着。不过，没吃着童孩肉他也不惦记了，因为他对自己提出了更高的要求。灵感大王是位见多识广的妖怪，他早就知晓吃了唐僧肉可以长生不老，所以想方设法吃上唐僧肉，成了他为自己树立的新的"人生追求"。他手下有一鳜婆为他支了十分有效的一招：让灵感大王施展"制冷"绝技，使天飞大雪、河水结冰。谁在冰上走都没事，只等唐僧一来立马解冻坚冰，躲在冰层下面的妖怪可以轻轻松松把落入水中的唐僧捞走。

正义的行为往往意味着"招灾惹祸"，这不仅仅在小说中，在现实生活里也同样如此。所以一个人要想秉持正义、伸张正义，必须有不惧引火烧身的胆量，同时还需要有战胜邪恶势力的智慧和力量。

比灵感大王还要狠心的妖怪应该说是比丘国里寿星老的坐骑白鹿和没有任何背景的狐狸精，他们一个变化为道人，一个变化为美女，且美女美到"集三千宠爱于一身"的程度。比丘国王爱其美色，将其宠幸在宫，日夜贪欢，把自己弄得精神瘦倦，身体尪羸。被封为国丈的道人借机献出海外偏方，此偏方号称可让国王延年千岁，它的歹毒之处在于要用一千一百一十一个小孩的心肝当药引。

这是白鹿和狐狸精给比丘国王下的圈套而已，并非真的是要给国王治病，他们只是借助国王的权力，把一千一百一十一个小孩的心肝弄到手，然后自己享用。

孙悟空战胜了妖怪，使得一千一百一十一个孩童重新回到了父母的怀抱，使得一千一百一十一个家庭避免了骨肉分离的惨剧，这实在是一件功德无量、远胜于成仙成佛的益事。

细心的读者肯定注意到了，本章回的故事我已多次引用（当然不仅是本回的故事，还有多个章回的故事数次作为引例，这是由小说的艺术特色所决定，而无法回避的），在解构儒教的部分、解构道教的部分都曾作为引例而用，这等于在无意中驳斥了一种肤浅的说法——认为《西游记》每章回的故事都是重复一个单调的惩恶扬善的主题，比如著名学者余秋雨在参加北京电视台英达主持的一档节目时，就曾表述过这样的观点。到现在我还清楚地记得英达当时表情异常惊讶地对余秋雨说："《西游记》那可是四大名著！"余秋雨漠然答道："它就是重复。"考虑到胡适曾经有一个颇具影响力的论断——"《西游记》并无微言大义"，所以我们对余秋雨先生的说法也不必大惊小怪，《西游记》它就是这样一部极具超前意识、极具高超艺术性的小说，并因此而成为"引无数学者竞折腰"的作品。

通过以上对《西游记》的品读就可以看出，它每章回的故事不仅不是主题单调的重复，而且大多数的故事是有着双层甚至是多层含义的。

凤仙郡发生的故事是最为典型的为民解难的故事。

唐僧师徒走到这里时被眼前哀鸿遍野的凄凉景象所触动，而后听此地的郡侯介绍得知：一连三载遇干荒，草子不生绝五谷。三停饿死二停人，一停还似风中烛。唐僧说："谁能为凤仙郡求得一场甘雨，乃是万善之事。"孙悟空自认为求雨乃小事一桩，便找东海龙王敖广要他施一场甘雨救济黎民。龙王说："我虽会行雨，但也是受上天差遣之辈，大圣若有救济之心，可去天宫请一道降雨的圣旨，我好照旨意数目下雨。"听龙王这般一说，孙悟空吩咐八戒、沙僧照顾好师父，自己去天宫找玉帝求那降雨的圣旨。

孙悟空来到灵霄宝殿，有丘、张、葛、许四位天师向前询问何事。孙悟空把请玉帝降旨为凤仙郡施雨的事一说，四位天师立即禀报了玉帝，玉帝言道："朕三年前浮游三界，见那郡侯不仁，把斋天素供推倒喂狗，口出秽言，冒犯上天，朕即立以三事，汝等带孙悟空到披香殿去看，若三事已断，即降旨与他，不然且休管闲事。"孙悟空与四天师来到披香殿，见一座米山有十丈高下，一座面山二十丈高下。一只拳头大的鸡在啄食米山，一只哈巴狗在舔食面山。左边竖一铁架，架上挂一把黄金大锁，锁梃有指头粗细，被下面的灯焰燎烤。天师告诉孙悟空，什么时候米山、面山被食尽，锁梃被烧断，什么时候凤仙郡方可降雨。孙悟空闻言大吃一惊，不知所措。天师点拨道："大圣不必太过烦恼，你劝他作善，惊动上天，此难可解。"孙悟空谢了天师返转下界。

孙悟空回到凤仙郡把郡侯冒犯天尊、玉帝立三事的事情学说了一边，并告诉郡侯破困之法：趁早恭敬慈善、烧香念佛。那郡侯即刻照办，领众人拈香拜佛、答天谢地，接连数日善声盈耳。孙悟空见了心喜，便对八戒、沙僧说道：“你俩好生护持师父，我这去再奏玉帝，求些雨来。”

孙悟空并不是守在原地，被动等雨，而是主动“出击”，这一方面显示了他“为民解难”的急迫心情，另一方面也说明了他胆识过人、不畏强权的勇敢精神。我们可以想象他此番去找玉帝至少也要讨个说法回来——说好了劝他作善此灾可解，现在善没少作为什么还不施雨？玉帝比较正常的回答大约是：善事作得不够，没能惊动上天。孙悟空肯定追问：那你说再作多少方够？孙悟空追问的潜台词就是我认为已经够了，不然我不会来找你。那么玉帝的回答不能与这个前提差距太大，比如玉帝回答说：再过两年凤仙郡才可有雨。我想以孙悟空的性格一定会大骂玉帝是个昏君，现在已经是“三停饿死二停人，一停还似风中烛”，再过两年人都死光了，你下雨还有个屁用！当然，这一切在小说中并未发生。小说中，孙悟空到达天门外，正遇上符使捧着凤仙郡改行从善的文牒要去上奏玉帝。护国天王告诉孙悟空，不必再去面见玉帝了，玉帝见到文牒，自然会安排降雨。孙悟空返回凤仙郡，果然甘雨滂沱。那么我们推导出的上述潜在脉络又有什么意义呢？我想它至少体现了《西游记》有很丰富的趣味性和艺术的“能指”性。

纵览笔者对上文故事的爬梳、分析，我们发现在孙悟空“为民解难”的行动中，他的意志品质特别坚韧，不畏艰辛、不惧艰险并且勇气超凡、行动果断，该出手时就出手，这也算应了《墨子·贵义》篇中的一句话：“凡言凡动，利于天鬼百姓者为之。”（在墨家学说中天鬼的意志与百姓的利益是一致的。）也就是说符合百姓利益的事不必犹豫尽管去做，但可以肯定这种事不是所有人都愿意去做。而不计回报、甘冒风险去为民解难，有一个前提——他一定是个对百姓有强烈同情心的人。我们从一些微小的细节上也可以看出孙悟空对百姓是富有比较强的同情心的，例如在高老庄，孙悟空降伏了八戒，八戒的老丈人端出一盘银子感谢孙悟空，孙悟空自己不要而是抓了一把碎银给了高家仆人高才，说是感谢高才领我们到这儿捉妖，师父又收了个徒弟，让高才拿这点碎银去买双草鞋。之所以让高才买双草鞋而不说买别的东西，是因为孙悟空知道，在自己到来之前高才已经出了好几趟远门，请回了三四个道士或和尚来拿猪八戒，但无奈都不是猪八戒的对手。这让我们从中可以看到孙悟空不光具有同情心而且还有其细心的一面。

太上老君的坐骑青牛神通广大，在金兜山的金兜洞成妖作怪，他用金钢琢把孙悟空的金箍棒套去，孙悟空没辄了就把黄河水伯请来，准备用半个黄河之水灌入金兜洞，把洞中的大小妖怪全部淹死，但没想到妖怪的金钢琢功能太多，他把金钢琢往两扇门之间一放，黄河水就进不了洞而是顺势流走。急得孙悟空大喊：“不好，淹了民田也！”叫水伯赶快把水停了。

一日师徒走到布金禅寺，寺院的僧人告诉唐僧：这里的山叫百脚山，近年来山里生了几个蜈蚣精，一到晚上就出来伤人，虽不至死，一般人也不敢走，须等到鸡鸣过后，行人才敢放心前行。当时孙悟空并没有搭话，但却牢记在心。等到孙悟空打败了玉兔精冒充的天竺国公主，救回了真公主，这时孙悟空便要天竺国国王选出千只大公鸡，撒放在百脚山中，除掉那些给人们出行带来阻碍的蜈蚣精。

孙悟空的这种对民众疾苦的同情意识或者说是恻隐之心，是构成墨子所提倡的“兼爱”思想的人性基础，而构成“兼爱”思想的理性基础则是人人平等，下面的章节我们来分析、梳理一下“人生而平等”的观念及建立在平等观念基础上的自尊意识在孙悟空身上会有哪些体现。

### （二）平等与自尊

《西游记》作者对于孙悟空的刻画，赋予孙悟空最鲜明的性格特征之一就是自尊意识极强，这一点在孙悟空大闹天宫时就展现得淋漓尽致。

孙悟空与玉皇大帝第一次的直接矛盾是源于孙悟空嫌“弼马温”的官职太低，之后连招呼也不打便扬长而去。玉帝认为太不把他当回事了，自尊很受伤，于是就派天兵天将缉拿孙悟空。

在天界，玉帝的地位最高、官衔最大，当然是最有资格讲自尊的，因为他用不着对自己的上级或老板点头哈腰、摇尾乞怜。但我们绝大多数人在这个世界上想始终保持自尊却是非常不容易的，试想，如果你不会溜须拍马、卑躬屈膝那一套，你的上司又怎么会重用你、器重你？至少你也要装出一副恭顺听话的样子，免得招来不必要的麻烦。当然，我说的这些并不绝对，只是一种常态而已。

孙悟空也觉得自尊受到了伤害，因为我曾把“阴曹地府”搅得天翻地覆，四海龙王待我如上宾，可你却只封了我一个没有品级的“弼马温”叫我去养马，这不是故意羞辱我吗？所以回到花果山的孙悟空在独角鬼王的建议下，竖起一杆“齐天大圣”的大旗。虽然“齐天大圣”这个名号很大很响，但并不代表孙悟空有称孤道寡、君临天下的野心，这一点从他对六个拜把子兄弟的态度上可见一斑：“小弟既称齐天大圣，你们亦可以大圣称之。”于是牛魔王便称为平天大圣，蛟魔王称作覆海大圣，鹏魔王称混天大圣等等，由此我们也可以看出孙悟空在与他人交往时有比较仗义的一面，他的自尊是一种非常朴素的自尊——你敬我一尺，我敬你一丈。但如果跟玉皇大帝也玩互相尊重这一套却是行不通的。对玉帝来讲，天地之间唯我独尊。你和玉帝讲互尊本身就违背纲常，是对玉帝的大不敬，所以互尊互敬这一套只能跟地位相等的人讲，如果非要和至高无上的玉帝讲，那纯粹是找死。而心高气傲的孙悟空不管这一套，他不愿受任何人的气和委屈，也包括至尊的玉帝，这就必然导致孙悟空与玉帝之间产生冲突。

孙悟空跟玉皇大帝的第二次交恶，是因为王母娘娘举办蟠桃大会没有邀请他这个“齐天大圣”出席，而能耐远不如孙悟空的一些人，什么五方揭谛、注世地仙等反而在受邀之列，就连猪八戒的前世——天蓬元帅也曾受邀参加过蟠桃大会，所以这自然引起自尊意识极强的孙悟空的不满。一气之下孙悟空去了蟠桃大会现场，把那运水的道人、烧火的童子等人都麻睡之后，见着八珍百味就吃，抓起装满琼浆玉液的坛子就喝。吃饱喝足之后，又误打误撞来到兜率宫，吃炒豆似的偷吃了太上老君许多金丹，自知闯下大祸的孙悟空这才回到了花果山。花果山众猴热烈欢呼孙悟空回来，立即摆下酒席为大圣接风，孙悟空尝了一口酒便龇牙咧嘴地叫道：“不好喝！不好喝！待我再去那瑶池，偷它几瓶琼浆玉液回来，让你们各饮半杯，个个长生不老。”

孙悟空的这一举动，说明他是很讲义气的，而讲义气的人往往潜意识中都存在着比较强的“平等”意识。像《水浒传》中的鲁智深就是个典型例子，不仅自己不受别人欺负，看见弱者受欺辱他也要站出来打抱不平。

玉帝派出天兵天将下界剿灭孙悟空，结果却拿他没奈何。玉帝不得不请来西天佛祖帮忙。而在佛祖如来与孙悟空的对话中，孙悟空直接向“至尊无上”的玉帝发起了挑战：“强者为尊该让我，英雄只此敢争先。”“皇帝轮流做，明年到我家！”那意思明摆着，你不是不重视我吗？拿我不当回事吗？那好，我要和你竞争“上岗”，看看谁的本事更大。孙悟空虽然是在发泄对玉帝的不满，但他讲的那些话却在无意中跟玉帝讲起了“平等”，而且不光在人格上要与你平等，在政治上也照样要平等。玉帝当然不会承认孙悟空在人格上与自己是平等的，所以也不会把孙悟空的所作所为视为竞争，而会称其为反贼、叛匪之类。

当孙悟空从两界山下被唐僧救出，踏上取经之路后，他才建立起自觉的平等观念，而他的自尊则自始至终保持着。

一日，他们师徒走到傍晚，去一庄户人家借宿。从他与庄户主人的谈话中，我们可以窥见孙悟空对待普通人的平等态度。“……我小时候见你，你头上有草，脸上有泥，还不怕你；如今脸上无了泥，头上无了草，却像瘦了些，腰间又苫了一块大虎皮，与鬼怪能差多少？”听了这段妙语解颐的话，孙悟空没有丝毫气恼，只当是老朋友之间开个玩笑而已。而当他要庄户主人烧些热水洗个澡时，也很客气地道谢；当他要借针线用用又会谦恭地说声“累你”。回想一下，玉皇大帝封了孙悟空一个“齐天大圣”的头衔，他也只是唱个大“喏”，道声“谢恩”。所以在他眼中高贵者并不高贵，低贱者也未必低贱，人生而平等的观念在孙悟空这儿表现得很明显。

我们再来看孙悟空在高老庄碰见高才时的情景，当孙悟空得知高才出门是为了寻访法师捉拿村里的妖怪时便说：“你的造化，我的营生，我惯会降妖，这正是‘一来照顾郎中，二来又医得眼好’。”孙悟空降妖分明是不计任何报酬的帮忙，却偏告诉对方：是你给我带来了营生，我才有了施展“医术”的机会。那意思咱们是“相互利用”，所以你根本不欠我人情，咱们谁也不欠谁。此刻的孙悟空不仅没有“齐天大圣”的架子，而且打消了高才的所有顾虑，完全是平等相处的态度。

小说第三十九回描述的是乌鸡国的故事，我们看其中的一个情节。

在师父的逼迫下，孙悟空去兜率宫向太上老君要了一粒“还魂丹”，救活了三年前被妖魔推进井中的乌鸡国国王。国王准备跟随师徒们一起去城池中，铲除由妖魔冒充的国王。此时孙悟空吩咐猪八戒，要他把行李分成双份儿，其中一份儿交给国王，之后孙悟空问：“陛下，让你挑着担子跟我们走走，可亏了你吗？”孙悟空实际上在说：我救你、帮你不是因为你地位显赫、身份高贵，而是在我看来你跟别人是平等的，没什么两样儿。

发生在朱紫国的故事，是最为典型的展示孙悟空“平等”观念的故事。

由于朱紫国国王久病多时，形脱神衰，弱不胜衣，所以贴出招医榜，榜文称：“若有精医者，请登宝殿，疗理朕躬。稍得病愈，愿将社稷平分，决不虚示。”孙悟空看过皇榜之后，使了个隐身法把榜揭去。

待看榜官找到孙悟空后便说：“请孙老爷大展经纶手、微施三折肱，治得我王病愈，江山有分，社稷平分也。”孙悟空说：“没问题，但有个条件，必须国王亲自来请我。”

我们看孙悟空这话等于是直接告诉看榜官：我和国王的地位平等。看榜官员回去之后，就把孙悟空的话向国王学了一遍，国王立刻明白了孙悟空的意思，所以说道：“寡人身虚力怯，不敢乘辇。汝等替寡人敦请孙长老，见他时要以君臣之礼相待。”

唐僧知道了孙悟空要给国王医病，心情紧张、忐忑不安，见了孙悟空斥道：“你连药性也不知，医书也未读，竟然大胆闯这样的大祸！”孙悟空笑道：“师父，你原来不知，我有几个草头方儿能治大病。再说就是医死了，也只是个庸医杀人，罪不至死。”

一个医生没有把病人的病治好，可能是医术不精，也可能是因为“医疗事故”，那么不管是哪个原因该赔礼就赔礼、该赔钱就赔钱，但显然是“罪不至死”。不过这说的是一般人的情况。问题是封建社会的帝王岂是一般人、普通人？那是“天子”，你要敢说他就是个一般人那就要冒掉脑袋的风险。可孙悟空偏要认为我把国王医死了和医死老百姓一样，罪不至死。说白了就是在孙悟空眼里没什么国王、老百姓，大家都是一样的人，都是平等的人！

毫无疑问，平等该是正义的应有之义；同样毫无疑问的是，真正的“自尊”只能建立在平等之上（因权力而获取的自尊是伪自尊，不在本书的论述范围）。通常情况下，一个人身上自尊保持得越多，他所表现出的正义感就越强，很难想象一个身上没有保留多少真自尊的人，会主动伸张、维护正义。我想正因为如此，小说作者把孙悟空这一形象的自尊、自爱的特征贯穿了文本的始终——从闹天宫时与玉帝之间“玩”自尊，到刚踏上取经之路时在师父面前要自尊，直至取经途中与各路妖魔斗战的同时从不忘保持自己的自爱、自尊。

小说第四十二回曾有过这样一幕：沙僧远远听见了孙悟空的笑声，于是走出林子迎向孙悟空问道：“哥啊，如何这般哂笑，想是救出师父来了？”孙悟空言道：“虽没救出师父，我却得了个上风。”沙僧问：“什么上风？”孙悟空：“我变作牛魔王的模样坐在中间，他叫父王，我就应他；他又磕头，我就直受，着实快活。”沙僧不屑地说：“哥啊，你图这点小便宜，小心师父性命难保。”笔者最初的感受与沙僧一样——堂堂的齐天大圣，为这点不值一哂的小便宜，至于高兴成这样吗？但当我们同小说第三十四回的一个情节对比一下，就会有新的感悟。

金角大王和银角大王两个魔头，派两个小妖去请自己的老母来吃唐僧肉。孙悟空设法打死了两个小妖，自己变成小妖的模样来到了老妖怪的门前。当想到见了老妖必须跪拜磕头，孙悟空竟然泪出痛肠，捂脸大哭起来。内心感慨道：“一卷经能值几何？今日却叫我跪拜此怪。”

在我们常人看来，上述两个例子不过是些“无关痛痒、无关温饱、无关原则”的礼节而已，《西游记》作者却以颠覆我们常人认知的貌似夸张的描写——让一个勇于战天斗地的英雄人物为此而喜不自禁；让一个在油锅里炸上几番也不喊疼的刚毅好汉为此而伤心落泪。作者就是要通过孙悟空这个人物的喜笑伤悲来启发读者——人的自爱、自尊并非可有可无、不足挂齿的区区小事。试想如果人人都不轻易放弃自爱、自尊的人格，这个世界是不是就会少了许多欺凌、霸道的横行呢？是不是又会少了许多奴颜的丑态、奴性的屈辱呢？

毛泽东曾称赞鲁迅：“鲁迅的骨头是最硬的，他没有丝毫的奴颜和媚骨，这是殖民地半殖民地人民最可宝贵的性格。”（中共中央文献研究室编：《毛泽东文艺论集》，中央文献出版社 2002 年版，第 31 页）看来自爱、自尊等个人品质还真的是一件不容小觑的事，因为这不仅仅是个人的事，它还关乎整个民族的性格塑造，乃至于整个国家的精神风貌。

《西游记》作者显然意识到了这一点，所以他才让孙悟空在自尊的问题上表现出异于常人的反应，而且在第四十四回的故事中让孙悟空直接呼吁人们应该有尊严地活着。

车迟国国王敬道罚僧，下令把众多的和尚赐予道士们当奴隶使唤。当和尚们把自己牛马不如的生活向孙悟空诉说后，孙悟空干脆说道：“既然如此，你们死了便罢。”和尚又说：“我们想死也死不了，一到深夜就有神仙护佑，投河漂浮不沉，上吊悬梁绳断。”孙悟空言道：“这些神仙也没理，只该叫你们早死早托生，却来保护怎的？”这是孙悟空没有同情心吗？当然不是。孙悟空虽然哀其不幸但更怒其不争，在他的意识中保持自尊是生存的底线，失掉尊严而被奴役的生活是不值得活的！

小说第七十一回描述孙悟空与妖魔赛太岁缠斗时，赛太岁质问孙悟空：“你既脱身保唐僧西去取经，你走你的路便罢，因何与那朱紫国为奴，却到我这里来寻死！”孙悟空一听“为奴”两个字气不打一处来：“我老孙比那王位还高千倍，他敬之如父母，事之如神明，你怎么说出‘为奴’二字！不要走！吃我一棒！”

赛太岁说孙悟空为奴，孙悟空觉得受到了极大侮辱，所以表现出异常的愤慨。孙悟空说我比那王位还高千倍，既是宣告自己为奴的不可能，同时也隐含着孙悟空所象征的正义本身的至高无上性。平等与自尊和死不旋踵的精神一样，都是作为正义象征的孙悟空所不可或缺的。

### （三）善的捍卫

《西游记》的开始部分，作者以生花妙笔为读者献上了场面壮观华美、情节引人入胜的精彩篇章。不过，就整部小说的意义而言这些精彩篇章仍只能算是铺垫而已。小说真正开始形成象征的文本，并开始上升到哲理层面的文字是从第十四回开始的，也就是从孙悟空被唐僧在两界山下救出这一情节开始的。作者把五行山改叫两界山的真正用意就是向读者宣告：孙悟空从此告别了妖魔的过去，开始了正义的行程。同时小说文本也步入了另一个世界——一个象征与哲理的世界！

孙悟空一开始对保护唐僧的意义认识明显不足，所以唐僧教训他几句，他就闹情绪消失得无影无踪。观音菩萨只好授意唐僧把“紧箍儿”给孙悟空戴上，紧箍咒也称“定心真言”，唐僧把它背得滚瓜烂熟，从此只要唐僧认为孙悟空对自己有冒犯、违抗，就可以念起紧箍咒，让他跪地求饶。唐僧与孙悟空，实际上已不仅仅是一种师徒关系，而是变成了一种相克的关系，“紧箍儿”成了相克的象征。

当一个人有了值得为之奋斗乃至为之献身的事业，心自然就定了，就可以称之为“定心”。“定心真言”顾名思义就是心定了，从此心无旁骛、一心一意投入自己的事业中去。孙悟空的事业就是保护好唐僧、就是对“善”的捍卫！但此时孙悟空的“定心”还不是一种自觉，还属于“被定心”，定心的“主动权”还在别人手里捏着。作者这么去构建小说，正彰显了作者的高明与智慧。试想如果作者一开始就让孙悟空这个人物形象达到一种抽象的象征高度，从而挤掉了人物转变与成长的空间，那么这个人物的丰富性、戏剧性和生动性肯定都会受到极大的损害，极有可能陷入哲理小说所常有的境况——人物塑造的抽象化、生硬化、干瘪化。而我们现在看到的孙悟空这个形象是既坚强勇敢又机智幽默、既有对强者的不屈又有对弱者的同情，对师父有怨气但更多的是感情，兄弟间有情义又有戏弄。作者的确把孙悟空这一形象描述得鲜活灵动、呼之欲出，孙悟空被无数人喜闻乐见、深爱有加足以说明了作者塑造人物的功力非同一般。

说到“定心”，唐僧是最有定心的，他的以施“善”为事业的定心是贯穿作品始终的，也正因如此作者把他的性格塑造得就难免单调、呆板了一些。小说中最没有定心的当然非猪八戒莫属，作者塑造起他来就显得得心应手，我们看猪八戒的可爱、可气、可乐及他的懒散、贪吃、耍小聪明等等真是活灵活现、跃然纸上。而沙僧比起猪八戒就有“定心”多了，作者塑造起他来也就不那么游刃有余，人物形象也就不那么多姿那么饱满，这固然和他憨厚的性格有一些关系，但他的“定心”多于猪八戒也是原因之一。这是象征与哲理艺术的规律使然，当然不必按传统的艺术规律来苛求作者。

从孙悟空的“被定心”，到“定心”在自己的内心自然、自愿地生成，这个阶段就是孙悟空先拿唐僧不大当回事，而后对师父的认识逐渐加深，直至对师父的钦敬感油然而生的过程。

孙悟空第一次表现出对师父的不敬，应该是在他诛伐六贼后，师父训斥他几句，他顿觉心中不畅，不等师父同意便一走了之。走的意思很明白：你有何本事，也敢教训我？

孙悟空被龙王劝说回来之后，很快又一次表现出对师父的不敬。在鹰愁涧唐僧的坐骑被西海龙王敖闰的三太子吃了，唐僧愁眉苦脸地说：“可怜啊！没了白马这万水千山如何走得？”孙悟空见师父边说边哭，忍不住暴躁，大声喊道：“师父莫要这般脓包样！你坐着！等我老孙寻那厮去，叫他还我马匹就是了！”唐僧扯住孙悟空：“你去哪里寻他？万一他暗地里窜出来那不把我也害了？”闻听此言孙悟空怒气越加上涌：“你忒不济！不济！又要马骑，又不让我去找，似这般看着行李坐到老吧！”我们听这话里话外，明显的是瞧不起唐僧。

观音菩萨来到鹰愁涧并使龙王三太子变作了白马，让孙悟空带着白马去见唐僧，孙悟空却对菩萨说道：“我不去了，西方路上险峻崎岖、多灾多磨，保这么个凡僧几时能到？恐怕连我老孙性命也难保，我不去了。”此时孙悟空说的是心里话，唐僧在他眼中就是个凡夫俗子。那么是什么让孙悟空逐步转变了看法，并最终心甘情愿去保唐僧呢？这就需要我们细读文本从小说的情节中去找原因。

一日唐僧骑着新坐骑白龙马来到观音禅院这个地方，禅院的祖师已有二百七十岁，祖师请唐僧喝茶，从饮茶的用具来看他的日子过得颇为讲究，茶具是羊脂玉的托盘里放着三个法蓝镶金的茶钟，茶壶是白铜制成。唐僧见了连连夸赞：“好物件！好物件！真是美食美器！”祖师接过话说道：“老爷来自天朝上国，可有什么宝贝借弟子一观？”唐僧：“可怜！我那东土没什么宝贝。就是有，路途遥远，也不能带得。”本来唐僧话说得非常适中圆满，让人无可挑剔。没想到此时孙悟空却“犯二”，多嘴说：“师父，我前日在包袱里曾见的那领袈裟，不是件宝贝？拿与他看看如何？”僧人们听说是袈裟，一个个发出冷笑，表示很不屑。院主道：“若说袈裟我等不止二三十件，祖师足有七八百件。”唐僧悄悄提醒孙悟空：“莫与人斗富，宝贝若被贪婪奸伪之人看见，必动其心，既动其心必生其计，殒身灭命皆起于此，事不小矣。”可孙悟空不听师父劝阻，执意要拿出袈裟显摆。那祖师见了唐僧的袈裟果然起了歹心，设计要将唐僧师徒害死，欲将袈裟据为己有。经过几番周折，最后请观音菩萨出面才算保住了袈裟。事后孙悟空也不得不承认师父说的是对的，心里明白了师父并非自己想的那么愚钝、无用。

四圣试禅心的故事揭示了唐僧不受财色诱惑、内心圣洁脱俗的一面，经此一难，孙悟空心目中师父只是个“凡僧”的看法，一定会得到不少的修正。面对观音菩萨等变化的美女，唐僧不但不为心动，而且还不无清高地向她们夸耀出家人的好处（附带还对她们进行讥讽）：“出家立志本非常，推倒从前恩爱堂。外物不生闲口舌，身中自有好阴阳。功完行满朝金阙，见性明心返故乡。胜似在家贪血食，老来坠落臭皮囊。”作为取经团队的一把手，唐僧的领导风格并不专制，而是颇具民主作风，他对三个徒弟说：“谁愿意留在此处娶妻生活就留下来，不必为难。”猪八戒禁不住美女的诱惑，结果被菩萨美女耍了一溜够。要按孙悟空的意思，猪八戒属于考试不及格学员，把他从取经团队中除名就得了。唐僧却比孙悟空宽容大度得多，认为猪八戒虽心性愚顽但也还算老实听话，况且有一身力气，挑得行李，所以决定让他跟随取经队伍继续前行。

发生在五庄观的人参果树案也是因孙悟空一意孤行导致的。

人参果的得名，是因为果子的外观极似刚出生的婴儿，闻一闻果子便可活三百六十岁，吃一个更是要活四万七千年。果树如此宝贵，可以想见它的主人一定非常厉害，不然果树早被他人掠为己有了。果树的主人乃是地仙之祖，道号镇元子。镇元大仙和唐僧有点缘分，那是五百年前在“兰盆会”上与唐僧的前世——佛祖的二徒弟金蝉子相识。估计镇元大仙在“兰盆会”里算不上顶级“大咖”，所以受重视的程度略差也是可能的，而这时金蝉子亲手端茶与他，很给镇元大仙面子。镇元大仙没忘这份旧情，所以当知道唐僧近日要路过五庄观，自己又受元始天尊的邀约到弥罗宫听讲“混元道果”，无法亲自为唐僧接风，便吩咐他的两个小徒清风、明月好好招待他的这位“故人”，可摘两个“人参果”与他吃。

当清风、明月把放着“人参果”的丹盘端到唐僧的面前请他品尝时，唐僧以为这是三朝未满的童儿坚决不食，尽管两个小徒一再解释这是水果类食品吃了能解渴，唐僧依然千推万阻不肯食用。我们反观孙悟空，当猪八戒告诉他园子里有“人参果”，并怂恿他去偷几个来尝尝鲜时，他毫不犹豫就去偷摘了三个“人参果”，与猪八戒、沙僧一人一个吃掉了。这就让人看出孙悟空与唐僧品行上的差距还是不小。清风、明月发现丢了“人参果”便找唐僧吵嚷，秽语污言乱骂一通。唐僧把三个徒弟叫来，教育他们:“我们是出家人，休打诳语，莫吃昧心食。如果吃了就赶紧赔礼，不要说谎抵赖。”孙悟空见师父说的在理也就承认了偷嘴，但两个小徒仍然不依不饶、损骂不停。惹得孙悟空的火气上蹿，当着师父面又不敢发作，于是他把真身抽走留下个假人在此挨骂。孙悟空来到人参果树跟前使神力将树推倒，连树根也离土露在了外面。

孙悟空这次算是闯了大祸，师徒四人带马逃走两次，两次都被镇元大仙抓回，可见镇元大仙的厉害。可以肯定地说取经团队凭借自身的力量是无法逃过此劫的，如果没有外力相助取经大业将就此断送。幸亏孙悟空请来了观音菩萨，用净瓶之水医活了人参果树，取经队伍才可依旧前行。

从孙悟空拜师到目前为止，在这并不长的时间里，由于孙悟空的自傲加上对唐僧的小觑，办起事来一意孤行，引发了几起很大的灾祸。而如果依照唐僧的做法或想法，像丢失袈裟案和人参果树案这种特大灾难是完全可以避免的。事实说明这段时间里犯“错”的一方是孙悟空而不是被他小瞧的唐僧，对此孙悟空心里应该是有数的。

那么作者紧跟着在下一回的故事中描述了唐僧的过错，但作者的伟大和奇妙之处在于——在唐僧所犯的过错当中赋予了极大的“正能量”及一种壮烈的情怀，致使孙悟空在唐僧的过错当中受到震撼最终完成“定心”，或者说从“被定心”发展到了一种自然生成的“定心”。也就是被“相克”变成了自然的“相克”。下面我们解析一下“三打白骨精”的故事情节，领略一下文学史上罕见的我称之为“自衬”的艺术魅力。

白骨精首先变作一个斋僧的年轻女子，手里提着瓷瓶、瓦罐，说是里面装着米饭和炒面筋。其实只要唐僧去吃，哪怕低头闻一闻，白骨精就会趁机把唐僧抓走。幸亏孙悟空及时赶到，他一眼就认出此女子乃妖精所变，不由分说举棒就打，但白骨精真身得以抽离只留一具假尸躺在地上。唐僧认定孙悟空打杀的女子是好人便念起紧箍咒，念完紧箍咒还不算，还非要把孙悟空赶走。孙悟空提醒师父：把我赶走恐怕你西天路去不成。唐僧义正词严地回答："我命在天，该哪个妖精蒸了吃、煮了吃，也不为过，你快走吧！"

我们看孙悟空救了唐僧一命，不但一句感谢的话没听见还受紧箍咒之痛，之后还被唐僧认为不配继续留在取经队伍里，要把他开除出团队。想当初孙悟空认为唐僧不过是个凡僧的时候，用不着唐僧驱赶，师父多唠叨他几句他就不耐烦主动离开，而现在师父让他受了这么大委屈又驱他离开，孙悟空不仅不走还去央求师父原谅自己。前后反差如此之大说明唐僧在他心目中已不是个凡僧，至少是个值得自己保护的好僧。

不甘心失败的白骨精再次变化成一个老婆婆向唐僧师徒走来，孙悟空不想让她接近师父便迎上前去察看，识出她是妖精后二话不说举棒照头就打，白骨精见棒上举瞬间脱命升空，留下假尸首倒在路边。唐僧见状惊下马来，也不等站起身来便躺在地上开始念紧箍咒，把那孙悟空的头勒得像个亚腰儿（中间细两头粗）葫芦，疼得孙悟空在地上打滚，不停地求饶，唐僧怒气难消，说道："你才打死一个平民，这又打死一个，你真是个无心向善之辈，有意作恶之人，你走吧！"面对师父的又一次驱逐，孙悟空仍然不忍离去。

唐僧心里明白，赶走孙悟空是要冒着被妖精吃掉的风险的，不然前面他不会说出"该哪个妖精蒸了吃、煮了吃，也不为过"这种话来。为了不让无辜之人受到伤害，他宁愿冒被吃掉的风险也要驱离孙悟空。而孙悟空则宁愿忍受紧箍咒之苦也不想离开师父，因为甘愿牺牲自己也不能叫他人受伤害，这已不是普通的凡僧所为，而是具有“善”的信仰的“圣僧”才会有这种牺牲精神。从凡僧到圣僧的转变是孙悟空真正“定心”保护唐僧的直接原因。但《西游记》作者在艺术上非常大胆、非常独特、非常高明的是，他是让唐僧在“犯错”的过程中来展现“圣僧”的作为、在“犯错”的基础上来达到“圣僧”的境界。作者这种独辟蹊径塑造艺术形象的手法真是令人叹为观止。

白骨精担心取经师徒走出自己的地盘后，就再也甭想吃到唐僧肉了，所以第三次她变作一个老公公前来寻机对唐僧下手。孙悟空这次抓住机会把白骨精打出了原形，近前看是一堆骷髅，脊梁上有“白骨夫人”的字样。

这一次唐僧说什么也不肯原谅孙悟空，非要孙悟空离开取经团队不可。孙悟空实在没辙了只得顺从，分别前孙悟空要给师父磕头行礼，唐僧拒不接受，说道:“我是个好和尚，不受你歹人的礼！”孙悟空嘱咐沙僧:“西方路上若有妖魔拿住师父，你就说老孙是他大徒弟，西方毛怪，闻我的手段，不敢伤我的师父。”唐僧:“我是个好和尚，不提你这歹人的名字！”

我们看，明明是孙悟空打死妖怪立了大功，唐僧不识妖精的法术上当受骗差点儿丢掉性命，可结局却是孙悟空被戴上一顶“歹人”的帽子，而被妖精蒙蔽的唐僧却自以为“真理”在握，说话理直气壮，对孙悟空横加斥责，而且那副大义凛然、甘愿被吃掉也要驱逐孙悟空的气势确实显得很“牛掰”。而令人意想不到的是孙悟空也认可了唐僧的这种“牛掰”。这也正是孙悟空走到半道转过身望着师父的方向洒下伤别之泪的原因，可以说此时的孙悟空对师父充满了敬意，在孙悟空内心深处师父由一个凡僧的身影彻底转化成了圣僧的形象，转化成了“善”的象征。这种转化，作者不是从“正面”描述去完成的，而是采用“独创”的“自衬”(用人物形象的自身错误衬托出自身的高大，这在其他文学作品里或许是没有的。笔者暂且用“自衬”这个词来称谓这种艺术手法）的艺术手法来完成，这不能不令人佩服小说作者艺术的高超、绝妙！

在接下来的故事中，则进一步强化了唐僧在孙悟空心目中那种“善”的化身的圣僧形象。

师徒三人走到黑松林这个地方，唐僧被黄袍怪拿住，而猪八戒、沙僧远不是妖怪的对手。在沙僧也让黄袍怪抓住的情况下，猪八戒不得不去花果山请被师父赶走的孙悟空。面见孙悟空之后，猪八戒琢磨半天说出的理由是：师父想你了，叫我来请你。孙悟空心里明镜似的，自然知道唐僧肯定是有难了，孙悟空一定要去解难，但猪八戒说的理由让他不满意，不能你说轰我走我就必须走，你说想我了我就屁颠屁颠地去找你，这让人觉得掉价、太没面子。于是孙悟空就逼着猪八戒说真话，不然就棒子伺候。猪八戒只好实话实说，把唐僧在宝象国的遭遇跟孙悟空学了一遍。孙悟空问：“你为什么不提我是唐僧的大徒弟？”猪八戒一听借机使了个激将法说：“哥啊，我不提你还好，一提你那妖怪更加猖狂。我说妖怪莫害我师父，我还有个师哥叫孙行者，他最会降妖，小心等他来了找你算账。”孙悟空问：“妖怪怎么说？”猪八戒谎话来得很快：“孙行者不就是个猴变的吗？他敢来我剥了他的皮、抽了他的筋、啃了他的骨、吃了他的心，饶他猴子瘦，我也要把他剐了拿油炸一炸！”孙悟空觉得这还差不多，便以找妖精报大骂之仇为理由去解救唐僧。

当孙悟空与猪八戒驾云到了东洋大海，孙悟空对猪八戒说：“兄弟慢行，这几日回来身上沾了些妖气，我去水里净净身子，免得师父嫌我。”从孙悟空的这一举动中，看得出来他对唐僧的敬重可以说到了极点。唐僧作为“善”的象征从他身上所散发出的“善”的力量已经完全征服了孙悟空，孙悟空也开始懂得了，只有在一心一意的保卫唐僧的斗争中，自己的身上才能杜绝妖气，自己施展的本领才具有正义的性质。此后，孙悟空完全是死心塌地保护师父，这也正说明了从“被定心”到自觉的“定心”这个过程彻底完成，“定心真言”的定心作用再也派不上用场，剩下的只是“相克”的含义。

唐僧作为“善”的象征，他在小说中起到了一个“标杆”作用，凡是伤害“善”（唐僧）的行为，就成为“邪恶”的一方，反过来对“善”（唐僧）的捍卫就是伸张“正义”的一方。那么孙悟空作为“正义”的象征，他在对“善”的捍卫的过程中，在与“邪恶”的斗争中，所经历的艰难、艰辛、艰险的程度是其他文学作品中非常罕见的，而其惊悚、惨烈、危险的场景同样是其他小说里难得一见的。下面我们就去展开孙悟空捍卫“善”的过程中是如何战胜各种困难、如何摆脱各种危局的——这个过程也将会让我们见识到，在邪恶弥漫的世界上伸张正义是多么不容易，那往往就是一场生死较量！

在想吃唐僧肉——以“善良”为美食的妖怪中，白骨精只能算是一个不入流的妖精，因为她连与孙悟空正面交锋的勇气也没有，只得用“迷惑”的方式跟孙悟空周旋，即使这样也为取经队伍制造了很大的麻烦，让孙悟空吃尽了苦头，这个大麻烦产生的后果太严重了——孙悟空被驱逐出取经团队。其中的主要原因当然是唐僧识不出妖怪，但也有孙悟空自身的原因，他不够尊敬取经团队的其他成员，特别是对猪八戒张口一个夯货闭口一个夯货，让猪八戒心里很不爽，所以猪八戒有点故意挑唆师父念紧箍咒。唐僧作为团队领导对三个徒弟一视同仁，都比较尊重，决不因为孙悟空本事大就让他享有特殊待遇。当唐僧第三次轰孙悟空走时，孙悟空说了一句："我走了，恐怕你手下没人……"唐僧立刻堵住他的话："只你是人，悟能、悟净就不是人？"这就是告诉孙悟空：不要以为别人都不行，就自己行，你身上的毛病一堆呢。

孙悟空做人的确太高调，好像不知道谦虚为何物。在真实生活中像孙悟空这样的人也容易吃亏，俗话说："木秀于林，风必摧之。"你总是标榜自己比别人强，那么难免招致与你共事的人忌恨你、算计你。

只要取经团队解决好自身的问题，相互间多一点信任、多一点尊重，成为一个和谐的团体，白骨精这类妖精也就无机可乘，就不会给取经团队造成太大威胁。

金角大王和银角大王他们还未曾与取经成员谋面就已经想好唐僧肉怎么吃了——"清蒸"。他们对吃上唐僧肉信心很足，不仅因为他们自身法术高强，而且因为他们有五件足以克敌制胜的宝贝——紫金红葫芦、羊脂玉净瓶、七星剑、芭蕉扇、幌金绳。银角大王也因此敢放狂言："我若没本事拿住孙悟空，永不在西方路上为怪。"此言不虚，他与孙悟空第一回合的较量，就叫孙悟空重新尝到了压在五行山下的滋味。

银角大王变成一个受伤的道士，唐僧让孙悟空背着他，孙悟空明知道他是妖怪也只得驮着他，心里默念：“这厮造化，我师父慈悲好善，对外人和善对自己人却严苛，不驮他师父一定怪罪。”孙悟空故意走得较慢，准备在师父看不见的地方摔死怪物，但银角大王察觉出了孙悟空的意图，他便施展“移山倒海”的法术，接连遣了三座大山压在孙悟空身上，把个大圣压得力软筋麻，七窍喷红。之后不费多少力气就把唐僧、沙僧连马带行李全部抓走。等山神到来后把山移回了原位，孙悟空才得以脱身，但孙悟空也不由得发出感叹：“天啊！既生老孙，怎么又生此辈？”在此明显感觉出孙悟空对银角大王能耐的诧异，不过作为“正义”象征的孙悟空，他身上坚强、勇猛、不屈的精神永远不会改变，神圣的正义使命感又让他很快投入解救唐僧的战斗中。他先是从奉魔王之命拿着紫金红葫芦和玉净瓶来收自己性命的两个小妖手中骗得这两个宝贝，又设法打死了老妖获取了幌金绳，本来形势一片大好，可功亏一篑的是孙悟空不熟悉这些“秘密武器”的用法。在与银角大王的搏杀中，孙悟空用“幌金绳”把敌手套住，但银角大王认得是自家的宝贝，念了一下松绳咒绳套就自动解开了，他反而把“幌金绳”向孙悟空抛去，又念紧绳咒使得孙悟空用“缩身法”也不能脱离，牢牢勒住孙悟空之后妖怪把他身上的红葫芦和玉净瓶一同搜走，形势陡变，妖魔的所有“秘密武器”一件不少全部收回，取经成员也一个不漏地落入了妖怪手中。一般来讲，身处如此绝境，常人便不抱生还的希望了，猪八戒就说：“咱们师徒做伴一起到阴司问路吧。”可孙悟空面临困难、险情从来都是一往无前的，因为作为正义象征的孙悟空，正义的精神、正义的力量必须从他身上来体现，而邪恶的一方往往又是非常狡猾、狡诈的，那么作者还必须赋予孙悟空足够的聪颖、智慧。

“幌金绳”卡住孙悟空脖颈之后自动化作金圈，变得更结实坚固，孙悟空变了把钢锉，几下锉开了金圈，真身摆脱了束缚用假身吊在那儿。孙悟空与银角大王再次开打，其过程更令人揪心。孙悟空这次以孙行者兄弟的名义者行孙叫阵妖怪，银角大王带着紫金红葫芦出来应战，他对孙悟空说道：“你来到这儿必定与我索战，我也不跟你打，我只叫你一声你敢答应吗？”孙悟空觉得人家叫一声都不敢答应有点丢人，但如果答应那葫芦就将自己吸进去了，又想我真名叫孙行者，他叫的是假名者行孙，答应一下也许没事，孙悟空犹犹豫豫就应了，结果嗖的一下就被装进葫芦里了。这要是一般人身体在里面很快就熔化了，但孙悟空有着在八卦炉中烧炼四十九天的经历，所以一时半会儿还没事，没事是没事，但闷在葫芦里的滋味并不好受，自己又没办法出去，只得哄骗妖魔来开盖，于是孙悟空一会儿说自己脚化了，一会儿说化到腰了。终于逗起妖魔的好奇心，在妖魔开盖看的一刹那孙悟空变作小虫飞走，半截假身留在葫芦里。后来孙悟空变作小妖把葫芦弄到手，反而把妖魔装进了葫芦并最终取得了胜利。

在上面这个故事中，《西游记》作者在描述孙悟空履行正义的使命时经历了各种磨难——既有被三座大山压住动弹不得，令他重尝被佛祖压在五行山下的苦不堪言，又有被拴在柱子上的屈辱，更有被闷在葫芦里命悬一线的危机。作者无疑是在警示世人：正义的道路异常曲折，正义的敌人非常强大，从事正义的事业必须做好牺牲的准备。这当然不是危言耸听，而是被历史无数次所证明的。面对这些几乎不可能战胜的危机，孙悟空都以机智化解。这既是对孙悟空坚强意志、无畏勇气的讴歌，更有着正义最终战胜邪恶的必然性、相克性的寓意。

《西游记》作者赋予了“善财童子”一段吃“唐僧肉”的传奇，这虽然不能说是美好但却是一段异常精彩的传奇。

在《西游记》所有的妖怪当中，善财童子也就是红孩儿是唯一一个让孙悟空不得不承认自己吃了大亏的妖怪，吃亏吃到了什么程度？让孙悟空完全昏死过去。当孙悟空被抢救过来之后，说的第一句话就是喊叫：师父啊！第二句便是：老孙吃了亏也！

沙僧对孙悟空醒来张口大叫师父的理解极为准确：“哥啊，你生为师父，死也还在口里。”沙僧说得太对了。我们完全可以理解成孙悟空就是为唐僧而生的，也就是正义是为善良而生的。孙悟空纵有天大的本领，如果这些本领不是用来保护唐僧，那他与妖魔又有何异？如果他的本领不是用来捍卫善良，他的生命将失去多少光彩？又有多少人生的意义可言？在五行山下经过五百年修行的“悟空”，终于打破了“顽空”走出了“空”的樊篱，而迈入了“行者”的境界。也就是抛弃了“宗教”所持的“出世”态度，而积极地行动起来去捍卫美好的善良，从事伸张正义的伟大事业！

红孩儿虽然是一副小孩子的模样，但却掌握了一种独门绝技——喷三昧真火，这让孙悟空吃尽了苦头还无可奈何，而且红孩儿也很狡猾，他料定孙悟空还要找救兵所以就腾空观察，果然发现猪八戒向南而去，他马上意识到这是要找观音菩萨来帮忙，于是他抄近路赶到了猪八戒前面，变作观音的模样端坐在壁岩之上。猪八戒见了观音不识真假急忙跪拜，而后把前因后果一说。假观音认为这是小事一桩，对猪八戒说："咱们去妖怪洞中，你给洞主赔个礼，他看我的面子自然会把你师父放了。"猪八戒信以为真跟假观音去了妖怪洞中。这样红孩儿轻轻松松就把猪八戒擒获在洞中，而且还讽刺猪八戒："你有什么本事就敢保唐僧取经？"

红孩儿的狡猾还表现在，他很快就能识破孙悟空假变的牛魔王。红孩儿说请父王同享唐僧肉，可延年千纪。孙悟空变的牛魔王推托说："我老了，你母亲要我行些善事，我要斋戒几日。"红孩儿马上警觉起来，心想我父王一向以吃人为生，作恶多端，斋戒几日管个屁用。于是他计上心来说："前几天碰见天师张道陵，他要给孩儿测算八字，孩儿年幼，记不清生年月日，请父王告之。"孙悟空只好说："我因年老，连日有事不遂心怀，一时也想不起了。且等明日回家，问你母亲便知。"红孩儿斥道："父王平日把我生辰八字常挂嘴边，说我有同天不老之寿，今日怎么可能一时记不起？岂有此理！必是假的！"这一下子让孙悟空露了馅儿。经历了死里逃生的孙悟空心中明白，和红孩儿硬拼占不到多少便宜，明智的办法还是自己亲自去请观音菩萨来降伏此妖。

看得出来，孙悟空与红孩儿的对决过程中，一开始孙悟空是有些轻敌的，他本以为凭着曾经与红孩儿父亲牛魔王的老交情，再加上自己齐天大圣的名声是可以"不战而屈人之兵"的。没想到红孩儿根本不买账，两句话过后就开打，单打独斗孙悟空当然不惧，可红孩儿又喷出三昧真火，孙悟空虽然不怕火烧但在烟熏火燎之中战胜对手也很难。沙僧见状出主意用水灭火，孙悟空认为这主意不错，就把龙王请来再度叫阵。没料到三昧真火遇水如同火上浇油反而烧得更烈，孙悟空也险些丢掉性命。

通过红孩儿的故事作者再一次警示人们：正义的对手是绝对不可轻视的；从事正义的事业一定会遇到意想不到的险阻、挫折；从事正义的事业必须做好牺牲的准备……实际上小说作者在描写孙悟空昏死过去这一情节时，就是在暗示一个人的本事不管有多大，在同邪恶势力斗争时也是完全可能会牺牲的，因为正义战胜邪恶不是由某个人完成的，而是一个前赴后继的过程。作者让孙悟空死而复生，不但是小说发展的需要，更主要的是孙悟空作为正义的象征的需要，也就是正义克制邪恶的需要。你要是认为孙悟空战胜强敌，或者说正义克制邪恶只是某种偶然性的话（比如银角大王把孙悟空装入葫芦之后，妖魔只是出于孩子般的好奇心，打开盖子看了一眼，孙悟空才趁机逃脱，这就很自然地给人一种印象——孙悟空后面的胜利带有很强的偶然性），那么由观音菩萨来降伏红孩儿的描述，则否定了这一看法——如果你嫌这种力度不够的话，那么佛祖如来亲自出场降魔是可以说明这一点的。比如在真假孙悟空的较量中，没有佛祖的助力，真孙悟空也是奈何不了假孙悟空的。再有，大鹏金翅雕神通广大，孙悟空战胜不了他，佛祖只好亲自出场去降伏他。而佛祖的出场其实是有寓意的——佛祖知过去、晓未来，无所不知，这与社会发展的客观规律本身无异，所以我赞同某位网友的说法：佛祖如来具有双重身份，他既是佛教领袖又象征着社会发展的客观规律。而在社会发展的客观规律当中，正义终究强大于邪恶，应是《西游记》作者的“直觉”判断与内心愿望。

《西游记》描绘的女妖中，有三个女妖对取经团队造成了比较大的威胁，一个是毒敌山琵琶洞的蝎子精，一个是陷空山无底洞的老鼠精，还有一个是在天竺国假冒公主的玉兔精。三个女妖有一个共同心愿就是要摄取唐僧十世未泻的“元阳”，以达到她们长生不死的目的。

先说蝎子精，蝎子精的功夫确实非同一般，她以一敌二在与孙悟空、猪八戒的争斗中丝毫不落下风，并且后来使出独门绝技“倒马毒桩”一下子把孙悟空的脑袋蜇出两个大包。要知道孙悟空是常常以自己的头硬而自豪的，当初孙悟空大闹天宫被拿住之后，绑在了降妖柱上任凭天兵神将刀砍斧剁，孙悟空的脑袋丝毫不损、安然无恙。在高老庄降伏猪八戒时，猪八戒吹嘘自己的九齿钉钯“何怕你铜头铁脑一身钢，钯到魂消神气泄”。孙悟空一听说道：“老孙把头伸在这儿，你来筑一下看可魂消气泄？”猪八戒铆足了劲儿一筑，只见火星子乱迸，孙悟空的头皮却无损伤。猪八戒不由得夸奖：“好头！好头！”在火焰山孙悟空去找铁扇公主借芭蕉扇时，铁扇公主道：“泼猴，少说废话，伸过头来让我砍上几剑，若受得疼痛便借扇子给你，若受不得就叫你早见阎王。”孙悟空满口答应，那铁扇公主双手抡剑砍了数十下，孙悟空的脑袋并无伤痕。可这次不同，孙悟空的脑袋竟被生生蜇出两个包来，足以说明蝎子精的厉害，疼痛难忍的孙悟空也只好落荒而逃。

孙悟空的头疼好些之后，他与猪八戒又去找蝎子精打了一场，这一次倒霉的是猪八戒，他的大长嘴让蝎子精狠狠地蜇了一下，于是他拖着钯、捂着嘴赶紧逃离。孙悟空面对蝎子精的“倒马毒桩”

也有点犯怵，干脆虚晃一棍走人。

幸亏有观音菩萨指点，孙悟空找来了蝎子精的克星昴日星官才制伏了此怪。

《西游记》作者虽然把孙悟空描述得神通广大，但在刻画他的敌手的时候也并不吝惜“奇幻”的笔墨，同样赋予他们各种神奇的能量，来抗衡孙悟空出神入化的本领，以显现执行正义的不易、艰危。其实在真实的世界里、在历史的长河中，正义与邪恶的较量也从来都是各有胜负，从笔者个人看来，邪恶的胜率似乎更高一些。我想这也是为什么我们人类的科技进步“突飞猛进”，而我们人类的思想实践却常处在一种“蹒跚学步”的状态。

小说作者刻画的老鼠精这一形象，与其他女妖相比更狠毒，因为老鼠精不仅要和唐僧交媾摄取元阳，而且她还吃活人。在跟随唐僧师徒来到镇海寺，吃过饭之后，庙中方丈安排老鼠精单独住在天王殿。第二天一早唐僧浑身不舒服还有点低烧，看来是得了重感冒，不得以唐僧在寺中歇了三天，但就在这三天当中寺里面晚间敲钟的六个小和尚被妖精吃了，孙悟空一猜就知道是谁干的，所以他变化成小和尚要亲自擒拿妖精。可老鼠精也不是吃白饭的，在与孙悟空的缠斗中，她施展绝技——脱掉绣花鞋用它变了个假身对抗孙悟空，真身化作一股清风抽离。待孙悟空发觉被蒙蔽之后老鼠精已趁机掠走了唐僧。

被老鼠精抓入陷空山无底洞的唐僧，盼望徒弟们快来解救的心情是不难想象的，可当孙悟空真的前来解救他并告之救出他的方法——钻进妖精的肚子里时，唐僧居然说：“你若有手段就和她打，你钻进她肚子里算怎么回事？”我们看唐僧糊涂到何种程度，在这生死关头不是想着尽快脱离险境，还对妖怪心生一丝怜悯，对自己的救命之人不是要他把风险降到最低，而是提出苛刻的要求增加孙悟空的救人难度，孙悟空还必须耽误时间耐心地跟他解释：妖怪的洞穴太窄我的金箍棒施展不开……所幸的是唐僧最终听从了徒弟的解释，孙悟空钻入妖怪肚子里逼迫她把唐僧送出了洞。

这一回的故事让我们领悟到“施善”也是需要智慧的，不分场合、不辨好歹，以为凡是施善就是好的，从而胡乱施善，其也可能造成形同作“恶”的后果——六个小和尚白白送了性命被妖精吃掉，这样的教训算得上惨痛。

玉兔精就是住在“广寒宫”里的玉兔，她对唐僧取经的来龙去脉一清二楚，她掐算好日期，知道唐僧师徒什么时间到达天竺国，她之所以选择在天竺国这个地方摄取唐僧的元阳，是因为国王有个待嫁的公主，而此公主乃是蟾宫中的素娥，十八年前曾打过一掌玉兔，而后又思凡下界投胎于皇后腹中。玉兔精来到天竺国先报了一掌之仇，把公主摄起抛到荒郊野外，而后变为公主的模样，准备以抛绣球的方式把唐僧招为自己的配偶。

玉兔精想得挺美，计划得也算周密，但有孙悟空横在面前使得她的愿望无法实现，所以她对孙悟空恨得咬牙切齿：你破了我的亲事，如杀父母之仇，我要打死你这欺天罔上的弼马温！我们看玉兔精这话说得多么理直气壮，仿佛她倒成了受害者，而孙悟空倒是作恶之人。邪恶之人的逻辑就是这样——总是无视对别人的伤害，别人要是反击伤到他，他还要报仇雪恨。可这次玉兔精报仇的对象是孙悟空，而孙悟空的武艺毕竟比她技高一筹，让她占不到一点便宜，幸亏太阴星君赶到才算保住了她的性命。

《西游记》的作者在刻画女妖时是赋予了她们鲜明的女性特征的，这主要表现在她们对待“猎物”的态度上。男魔们逮住唐僧往往是捆起来一吊或往旁边一扔，然后就开始思量蒸着吃还是煮着吃，反正跟逮着的其他动物区别不大。而女妖们则不同，她们都是言语温柔、好吃好喝招待“猎物”，以便顺利达到她们获取唐僧元阳的目的。女妖们的表现既丰富了小说的观赏性、趣味性，又扩充了文本中邪恶世界的层次与类别，当然也就相应增加了捍卫善良的正义之举的广度和厚度。

要说对唐僧肉最为垂涎、最为用心同时实力也最为强大的魔怪，当属狮驼岭的大魔、二魔和狮驼城的大鹏金翅雕。

说他们对唐僧肉最为垂涎，是因为他们本是各自为王的两拨，为了吃到唐僧肉、对付孙悟空，他们便结拜成兄弟，特别是大鹏金翅雕，他本来比大魔、二魔的辈分大，可为了吃唐僧肉他情愿当老三，称另外两个魔头为大哥、二哥。

说他们对唐僧肉最为用心，是指他们在抓唐僧时小心翼翼生怕让唐僧受到惊吓，他们认为受到惊吓后唐僧肉会发酸，吃起来就没那么美味了。

说他们实力最强，不光指他们的法力，还有他们的智谋。

从法力上来看，大魔、二魔完胜八戒和沙僧，孙悟空勉强和大鹏金翅雕打个平手。从智谋方面讲，妖魔们使用的激将法和调虎离山、瞒天过海之计，可以说招招见功，让取经团队完败。

从孙悟空捍卫善良保护唐僧的角度来看，孙悟空与这三个魔头搏战的结局，孙悟空是公开承认了自己的失败，这在他到如来处述职时表达得很清楚。其实类似的失败还有不少，比如与红孩儿的争斗，若不是观音菩萨相助，孙悟空就很难把红孩儿制伏。再比如九曲盘桓洞中的九头狮子，孙悟空同他单打独斗也很难取胜，不得已找来了他的主人太乙救苦天尊才算收降了此怪。而就连那个不太起眼的蝎子精，让孙悟空也有手足无措之感。

作为正义化身的孙悟空，作者赋予了他足够多的正能量——为民分忧解难的情怀；公平、自尊的品格；捍卫善良的勇敢、勇气及赴汤蹈火、死不旋踵的精神，特别是还展示了他过人的智慧和几乎是无所不能的本领。可是《西游记》作者在书写一些妖魔时也把他们的神通和智谋描绘得同样厉害，从而不让孙悟空直接战胜妖魔鬼怪，更不会干脆把他们斩尽杀绝。我想作者之所以这么叙述至少有两个原因。

一是还原正义在历史中的本来位置，二是妖魔根本就是不会灭绝的（这一点在下一节“邪恶的象征”中专门论述）。

在封建社会漫长的历史长河中，不论是正义的人、正义的事还是正义的学说都会遇到重重阻力乃至邪恶势力的剿杀。最具代表性的例子，就是南宋时期的岳飞和与小说作者同时代人的海瑞，以及战国时期的思想家墨子。

岳飞是南宋时期的中兴名将，既有杰出的军功，又有卓越的文才。在这儿我们主要说一说岳飞的个人品质及他身上所焕发的凛然正气。

岳飞的治军非常严明，要求自己的队伍“冻死不拆屋、饿死不掳掠”。岳飞的一个亲舅舅有抢掠民间财物的行为，岳飞毫不含糊立即军法从事。

岳飞在与盗匪交兵时曾俘获一个叫杨再兴的将领，此人是员猛将，曾在战场上把岳飞的弟弟给杀了。但岳飞不计较杀弟之仇，只要他愿意以忠义报国就不杀他。杨再兴被岳飞收为部将，从此跟随岳飞奋勇杀敌直到战死沙场为止。由此我们可见岳飞不计较个人恩怨，公而忘私的品格。

岳飞的儿子岳云是一名骁勇善战的猛将，击杀金兵无数。但岳飞在上报战功时总不报岳云。当其他官兵问起：为何每次报功都没有岳云？岳飞回答：众将士渴饮刀光血、困卧马鞍中，出生入死多少回才官升一级，有多少人是把命送了才能追升一级，还是让这些人先升官吧。岳云是我儿子，不能立了功就想升官，要那样干脆别做我的儿子。

岳飞不仅要自己的儿子淡泊名利，他自己也是以身作则。宋高宗赵构曾封岳飞为开府仪同三司，级别相当于一品大员，但岳飞上疏表示无功不受禄，婉言谢绝皇帝的恩泽，虽然高宗否定了岳飞的上疏，但我们可以看出高官厚禄绝不是岳飞的追求。岳飞在物欲横流的官场上能保持洁身自好，这和他的社会观有直接关系。岳飞的社会观就是：文官不爱财，武将不怕死。

一代豪杰岳飞把自己的抱负和追求同国家的强大、昌盛联系在一起，达到了公而忘私的境界。重义轻利的他把“万事莫贵于义”当作自己的人生信条。一切从国家和人民的利益出发，抛弃个人恩怨、个人得失，这是只有正义之士才可能具有的品格，这也是对墨子所提倡的“凡言凡动，利于天鬼百姓者为之”的有力践行。岳飞不论是个人品德还是军事才能都堪称一流，但就是这样一位近乎完美之人却遭奸宄小人陷害，以悲剧落幕。奸宄之人也就是《西游记》中妖魔的形象，所以《西游记》作者把有些妖魔的法术描述得不在孙悟空之下是有着现实依据的，奸宄之人在现实社会中即便没能置正义人士于死地，他们也会设置重重障碍、破坏正义事业，使正直、正气之人步履维艰、寸步难行。

我们再举一个与《西游记》作者同时代的文官的例子，那就是海瑞。

海瑞为官清廉在当时是众所周知的，其实他何止清廉，甚至到了清贫的程度。吃的菜是自己种的，为母亲祝寿买了两斤肉，居然成了人们茶余饭后的谈资，说明他平时是很少吃肉的。海瑞晚年任右都御史，官居二品，但据说他去世时连殓葬的钱都不够，不得不靠好心人捐助。海瑞为官一世，清廉一生，从不追求物质享受，海瑞追求的是正义，也就是墨子说的“兴天下之利，除天下之害”。

一个坚持正义原则的人当然就意味着与不正之风作斗争。海瑞在淳安县当县令时，遇到总督胡宗宪的儿子在淳安胡作非为，海瑞毫不客气把他抓了起来。之后给胡宗宪呈上一份公文，意思是久闻总督教子甚严，此人胡作非为却说自己是胡公子云云，定是冒充……总督心知是自己儿子却也只好装糊涂。

海瑞一生秉性正直，在官场上始终秉持正义，得罪的大小官员非常之多。在此只举一个最能说明海瑞正义形象的例子，那就是海瑞在任户部主事期间直接上疏批评皇帝。

在《直言天下第一事疏》中，海瑞认为现状是吏贪将弱、民不聊生、水旱靡时、盗贼滋炽。如此糟糕的境况主要因为皇帝昏聩多疑、痴迷炼丹。其实臣民的要求并不高，无非希望官府的盘剥轻一点，冤假错案少一点，社会风气正一点。而由乱致治，也不过在皇帝“一振作间而已”。

在封建社会直接和公开批评、教训皇上，那和找死没什么两样，海瑞当然也明白这个道理，所以他事先已买好了棺材，诀别了家人。海瑞的这一壮举，是对墨子所倡导的“万事莫贵于义”这一理念的勇敢践行，他不愧是被鲁迅所称颂的中国的脊梁式人物。

在应天巡抚任上，海瑞还干过一件利国利民的大好事——治理吴淞江。

与海瑞有“仇”，想阻拦工程进展的一位巡按御史，曾充满嫉恨地感叹：“万世功被他成了。”这句话的确很适合用来概括海瑞的治水功绩。

海瑞的结局比起岳飞好了许多，他被万历皇帝以“镇雅俗、励颓风”的名义当摆设供起来——有职无权，没过多久海瑞郁郁寡欢死在任上。

无疑，海瑞渴望拥有权力，因为有了权力才能为百姓多办实事、解决问题，才能与贪官污吏作斗争，才能更好地主持公平伸张正义。而当这一切都难以实施，自己只能成为镇雅俗、励颓风的摆设的时候，海瑞认为这样的生命是没有什么价值的，再继续与官场小人为伍，简直就是一种耻辱。海瑞在封建社会这个大背景下，与官场上各种“妖魔鬼怪”进行厮杀，张扬了正义的存在和力量。海瑞像流星划过夜空，使正义的光芒闪耀了一下又陷入沉寂，这样一种境遇颇似充满正义感的墨家学说一样——曾经的辉煌虽然短暂但注定被人们永远铭记。（本节关于海瑞的材料参考了易中天《品人录》有关内容。）

墨家学说曾在先秦时期成为显学，按《孟子·滕文公下》的说法："杨朱、墨翟之言盈天下。"《韩非子·显学》也有言："世之显学，儒、墨也。"那么墨家学说到了秦汉时为什么会衰落？道理其实很简单——《墨子》一书的更多内容是替百姓代言，不符合封建专制统治阶级的利益，自然不招统治者的喜欢，所以它在封建社会的历史长河中受到压制是很正常的事。《墨子》一书自始至终都贯穿着一个主题——"兴天下之利，除天下之害"，也因此它处处闪烁着公平、公正、博爱的光彩，如果把《墨子》称为一部"正义"之书，也许并不为过。

在《墨子·尚贤上》中，墨子说："官无常贵，而民无终贱，有能则举之，无能则下之。"这样一种不分贵贱，主张政治平等，突破社会阶层壁垒的尚贤思想，当然比儒家"人有尊卑"的观念及贤人都限于贵族、士大夫阶层的思想进步得多。

《西游记》在叙述车迟国的故事时，结尾处描写得很有意味。孙悟空告诫车迟国国王："望你把三教归一，也敬僧，也敬道，也养育人才，我保你江山永固。"

这里孙悟空把儒、释、道三教归一作为治国方略说给车迟国国王，而唐僧师徒要到佛祖那里取的经书，也是三教归一之类的书，取经目的也是要保大唐的江山永固。但前面的章节中我们已经详细论述了,《西游记》作者对儒、释、道是持否定态度的,那么作者又一次借孙悟空之口重复“江山永固”之说,有何用意吗?这就需要仔细品味孙悟空的告诫之言的用语。孙悟空最合乎逻辑的用语应该是:望你把三教归一,也敬僧、也敬道、也敬儒,我保你江山永固。但孙悟空没有说敬儒,而是用了非常宽泛的说法:也养育人才。当然你也可以说,既然已提到三教合一,养育人才自然是指儒家人才。但问题是孔子的治国理念是君君臣臣、父父子子,而把贤才上升到治国之本这个高度,对贤才的重要性用较大篇幅进行专门论述的,在古代思想家中唯有墨子。《墨子·尚贤》上、中、下三篇中反复强调——“夫尚贤者,政之本也”。那么孙悟空的“张冠李戴”是作者不经意的一笔呢,还是刻意为之?笔者倾向于后者。因为《墨子》作为一部焕发着正义光芒的著作,可以说它与《西游记》的第一主角——象征着正义的孙悟空具有一种天然的联系,由孙悟空透露出《西游记》与《墨子》的关联信息,也许正是小说的一种艺术精妙所在。

墨子的尚贤思想主要是对那个时代,统治阶级任人唯亲、无故富贵的批判,目的则可以用《墨子·尚贤下》最后一句话概括——“尚贤者,天鬼百姓之利,而政事之本也”。

墨子在《尚同》中主张选择一位贤人来当天子,天子的责任是统一义理,告诉所有人什么是“善”,什么是“恶”,什么该做,什么不该做。然后实行赏、罚制度,行善的赏、作恶的罚……

《墨子·尚同中》说:“是以数千万里之外,有为善者,其室人未遍知,乡里未遍闻,天子得而赏之。数千万里之外,有为不善者,其室人未遍知,乡里未遍闻,天子得而罚之。是以举天下之人,皆恐惧振动惕栗，不敢为淫暴，曰天子之视听也神。”易中天先生在《百家讲坛》节目中，对这段文字的说法产生了疑问：一个人做了什么事，家里人还没有完全知情，乡里人也未完全听说，天子怎么可能知道？难道是到处安插了特务，要是这样那可就太恐怖了。如果仅就上段文字看，易中天先生的担心当然是有道理的，不过易中天先生如果注意到了《墨子·尚同下》中的这段文字，也许就会打消自己的疑虑：“若见爱利天下以告者，亦犹爱利天下者也，上得则赏之，众闻则誉之。若见恶贼天下不以告者，亦犹恶贼天下者也，上得且罚之，众闻则非之。”由此可知，墨子的办法是“发动群众”，用赏罚的办法调动百姓参与社会事务的积极性。看见做好事的人一定要向上汇报，上级不光要奖赏做好事的人，汇报的人也会得到相应的奖励。反之看见做恶事的人不举报，就要遭到相应的惩罚。如此一来所谓的“天子之视听也神”应该可以说得通了。

在《墨子·尚同》中，对官吏的职责提出了比较明确的要求：“为万民兴利除害，富贵贫寡，安危治乱也。”也就是应该做到使贫者富，使少者众，使危者安，使乱者治。

在《墨子·兼爱》中，墨子比较详细地论述了兼爱的本质就是互利，同时他提出了一个响亮的口号：“兴天下之利，除天下之害。”墨子的天下之利就是多数人之利、万民之利，反之则是天下之害。“天下之利”是《墨子》一书的主题，书中的几乎所有篇章都是围绕这一主题来展开的。

19 世纪初叶法国空想社会主义者圣西门，曾提出过判断社会制度好坏的四条标准：

第一，让大多数人过上幸福生活。

第二，品德高尚、令人尊敬的人不论出身如何都有机会升到高级地位。

第三，能团结民众，有足够能力抵御外敌。

第四，鼓励劳动，重视发明创造和社会文明。

如果我们把这四条标准与墨子的思想相对照，就会发觉它们有着高度的契合。

第一条：让大多数人过上幸福生活。

这一条既是空想社会主义者的根本原则，也是墨子思想的总纲，它与墨子反复吟诵的“兴天下之利”是一回事。符合天下人的利，墨子称之为“义”，也就是我们现代人说的“正义”！

第二条：品德高尚、令之尊敬的人不论出身如何都有机会升到高级地位。

这第二条简直与墨子的尚贤主张如出一辙——“官无常贵，而民无终贱，有能则举之，无能则下之”。

第三条：能团结民众，有足够能力抵御外敌。

墨子本人就是杰出的防御专家。《墨子》一书中的《备城门》《备高临》《备水》《备突》等篇章，完全就是论述如何抵御外敌的专论。而《公输》篇中关于防御的故事，早已成了家喻户晓的经典篇章，故事里不仅展现出了墨子卓越的军事防御才能，同时也展示了墨子作为一位正义之士的大无畏风采及作为政治活动家的超凡智慧。

第四条：鼓励劳动，重视发明创造和社会文明。

《墨子·非乐》强调人与动物的本质区别在于劳动，并且指出当官的工作不努力，国家就治理不好（君子不强听治，即刑政乱）；

百姓不努力劳动，就难免要贫困（贱人不强从事，即财用不足）。墨家学派崇尚劳动，不论脑力劳动还是体力劳动墨家之人都身体力行。拿墨子的弟子禽滑釐为例，他追随老师三年手脚磨出了老茧，脸晒得黢黑，老师才开始教他守城之术。《墨子·经下》《墨子·经说下》中，记录了墨家学者对光学、力学的较深研究，可以说在中国古代思想家中墨子是最重视自然科学研究的。

墨子不仅达到了上述四条标准，而且还具有一个空想社会主义者的其他要素：主张把富余的财富分赠穷人；以天下为己任，用实际行动践行自己的主张。如果据此我们可以认为墨子是一位“空想社会主义者”的话，那么从时间上来认定，墨子理应成为“空想社会主义者”的鼻祖式人物。当然墨子也有着多数“空想社会主义者”的局限性——企图以说理、教育的方式改造社会，建立一个“让世界充满爱”的社会。

我们简略回溯了一下古代社会具有正义代表性的三位人物。一位是“军人”的代表岳飞、一位是“官员”的代表海瑞，一位是“思想家”的代表墨子。从他们三位杰出人物的身上，可以发现许多共性：都有大公无私的高尚品德；都有让国家民族昌盛的愿望；都有为了正义的事业甘当殉道者的精神！他们还都有一个共同“缺憾”——不去“触碰”统治者的法理性。其实他们所痛恨的贪官污吏、压榨百姓、盗匪丛生等社会乱象，其根源在于以皇权为标志的社会不平等制度。人人平等是正义的首要原则，没有平等正义就无从谈起。这也是岳飞、海瑞、墨子等一些正义之人和他们所做的正义之事，注定只能是“孤立”的存在，而不可能散播开来形成风气的原因。

《西游记》作者对“正义”在历史长河中存在的境遇当然是清楚的，而且深刻认识到正义要想发展壮大，最大羁绊就是人的“不平等”。这也是小说作者在塑造正义的象征——孙悟空的形象时，让他对所有国王都不肯行君臣之礼（不平等的象征）的主要原因之一。孙悟空这一形象超越了我们所举的历史上的正义人物的例子，因为作者赋予了孙悟空——那些人物所缺乏的敢于同皇权、统治者讲平等的精神及对以强凌弱现象进行你死我活的“战斗”的精神。正义要得到伸张，正义要捍卫善良，就必须斗争必须战斗，企图采用说服、教育的方式只能成为“东郭先生”，邪恶的东西你不打它就不倒，这是被历史反复证明了的教训。

面对正义事业在历史长河中常常处在低谷的境遇，《西游记》作者对正义的执着和崇奉却毫不动摇，这些都是通过孙悟空的艺术形象表现出来的。小说中孙悟空为百姓排忧解难，真是上天入地、刀山敢上火海敢下，在捍卫善良的战斗中，用孙悟空自己的话说，那真是“使碎六叶连肝肺，用尽三毛七孔心”。孙悟空用实际行动践行着墨子“凡言凡动，利于天鬼百姓者为之”的箴言，同时也诠释了作者把孙悟空又称为“行者”的真正内涵。

“万事莫贵于义”，世界上没有什么事比正义的事业更重要更宝贵的，正如小说借玉皇大帝之口所言：孙悟空乃天地精华所生。在《西游记》作者这里，只有“正义”才配得上是天地之精华。只有“正义”才可与天齐圣，而所谓的“圣人”在齐天之圣面前必然是渺小的，而所谓的“无为”之人在从事正义事业的“行者”面前同样是渺小的，作者更是让佛界第一人宣告封孙悟空为“斗战胜佛”。是的，为正义而斗争的人生价值当然远胜于出世的、自我陶醉的人生价值。

《西游记》以光辉的艺术形象对正义进行了前无古人的讴歌！

《西游记》以高超的艺术形式对正义进行了后无来者的礼赞！

“超出三界外，不在五行中”，正义永恒！

## 三　妖魔——邪恶的象征

《西游记》对邪恶世界的描绘，不论就其深度还是广度，在世界文学史中都是首屈一指、无出其右的。

象征邪恶的对象，作者已不再像描写“善”或“正义”的象征那样，由单一的形象来象征，而是由众多的妖魔形象来共同象征，这就便于开掘邪恶世界的宽度，同时又利于挖掘它的深度，有多少种妖魔就有多少种邪恶——有专吃婴孩的、有想吃唐僧肉的、有嗜财如命的，等等。《西游记》中各种妖魔鬼怪所组成的画卷，堪称一部邪恶世界的百科全书。

### （一）图财害命

《西游记》刻画了很多给人印象极深的法术超强的妖魔形象，但也并未忽略那些赤裸裸地侵害他人、没有什么技术含量的明抢硬夺的强盗。小说第十四回，孙悟空被唐僧从两界山下救出，由此孙悟空正式踏上取经之途，而他在取经途中第一个铲除的并不是某个恶魔，而是一伙地道的强盗。这伙强盗由六个人组成，分别叫：眼看喜、耳听怒、鼻嗅爱、舌尝思、意见欲、身本忧。对此有学者认为这表达了儒家或佛教的修身思想，这样的理解当然可以，但最早提出消去人自身的各种私欲，或者说人身的动物属性的，其实是墨家学说。《墨子·贵义》篇中就表述了类似的思想："必去喜、去怒、去乐、去悲、去爱、去恶，而用仁义。手足口鼻耳，从事于义，必为圣人。"墨子主张灭私欲，用人的身体为义服务。这样高的要求肯定非一般人所能达到，能达到的就是圣人。至于对强盗本身的态度，孙悟空采取的是"耳听怒"，轻轻松松把劫匪消灭掉，孙悟空的这个做法虽然让师父非常生气，但却与墨家的想法高度一致。《墨子·小取》篇："爱盗非爱人也，不爱盗非不爱人也，杀盗人非杀人也。"

小说第五十六回，正是取经路程走到一半的时候，唐僧师徒又遇上了一伙拦路抢劫的匪徒，这伙穷凶极恶的强盗本有活命的机会，但他们利令智昏，不知道自己几斤几两，居然追赶着去找唐僧师徒拼命。这让孙悟空十分恼火，三下五除二送他们见了阎王。孙悟空的火算是消了，可把师父的火拱上来了，唐僧见孙悟空一再有违师命，下决心把孙悟空驱逐出了取经队伍。

取经征途接近尾声的时候又出现一伙盗匪，这伙盗匪的抢劫目标虽然不是唐僧师徒，但也与他们有间接的关系。地灵县的寇员外许下宏愿——斋满万僧，唐僧师徒的到来正好圆了心愿，寇员外兴奋之余大办圆满道场。宾客盈门、吹吹打打，热闹了三个昼夜才算完事。如此一来惊动了地灵县里的一伙凶徒。唐僧师徒走后，这伙歹人便打劫了寇员外家。打劫之后逃跑途中，偏巧他们撞上了唐僧师徒，这伙贪得无厌的家伙居然打起了他们师徒的主意——认为寇员外一定送了唐僧师徒不少值钱物品。孙悟空让这伙歹徒见识了一下金箍棒的威力，打得他们四处逃窜，抓住了一个腿脚慢的一问得知，劫匪们随身带的财物是从寇员外家抢来的。唐僧师徒商议把这些财物全部送还寇员外家去。

《西游记》对图财害命的盗匪们的描述，不论是从场面的精彩程度来说，还是从与妖魔相对的数量上来说，都会给人一种微不足道的感觉。场面的精彩程度不如与妖魔交锋时曲折、激烈、好看，这容易理解，但要认为盗匪的数量比妖魔少得多，对取经团队也构不成什么威胁，因而可以忽略不计，这就未免太过表面化了。小说作者对盗匪的描写貌似蜻蜓点水，实则是一种“贯穿式”的描述——自孙悟空从两界山被唐僧救出，师徒俩遇到的第一个邪恶对象就是盗匪，到取经路程的中间节段（第五十六回）又出现一伙穷凶极恶的劫匪，再到取经征途的尾声（第九十六回）遇到的最后一个邪恶对象也是盗匪——并非妖魔鬼怪。作者除了用文字告诉读者盗匪的吃喝嫖赌、贪图享乐的价值观及对社会的巨大危害性外，又通过这种贯穿式的结构为小说文本带来了足够的艺术张力——三点一线的涵盖，首尾呼应的笔法，是否意味着作者生活的时代盗匪的普遍存在？抑或是作者曾身受其害？虽然事实我们无从知晓，但小说作者用艺术结构为我们打开了遐想的空间，用小说的形式带来的无言述说，让我们感受到那野蛮的罪恶给作者造成的心灵重压。当小说的形式具有了语言的表达功能，也就是当形式成为内容的时候，则标志着小说艺术达到了最高境界，《西游记》正是这样一部内容与形式完美统一、融合的小说艺术杰作。

盗匪为了满足自己的私欲，视别人的生命如草芥，肆意屠戮，他们的罪孽虽说深重，但我们常人还能理解得了。而小说第十六回中描写的观音院的老院主，他对物质的占有不是出于满足自己的各种私欲，而像是为了占有而占有，对物质有一种“宗教”般的崇奉、膜拜、迷恋，这就超出了我们常人的理解范围，就连他的徒子徒孙也不能完全理解他面对宝物时所表现出的失态样子。

先看老院主接待唐僧时用的茶具就颇显“土豪”气派——茶杯是法蓝镶金的，盘子是羊脂玉的，茶壶则是白铜的。而后又生怕别人不知道他是“成功人士”一样，把自己收藏的七八百件袈裟亮出来，办了一个小型展览，满屋的绫罗锦绣把那厅堂映得四壁生辉。可当孙悟空拿出师父的宝贝袈裟来，别人见了都是心喜称赞，唯独老院主却是哭哭啼啼，跪在唐僧面前请求把袈裟拿到后房借赏一宿。由此我们可以看出一些端倪——一个人看见一件贵重物品，哭哭啼啼不惜给人下跪，这绝不是一个心理健康之人的举动。特别是当他拿着袈裟到自己的房间观瞧时，竟然控制不住地号啕大哭。对此不光是普通的读者不理解，就是他身边的僧人也无法理解——一般的歹徒抢劫贵重物品是为了吃喝玩乐满足各种私欲，老院主并没有这些低级欲望，如果说他有什么欲望的话，那就是拥有贵物本身的欲望。对他来说拥有贵物的具体用途并不重要，重要的是拥有本身。这是一个被物异化了的人，一个被物扭曲了的人，一个视贵物为圣物的人。这样的人对社会的危害更甚于一般的盗匪，因为他比普通的盗匪更虚伪、更阴险、更狠毒，所以他做出要烧死唐僧师徒的残忍决定并不奇怪。当然由于孙悟空窥察到了他的阴谋，反而让他一命呜呼了。

《西游记》所描述的盗匪和观音院的老院主，不论他们追求物质是为了满足自己的私欲，还是把追求物质本身当作目的，都引发了杀人越货的罪恶。而那些行走在追求物质的路上，并没有杀人的人，作者未曾描述，也不必描述，因为哪里描述得过来呢？但作者所采用的贯穿式结构、三点一线的涵盖手法，不是分明又把这未曾描述的众生相囊括其中了吗？在这里小说形式本身就是内容，而形式的表达比语言文字的表述更接近艺术的本质，当然也就更具艺术的魅力。

### （二）文明与野蛮——黄袍怪

为了追求爱情，黄袍怪不惜抛开天界的胜景下降到凡间，而且他对自己的爱人百花羞的感情也很专一，以他高强的法术要找或抢来一位“小三”，那实在是一件轻而易举的事，但他从来没有找“小三”的打算。他比较安于现状、比较满足于“老婆孩子热炕头”这种凡人的幸福状态。我们可以从故事的细节中品味出这一点。

黄袍怪抓住唐僧后问：“你从哪里来，到哪里去？”

唐僧答：“我奉大唐皇帝敕命，前往西方求经。”

黄袍怪：“你一行几人，终不然一人敢上西天？”

唐僧：“我有两个徒弟，叫猪八戒、沙和尚，都去化斋了。另有一担行李、一匹白马。”

黄袍怪：“造化了，两个徒弟，连你带马一共四个，够吃一顿了。”

从魔头与唐僧的对话中，我们可以判断出，黄袍怪并不知道吃一口唐僧肉是可以长生不老的，他也不知道唐僧还有个大徒弟孙悟空。黄袍怪是上界奎星下凡，其能耐之大、法术之强远胜过白骨精数倍，那么连白骨精都知道吃一口唐僧肉就会不老，黄袍怪怎么就不清楚呢？

孙悟空保唐僧西天取经，这在天界是众所周知的事，而此时黄袍怪已降凡间多年，所以从时间上看他不知晓此事，倒也正常。可白骨精跟上界根本贴不上边儿，却能听说吃一口唐僧肉便可长生不老的消息，这说明黄袍怪跟其他妖怪没有来往。不愿意和其他魔怪接触，说明他对当下的生活心满意足，他的这种知足心理，从他对自己的媳妇百花羞的态度上，已经不自觉地流露出来。

百花羞趁着丈夫和猪八戒、沙和尚打斗的机会，跟唐僧商量——愿不愿意帮我带封书信给宝象国的父王？如果愿意我立刻放你走。唐僧当然愿意。于是百花羞找到正在和猪八戒激战的丈夫，告诉他："我幼时曾暗许下一桩心愿，若日后招得如意郎君，上名山、拜仙府，斋僧布施。今梦中遇一神人向我来讨誓愿，现桩子上绑扎个僧人，放了他只当与我斋僧还愿，不知郎君肯否？"黄袍怪痛快说道："浑家，这算什么要紧的事，我要吃人哪里不捞几个吃吃，这个把和尚放他去吧。"

百花羞很清楚自己在黄袍怪心中的分量，所以她满有把握地先斩后奏放走了唐僧。黄袍怪也确实很喜爱百花羞，换任何一个说客来说，他不可能把到了嘴边的白白嫩嫩香喷喷的肉放弃。之后的一些情节仍然可以看出黄袍怪对百花羞的爱意浓浓。

唐僧师徒到了宝象国后，把百花羞的书信交给了她的父王。百花羞在信里请求父王想办法把自己救出魔窟，可宝象国中全是俗兵凡将，没有一人敢去与黄袍怪较量。最后国王只好听从大臣们的建议，请唐僧师徒前去降妖。

猪八戒、沙僧来到波月洞，与黄袍怪斗战没到十回合，猪八戒就因体力不支狼狈逃离，沙僧则被黄袍怪生擒。黄袍怪一琢磨觉得不对劲儿——唐僧乃上邦人物，必知礼义，我饶了他性命，怎么会反而叫徒弟来拿我？这多是我浑家有书信带到她那国里，走了风声。

黄袍怪推测得很准，由此我们也得知他是懂得礼义文明的。黄袍怪抓住百花羞去和被生擒的沙僧对质，要弄明白到底百花羞有没有给她的父王捎信。沙僧心想：要承认捎了书信，百花羞必死无疑，而她救了师父，我怎能恩将仇报？于是沙僧编了一套谎话："我师父去倒换关文，那国王拿着公主的画像问我师父沿途可曾见过画中之人。我师父见画中公主正是你夫人，这才告诉国王实情，国王赐我等御酒要来拿你。"黄袍怪被沙僧的谎话瞒过，急忙向百花羞道歉："是我一时粗鲁，多有冲撞，莫怪，莫怪。"又吩咐安排酒席与公主赔礼压惊。黄袍怪"知错就改"，对自己夫人该尊敬时就尊敬，该体贴时就体贴，没有古人常有的大男子主义，从言谈举止看完全是个"文明人"。但他后面的表现却比野蛮人还要野蛮。

黄袍怪艺高人胆大，仗着自己有一身好武功，变化为一个美男子直接去了宝象国。到了宝象国后他指着唐僧说："他不是取经和尚，乃是老虎成精。"国王道："你既说它是老虎成精，可否让它现出本相来？"黄袍怪："借半盏净水，臣就叫他现出本相。"黄袍怪接水在手，走上前，念了咒语，将一口水向唐僧喷去，叫声："变！"那唐僧真的变作一只斑斓猛虎，君臣见状吓得魂飞魄散。

其实老虎并不可怕，大家都知道老虎要吃人，所以人人都会提防它，大家也一定能够齐心协力战胜它、消灭它！而大奸之人能够把大善之人诬陷为吃人害人的“老虎”这才是可怕的。黄袍怪这种“颠倒黑白”的伎俩在历史上并不鲜见，回想一下岳飞的遭遇，就知道那些“颠倒黑白”的奸人是多么可恨、可怕、可恶。

国王传旨，大摆宴席谢驸马搭救之恩，不然险些被和尚害了。酒过三巡众人散去之后，黄袍怪又进了银安殿，选了十八个宫娥彩女，吹弹歌舞饮酒作乐。醉意上来忍不住胡为，只见他的簸箕似的大手抓过来一个弹琵琶的美女，吭哧就是一口，喝上一盏又啃上两口……血肉模糊的场面实在令人惊骇。

小说作者把黄袍怪刻画得既通晓礼义文明，又懂得关爱呵护妻子，如果单看这两点，那么在我们周围也许并不少见。可作者又赋予了他“化善为恶”的邪术，以及吃人的邪恶本性，这种巨大的反差给人带来撕裂般的震撼，这令我们有一种不能承受之重的感觉。特别是那血淋淋的吃人场景给人造成极大的心理冲击，简直叫人胆战心惊、不寒而栗。礼义文明、关爱妻子、化善为恶、野蛮食人，这种不同意象所组成的刺激神经的写意画卷，足以给人无尽的遐想——历史上“化善为恶”诬陷他人的奸宄之人，他们有着和谐的夫妻生活并不稀奇，至于所谓的“礼义文明”，作者是否同鲁迅一样，也领悟到了它所具有的“吃人”的一面呢？总之，小说作者把黄袍怪描绘成了一个“多棱镜”似的形象，从不同的侧面映照出了人性的复杂甚至不可理喻，也因此使其在《西游记》众多的妖魔形象当中显得别具特色、格外惹眼。

### （三）真心与假心的较量

《西游记》第五十七回出现了一位假猴王，他的真实身份是六耳猕猴。如果论法术高强，可能六耳猕猴的本事还要比孙悟空稍强一些。如来佛祖说他："善聆音、能察理、知前后、万事皆明。"正因此，他在千里之外便能知晓孙悟空被师父撵走之事，所以决定冒充孙悟空护持唐僧西天取经。可唐僧的倔脾气上来了，不管你是真悟空还是假悟空一律不要。六耳猕猴自有主意，他把唐僧打晕，抢走装有度牒的包裹，让其手下爱将变化打造出了另一支取经队伍。六耳猕猴取经的目的是要唐朝人立他为祖、万代传名。

有学者分析，假悟空的出现代表孙悟空有了二心，有了扬名立万的私心。这样一种解读比较容易得到一般读者的认同和共鸣，因为本回故事的回目就是"二心搅乱大乾坤，一体难修真寂灭"。根据故事的回目去揣测故事的含义，这适宜于通俗小说的读法，但《西游记》的艺术性极高，远非通俗小说可比，因而笔者不敢苟同上述观点。笔者认为，此时的孙悟空早已被唐僧的"善"所征服，他已经把保卫唐僧当成了自己的使命，把打恶除邪视作自己的事业，而我们前面的章节说过，他对所谓的"三藏真经"也有不敬之意。

六耳猕猴冒充的孙悟空完全到了以假乱真的程度，不仅师父唐僧分辨不出来，就是在小说中无所不能的观音菩萨这次也无能为力，而托塔天王的照妖镜面对六耳猕猴变化的孙悟空也"卡了壳"照不出来，最后只能到佛祖如来处去辨别真假。

佛祖见真假悟空到来，借机给菩萨等众僧又上了一课：周天之内有五仙，乃天、地、神、人、鬼；有五虫，乃蠃、鳞、毛、羽、昆。这厮不入十类之种，又有四猴混世，我观假悟空乃六耳猕猴也。

佛祖侃侃而谈不乏得意之色，但关于“以假乱真”的故事，让人想起网络上流传的佛与魔的一段有意思的对话——面对来自魔的威胁，佛是一点儿也得意不起来。

魔对佛说：“我要毁掉你的佛法。”佛回答：“佛法无边，任何力量都毁灭不了。”魔说：“你老人家不会拒绝我的弟子接受你的教诲吧？”佛答：“不会。”魔嘿嘿一笑说：“那好，我让我的徒子徒孙穿你的袈裟，曲解你的释经，破坏你的戒律，不愁佛法不灭。”佛听后默默无语，片刻流下了两行伤心之泪。

一切魔或者说一切品质恶劣的人，他们生存的法宝就是“伪装”，小到损人利己的个体，大到国家的统治者都需要伪装。如果一个人敢公开声称损人利己是自己的做事原则，那么不光是品德优秀的人讨厌他，其他损人利己的人也会讨厌他——如果周围都是损人利己之人，那么坏人再去损人难度就会很大，而且弄不好损人不成反被别人损了。所以胆敢公开说自己是损人利己之人，一定会成为众矢之的，恐怕只有死路一条。

六耳猕猴变化的孙悟空真假莫辨，他也有能力组织起自己的取经团队，他取经的目的很明确，就是为了名和利，这和唐僧师徒取经的目的有很大不同，唐僧取经的目的也很明确——保大唐江山永固。走同样的路，穿同样的衣，面对同样的艰难险阻，取同样的经，最后达到不同的目的，这样的一幅景象，如果叫我们在感受过的现实中找出一种可对应的情景，似乎很难找到。

六耳猕猴是“心”的伪装者，而“心”的伪装者——对那些只是想吃唐僧肉的妖魔而言，他们的野心更大、他们的“伪装术”更高明。如果拿六耳猕猴与白骨精这类一般的妖怪比较一下，那我们会看到六耳猕猴从各个方面都高出白骨精不止一个档次——从外形的伪装上说，白骨精是长于此项的，但比起六耳猕猴所展现的出神入化的水平，就不免相形见绌。至于武功，那实在相差得太多，六耳猕猴与孙悟空搏斗起来不分伯仲，而白骨精明白自己技不如人，所以根本就没有和孙悟空对战的胆量。从临场的发挥来看，白骨精表现得急于事功，不免贪蛇忘尾。而六耳猕猴却是骁勇善战、从容不迫。

小说作者之所以在各个方面把六耳猕猴描写得高于众多妖魔，甚至不惜把他刻画成一个可使无所不能的观音菩萨也无可奈何的妖魔（在整部小说中没有观音解决不了的问题，这是唯一一次碰壁），我想最主要的原因就是作者深知一个“心”的伪装者，一个野心勃勃的欺世盗名者，他的神通自然很大、智慧自然很高，同时他的破坏力也更大，危害也更广。从某种意义上说，他针对的已不是个体，而是社会。把真假美猴王的较量，看作“真心”者与“假心”者的较量，笔者认为是符合小说本意的，至少对于理解小说是不无裨益的。六耳猕猴在小说中属于一个比较独特的魔头，他使得《西游记》本已丰富的妖魔画廊更加丰赡，特别是他为小说带来的“能指”（本书所谓能指是指可能性或不确定性，而非结构主义或符号学意义上的能指）趣味，是其他章节所难以比拟的。

### （四）牛氏家族

以牛魔王为首的“牛氏家族”有两个最为显著的特点，一是他们无门无派，二是他们发财有术。

牛氏家族与取经成员孙悟空有很深的渊源，首先五百年前孙悟空占花果山为王时，牛魔王就与孙悟空拜了把子，牛魔王排行老大。自孙悟空被佛祖压在五行山下，他们之间就没再来往，直至五百年后孙悟空保护唐僧取经，在路过钻头号山时碰上了牛魔王的儿子牛圣婴，这才不得不又有了“交际”。但这并不是兄弟间情义的延续，而是敌手的碰撞。

牛圣婴乳名红孩儿，奉父王牛魔王之命镇守号山。红孩儿除了有一个喷三昧真火的绝招外，其他法力也并不弱，这从他能轻易摄走唐僧就可见一斑。孙悟空本打算以与他父王结拜兄弟的名义，让他给点面子把唐僧放了。但红孩儿知道吃一口唐僧肉可以长生不老，如此大的利益他当然不想失去，所以他直接否认：“胡说！谁是你贤侄，你是哪里人，我是哪里人？”孙悟空耐心地解释与他父亲何时结拜，如何相称等等。可红孩儿根本不再搭话举枪就刺孙悟空，红孩儿的举动明白无误地说明了，即使他认为孙悟空与他父王的结拜是真的，他也不会放过唐僧，不然的话他完全可以找到父王了解一下事情的真伪再做决定，但他没有，因为在商人看来，不论做什么事，都要以物质利益最大化为前提。说红孩儿有着商人头脑，这可以从红孩儿蒙骗唐僧的话语中看出端倪。

唐僧问：“你是哪家孩儿？因为什么事，吊在此间？”

红孩儿满眼噙泪说：“山西边儿有一条枯松涧，那里有一村庄，我是那里人家。我祖公公姓红，广积金银、家私巨万，混名唤作红百万。年老归世已久，家产遗与我父，近年人事奢侈，家私渐废，改名唤作红十万。专一结交四路豪杰，将金银借放，希图利息。怎料被无籍之人骗了去，本利无归。我父发了洪誓，分文不借……”我们看红孩儿对本啊、利啊这些商业用语都门清。也因此在人们看来，观音菩萨收伏红孩儿之后，让他当了善财童子就是一件顺理成章的事了。其实不仅仅红孩儿有着商业头脑，《西游记》把所有的牛氏家族人员全部描绘成了很有经济头脑的“生意人”。

红孩儿还有个叔叔，也就是牛魔王的弟弟如意真仙。如意真仙盘踞在解阳山里的破儿洞，洞中有一口井叫“落胎泉”。之所以名为落胎泉，是因为三十里外有一条子母河，不论男女只要喝了子母河中的水就会怀孕，而只有再喝落胎泉的水方能解掉肚中胎气。

在如意真仙没到解阳山之前，凡因喝了子母河的水而怀孕的人，都是免费饮用落胎泉的水而解胎气。可如意真仙从中发现了商机，便仗着自己有些武艺，把落胎泉占为己有，同时把破儿洞改名为聚仙庵。从此再有来落胎泉求水以解胎气的人，必须交钱，没钱的交物品，总之是不能让你白喝。

唐僧师徒路过子母河时，看到河水清澈，唐僧、猪八戒忍不住口渴，便取出钵盂一人喝了几口，不多时唐僧、猪八戒开始腹胀，用手一摸，肚中似有肉团蠕动。师徒匆忙找到一户人家，向屋里的一位老婆婆打听附近可有医家。老婆婆告诉他们有医家也不济事，要想解掉腹中胎气，只有到三十里外的解阳山，喝上几口落胎泉里的水，才可医好师徒二人的腹痛。但前些年来了一位道人，护住落胎泉，不送财礼不让取水。

孙悟空只身一人来到解阳山找到了落胎泉。如意真仙得知来取水的人是孙悟空，顿时火冒三丈，声言要为侄子牛圣婴报仇。孙悟空向他解释说：“令侄现跟随观音菩萨，做了善财童子，你我尚且不如，怎么反怪我也？”如意真仙气哼哼地反问：“舍侄是自在为王好，还是与人为奴好？”我们看，如意真仙把自由的价值看得很重，这就与“学成文武艺，货与帝王家”的封建社会价值观大异其趣。

如意真仙虽然打不过孙悟空，但他也没让孙悟空把水取走。他败下阵去之后并不跑远，等孙悟空忙于用吊桶在井中提水，他就用如意钩从背后钩孙悟空的脚，把孙悟空钩了个嘴啃泥。孙悟空回过头来再去打他，他也不战，撒腿就跑，等孙悟空再去提水，他又从背后钩脚。孙悟空觉得为了一桶水直接把他打死有点过分，便回去找沙和尚来做帮手。

孙悟空跟沙和尚一起回来之后，如意真仙大声质问：“你又回来作甚？”孙悟空：“我来只为取水。”如意真仙：“泉水乃吾家之井，凭是帝王、宰相，也须表礼羊酒来求……”这句话自然让人想起西方的一句谚语：“风能进、雨能进，国王不能进。”谚语的意思与如意真仙的话如出一辙——私人财产神圣不可侵犯。

其实不论是如意真仙的话还是这句西方谚语，看似理由冠冕堂皇，但不过是忽悠而已——落胎泉本是大自然赋予所有人的，你靠武力占为己有，对他人是不是一种侵犯？

不可否认，如意真仙的话语鲜明体现出对私人财产的重视和对个人自由的重视，这都与资本主义的法治观和价值观相一致。相对于封建社会的法治观、价值观它无疑是一种进步，但对于孙悟空所象征的正义事业来讲它仍然是一个“绊脚石”，尽管这也许是小说作者无意中带给读者的启示。

某日唐僧师徒来到了火焰山这个地方，师徒四人不解：如今正是秋季，为何天气如此燥热蒸人？他们便想找人打听一下。看见一座庄院，唐僧叫孙悟空前去问询。

院中有一位老者告诉他们：“此处离那八百里长的火焰山有六十里路，所以无春无秋、四季皆热。这里人家要想种庄稼有粮吃，必求那位铁扇仙，她有一柄芭蕉扇——一扇息火、二扇生风、三扇下雨，若不然此地寸草不生也。”唐僧问：“我们西去可有它路？”老者：“要西行，火焰山是必经之路，就是铜脑壳、铁身躯到那里也要化成汁了。”孙悟空：“我去向她讨扇，把山火息了。”老者：“你们没带财礼，恐那圣贤不肯来也。”

芭蕉扇的主人正是牛魔王的老婆铁扇公主，她住在翠云山的芭蕉洞。孙悟空到这里来找她借扇，她一听是孙悟空来了顿时似撮盐入火、火上心头，提着双剑出门来见。孙悟空见着她很客气地打了一声招呼：“嫂嫂！”铁扇公主气冲冲道：“谁是你嫂嫂！”孙悟空：“我曾与牛魔王结义，乃七兄弟之亲，安得不以嫂嫂称之。”铁扇公主质问：“既是兄弟之亲，为何坑害我子？”孙悟空道：“你孩儿要吃我师父，幸亏观音菩萨收了他去，我师父才得以保全。现他受了菩萨正果，不生不灭，与天地同寿、日月同庚。你不谢俺老孙，反而责怪是何道理？”铁扇公主：“我儿虽不伤命，可如何比得在我跟前，几时才能见上一面？”

在铁扇公主看来：拥有亲情比得到所谓的“正果”更重要，这就与如意真仙的观点如出一辙——什么不生不灭、与天同寿，都不如活得自由自在更实惠。这种凡人的幸福观也往往是商人们愿意鼓吹的幸福观，这种幸福观有一个前提——要有一定的经济基础做保障，所以我们常常听到年轻人表示：最大的愿望就是多挣钱，让父母家人过上幸福的生活。这种朴素的愿望看起来也无可厚非，但它终究还是一种偏“世俗”的幸福观，甚至也可以说它是一种上了“资本”圈套的幸福观，因为它自然地导致谁最有钱谁就最幸福，以致金钱的多少，成了一个人是否成功的标志，直至金钱变成了一把尺子，荒谬地去衡量人的价值。这样的价值观当然是最符合资本大佬们的心意的，也自然是资本大佬们最愿意提倡和普及的。

《西游记》作者在赋予牛氏家族成员商人特性的同时，也让他们拥有商人的价值观，这种统一的描述应该不是偶然。

铁扇公主的发财之道，就是她有一把能控制火焰山的芭蕉扇。距火焰山不太远的村民，若想种五谷收粮食，就必须送财礼、牛羊、鲜果等给铁扇公主，因为芭蕉扇有一扇息火、二扇生风、三扇下雨的功能。如不送礼，火焰山的高温足以令村民的土地干枯得寸草不生。另外就是像唐僧师徒这样，要路过火焰山向西而行的人同样必须有财礼相送，不然铁打的身躯到了火焰山上也会熔化成汁。孙悟空当然没有财礼送给铁扇公主，那就只能硬要。孙悟空以为面对一个女子几下就可以把她打服，但没想到芭蕉扇不仅能灭火，人要是被它扇上，一扇就把人扇出八万四千里。孙悟空被铁扇公主扇得飘飘荡荡，直至飘到了小须弥山。孙悟空曾在小说第二十一回的故事中来过这里，这里住着灵吉菩萨，灵吉菩萨手中有佛祖如来赐的两件宝物，一件是上次用来降伏黄风怪的飞龙宝杖，还有一件是这次要赠予孙悟空的定风丹。如来佛祖早就料定这两件宝物搁在灵吉菩萨这儿，孙悟空保护唐僧时肯定会用得上，由此也让我们知晓了佛祖如来是多么全知全能，简直如“客观规律”本身一般。

有了定风丹的孙悟空又去找铁扇公主借扇，铁扇公主有点吃惊，没想到孙悟空回来得这么快，她打定主意这次要连扇孙悟空三下，让他找不着归路。当她连扇了三下，却见孙悟空纹丝未动，吓得她慌了手脚急忙返回洞里。孙悟空变了个蚊虫跟进洞中，并趁她喝茶时钻进了她的肚子里。孙悟空在肚子里一折腾，她只好乖乖地交出扇子，但她很狡猾，交给孙悟空的是一把假扇子。孙悟空拿着扇子到了火焰山，本要把火扇灭，结果是越扇越旺，这才知道上了铁扇公主的当。

火焰山的土地爷给孙悟空出了个主意，让他去找牛魔王帮忙，或许可以拿到真芭蕉扇。牛魔王前两年离开了正妻铁扇公主，现在和玉面公主生活在一起。牛魔王为何抛弃原配，主要是贪图玉面公主的钱财，之所以敢这么说，是因为牛魔王是以“入赘”的方式和玉面公主结为夫妻的。封建社会也是一个男权社会，讲究的是男尊女卑，所以一个男人入赘到女方家是一件非常丢面子的事。小说中交代玉面公主拥有百万家财，为了招牛魔王入赘，还送了很多金银财宝给铁扇公主，按照孙悟空的看法这等于是“买住”了牛魔王。所以牛魔王与玉面公主的结合可以说是一桩生意，牛魔王是美人、财产两得，当然是最大的赢家，至于丢不丢面子就无所谓了，其实在商人面前谈面子本身就会让商人笑你很“业余”。

孙悟空来到积雷山摩云洞找到了牛魔王，牛魔王显得比铁扇公主宽宏大量一些，他对红孩儿做了善财童子并没有很生气，对孙悟空在摩云洞门口跟玉面公主拌了几句嘴也没太计较，可当孙悟空一提要借芭蕉扇的事，他立马翻脸不认人，和孙悟空大打出手——他心里当然清楚：你肯定一毛不拔地去借扇子，亲兄弟明算账，想白使扇子门也没有。牛魔王与孙悟空正打得不可开交，忽听得有人喊：“牛爷爷，我大王请你赴宴！”

请牛魔王赴宴的是他的朋友万圣龙王，此人也是贪财之辈，如果说牛氏成员还算发财有道的话，那么这位万圣龙王则是地地道道的窃贼，他把祭赛国的国宝“舍利子”偷走据为己有，而他的女儿万圣公主胆子更大，连王母娘娘的九叶灵芝草也敢偷。牛魔王与这类人交朋友也算是气味相投吧。

孙悟空借牛魔王赴宴的机会，把他的坐骑璧水金睛兽偷出，又变化成他的模样再次来到芭蕉洞。那铁扇公主以为是真牛魔王到来，喜出望外，立即为他摆酒接风。两人边喝边聊，不多时孙悟空把真芭蕉扇诓到手中现了本相。铁扇公主气得捶胸顿足，但无法阻挡孙悟空逃走。

牛魔王待宴席散了出门要走，却不见了自己的坐骑。牛魔王一思量：定是被孙悟空盗走，到芭蕉洞骗我山妻去了。他急速赶到芭蕉洞，见了铁扇公主一问，果然和自己揣测的一样。于是他又迅速向火焰山的方向追赶。

由于孙悟空情急之中只问出了让芭蕉扇长大的方法，而如何缩回原状却忘记讨问，所以当他试验一下芭蕉扇能不能长大时，扇子的确大了，但他却不懂怎么回缩，只好扛着走路。这样一来走得慢，牛魔王很快就追上了孙悟空。牛魔王心想我要硬抢恐怕不妥，万一被他用扇子扇上一下，岂不前功尽弃。牛魔王很聪明，他变作猪八戒的模样，假装高兴地迎面走向孙悟空：“师兄，我来也！”孙悟空见是猪八戒很兴奋：“兄弟，你要去哪里？”牛魔王：“师父见你许久不归，让我来迎你。扇子好大，我替你扛吧。”孙悟空没有丝毫防备就把扇子递给了牛魔王，牛魔王接过扇子捻个诀儿，扇子缩小如初，然后现了本相开言骂道：“泼猢狲！认得我么？”孙悟空一见方知自己上当，顿时暴跳如雷举棍便打。

如果只是单打独斗，牛魔王并不惧怕孙悟空，因为他与孙悟空一样也会七十二番变化。不过虽说他法术强大，但毕竟无门无派，所以没有哪位“实力派”人物出手相助。而孙悟空却有李天王父子率领的天兵神将，及奉佛旨而来的东南西北四路金刚的支援。面对四面八方的围追堵截，牛魔王陷入了上天无路入地无门的窘境，最终只有束手就擒。

铁扇公主见牛魔王已被降伏，自己只好乖乖地把芭蕉扇交出来。孙悟空拿过扇子，照着八百里火焰山扇了四十九下，永绝了山火。从此再也不会有人借山火勒索当地百姓财物的事情发生，这真是造福一方，功德无量的大善之举！

### （五）典型的女妖

在《西游记》描绘的所有女妖当中，地涌夫人是被作者着墨最多、刻画得最为丰满的一个，同时这一章回的故事也是最具中国“特色”的故事——采阳补阴——地涌夫人认为自己只要与唐僧成功交媾，就可成为太乙金仙。

唐僧师徒一路西行的过程中，遇见了太多妖魔，因而孙悟空判别妖魔的能力，此前师父唐僧已见识过很多次——由开始的不相信到比较相信，再到此时已经充分信任了。但就是在这么一种状况下，地涌夫人仍然有办法让唐僧相信自己不是妖精。

首先地涌夫人变化成一个境况凄惨却又尽态极妍的绝世美人——上半身被葛藤绑在树上，下半身埋进土里，不停地高喊：“救命！”

唐僧见此情况不免又动了慈悲之心，叫猪八戒赶紧把那女子解救出来。猪八戒正要动手，孙悟空赶来制止了八戒。孙悟空对师父说："此女子乃是妖怪。"猪八戒说："师父，莫信弼马温，他是见此女有闭月羞花之美，想打发咱们走了，他又翻筋斗回来，与美人干那巧事。"唐僧这次表现得很明事理，对猪八戒道："你师兄平时也看得不差，照他说的不要管了，咱们走吧。"孙悟空见师父对自己很信任，心情大好同时庆幸师父又躲过一劫。但他的好心情很快便被打破，因为地涌夫人暗使神法，用一缕细风将一句话轻轻送入唐僧耳中："你放着活人性命还不救，昧心拜佛取何经？"唐僧听到此言立即勒马停止了前行，说道："悟空，去救那女子下来吧。"孙悟空："为何一个妖精的性命却不舍得？"唐僧："她说得有理——活人性命还不救，昧心拜佛取何经？快去救她下来。"孙悟空也不敢多劝，怕惹恼了师父念那紧箍咒。地涌夫人一句话胜过孙悟空苦口婆心的一堆话，由此也让我们看出她有多么机智。

地涌夫人接近取经团队的目的是要掘取唐僧的元阳，但她吃起人来也一点儿不含糊。当她跟随唐僧师徒一起来到镇海禅林寺住下，仅住了三天六个小和尚就被她害死或吃掉，其残忍的程度不亚于任何一个妖怪。当孙悟空变成个小和尚准备将她擒获，地涌夫人并不畏惧与孙悟空打斗几回合后，使了一招"遗鞋法"，不仅成功逃脱而且还非常机警地趁孙悟空不在师父身边，把唐僧摄走。

地涌夫人把唐僧摄走之后，直接带进了她的住所——陷空山无底洞，命手下小妖即刻准备一桌素宴，她要与唐僧吃完成亲，只要交媾成功，唐僧元阳一泻她便可实现梦想成太乙金仙。

孙悟空进入洞中找到师父，轻声地对唐僧说："斟酒时速度快一些，砸起个酒花儿，我变个小虫隐在花儿里，妖怪举杯饮酒我便钻入她的肚里，这样师父就有救了。”唐僧斟酒时虽然起了酒花儿，可惜妖怪并没急着喝，等酒花儿落下时妖怪一见杯中有个小虫，便用小拇指弹了出去。情急之下孙悟空变化为一只饿鹰，用利爪掀翻了宴席。如何制伏妖怪孙悟空也想不出更佳的方法，只好故技重演让师父叫妖怪去花园中转转，自己变成个红桃子。唐僧摘下红桃递给妖怪，然后拿过妖怪手中的青桃自己吃。地涌夫人满心欢喜不知有诈，刚把红桃放在嘴边还没等咬，孙悟空一下子钻入妖怪的腹中。如此一来地涌夫人只能乖乖就范、老老实实把唐僧背出洞外。可用孙悟空的话说唐僧就是个“晦气转成的唐三藏，灾殃铸就的取经僧”。因为唐僧刚被救出没几分钟又让地涌夫人摄了回去。沙僧、猪八戒只顾帮忙打妖怪，把唐僧放在一边无人照看，地涌夫人又施展她的绝技“遗鞋法”，假身留在原地，真身见唐僧只身一人便顺手摄走了他。不过最终孙悟空发现了地涌夫人的身份——托塔李天王的义女，便找来李天王和哪吒太子协助自己降伏了她。

《西游记》作者把地涌夫人这个人物刻画得细腻而鲜活，尤其把人物身上的女性特征充分展示了出来——她一出场先是给人一副既美艳又凄楚的模样，企图用美貌、凄惨来诱引唐僧师徒的色欲或慈悯之心，见唐僧师徒没有上当，她又耍弄心机，说了一句直戳唐僧软肋的话，叫唐僧无法移动向前的脚步。当她与师徒四人同住在寺院中，其阴鸷的本质暴露出来，仅三天六个小和尚就被她杀害、吃掉，凶残的程度丝毫不亚于男魔。孙悟空与她展开对搏时，地涌夫人并不硬拼而是以柔克刚、沉着应战，不仅毫发无损而且借机摄走了唐僧，由此我们可以窥视到她临危不惧的心理素质及转败为胜的能力和智慧。她为了叫唐僧配合自己，又能收敛起凶狠的本质尽显柔情绰态、温情娇媚的一面，以此来迷惑唐僧实现她成太乙金仙的野心。

成仙是道教的核心。易中天说过："成仙思想是中国独有的，其他民族只有神没有仙。"那么《西游记》作者利用这样一种素材，所创作出的千回万转、引人入胜的故事，便自然具有了中国文化特色及浓郁的中国文学味道。而小说作者赋予地涌夫人身上的中国元素，让这一人物形象也自然散发着独特的魅力，这也是使本章回的故事熠熠生辉、格外精彩的主要因素。

### （六）邪恶之极

很难想象，还有什么比餐食童孩儿更违背天理的事情！

很难想象，还有什么比餐食童孩儿更没有人性的事情！

很难想象，还有什么比餐食童孩儿更令人痛恨的事情！

很难想象，还有什么比餐食童孩儿更加自私的事情！

很难想象，还有什么比餐食童孩儿更为深重的罪恶！

《西游记》作者为读者描述了两个关于妖魔餐食童孩儿的故事。

第一个故事发生在小说第四十七回。唐僧师徒被通天河拦住了去路，他们只得来到不远处的陈家庄，准备去一大户人家借宿。这大户人家出来一老者，见唐僧便说："你来晚了，家中斋事刚散。"唐僧好奇地问："办的什么斋事？"老者答："预修亡斋。"经过进一步攀谈得知，老者还有一个兄弟，老哥俩都是老年得子，但不久他们将失去这两个孩儿。原来此地常出没一个号称灵感大王的妖怪，此妖怪神通广大，有着呼风唤雨、驱夏移冬的法力，只要陈家庄百姓每年祭献一对童男童女供他大餐一顿，此怪可保当地百姓日子过得风调雨顺、丰衣足食。

一般来讲，黑社会的人在收取保护费的同时，也就承担了保护缴纳保护费的人的责任。那么小说中的灵感大王既然保障了当地农民过上了丰衣足食的生活，他如果要求当地人供他吃喝，似乎也算说得过去，但他要吃的却是人，而且必须是童男童女。这样一来他与黑社会的性质就有了很大区别——黑社会的蛮横也好、霸持也好，其行为的目的无非是要获得更多的物质利益，而灵感大王所要的回报，已经超出了物质的范畴。如果说黑社会身上还留有一丝人性的话，那灵感大王则是彻底泯灭了人性。也许有读者会说：妖怪吃人、失去人性所以才是妖怪，很正常。这话当然没毛病，因此我们也可以说凡是没有人性或者有类似吃人行为的人就是妖怪！从这样的意义上说“妖怪”并不全是文学虚构，历史上是确有其人，而且还不止一两个，最典型的就是《史记》和《管子·小称》所记载的“易牙烹子”的事例——易牙为了讨好齐桓公，不惜将自己的孩子做成美味，让齐桓公品尝。不难想见一个舍得把自己孩子让别人吃的人，吃起别人的孩子也不会含糊，这种丧尽天良的世间孽根，根本不配称之为人，称他“人间妖怪”也许更为恰当。

不论是人间妖怪还是小说中的妖怪，都是令人不能小觑的，因为他们都有超凡的“武功”。人间妖怪的“武功”就是对人的喜好、人的弱点有敏锐的洞察力，他会及时投其所好，以便利用他人，换来地位的提升或赚取更多物质利益，他会紧紧抓住他人的弱点，以便控制他人为己所用或用于压制打击别人。他们与人类的关系正如癌细胞与人身体的关系一样——既要依附又要损害。

收伏灵感大王的是观音菩萨。像灵感大王这样罪大恶极的妖魔，观音菩萨并不去根除而是哪儿来的送哪儿去，在《西游记》中绝大多数妖怪的命运都是如此，这样的安排并非偶然，而正是小说作者的深刻之处（在《西游记》的主旨思想一章中会论及原因）。

《西游记》中另一个残害童孩儿的故事，发生在比丘国。

唐僧师徒找到一家馆驿歇息，待吃过斋饭之后唐僧忍不住问那驿丞："贫僧进城时见街区人家门口各设一鹅笼，为何里面都装有男孩儿？"驿丞先不敢说，但唐僧抓住他不放定要问个究竟，驿丞无奈只得屏退其他人后说了实情——三年前有个道人给比丘国王献上一个美女，那国王爱其美色日夜贪欢，使身体日趋虚弱。那道人号称有治愈国王的秘方，而所需的药引是一千一百一十一个小孩儿心肝，鹅笼里的男童正是被当药引用的。唐僧闻听此言如五雷轰顶、悲恸欲绝，大叫："昏君！痛杀我也！"

唐僧所表现出的惊骇、悲痛何尝不是我们读者的感受？但笔者在惊恐之余，特别是初读《西游记》之时，也曾生出过一个小小的疑问——文学作品尽管是神话小说，非要把邪恶现象写得如此极致吗？难道说仅仅为了凸显神话效果，就要把故事编得离现实越远越好吗？可当我们去了解一下小说作者生活的年代，却惊奇地发现，小说里那貌似荒诞、毫无人性的故事在作者生活的现实中还真有可对应的事例。据蔡铁鹰先生的研究："嘉靖三十一年至三十四年，为了炼丹，被送入宫中的八至十四岁的女孩儿多达四百六十名。"这些女孩儿的命运虽不至死，但所遭受的蹂躏、屈辱，会给她们带来一生都无法抹去的噩梦般的阴影。如果你觉得这些在现实中受到祸害的女孩儿，比小说里虚构的要被妖怪吃掉心肝的童孩儿幸运的话，那么我要告诉你：与其说那是“小说虚构”，不如说那是小说作者的一个预言。因为就在《西游记》问世的稍后几年，小说里那吃童孩儿心肝的情况就在现实中得到了应验。万历年间朝廷派遣太监高寀去福建当监税，高寀到了福建贪污腐化、胡作非为不说，他居然“听信方士之言：食小儿脑千余，即可恢复阳道。于是到处买、偷小儿取脑服食”（蔡铁鹰文《再看西游记》）。食小儿脑髓与吃童孩儿心肝已经没有区别——同样令人触目惊心，同样是活生生的人间妖怪，同样是反人类罪的至极之恶。

凡是读过《西游记》的人，恐怕无人不赞叹小说作者丰富、奇谲的想象力，但此刻笔者却发觉作者在想象妖怪邪恶的程度上，并未达到——作者想象到，而邪恶之人做不到的程度，这是作者想象乏力吗？当然不是，这只能说明人类社会对邪恶控制的乏力——世间只有人想不到的邪恶，没有邪恶之人做不到的邪恶。正像《西游记》中描述的那样，社会的控制力常常掌握在昏聩甚至邪恶的人之手，他们本身就是邪恶事务的参与者，又怎么能指望他们去桎梏或铲除邪恶呢？就拿本章回的故事来讲，比丘国王身上哪怕有丝毫的慈悲、恻隐之心，上千个童孩儿的生命还能被视如敝屣吗？特别是当孙悟空把这些童孩儿转移之后，妖怪又提出吃唐僧的心肝比吃童孩儿的心肝药效更佳，而这位比丘国王还埋怨妖怪说晚了，早说一点我直接把唐僧扣下不让他走了。我们看，比丘国王的心态仿佛不是吃人而是在吃普通动物的心肝。其实就算得到了唐僧的心肝，国王也捞不着吃，因为从妖怪献美女，导致国王纵欲过度，再拿出所谓的海外秘方，一定要童孩儿的心肝当药引，这一切都是妖怪事先布置好的圈套。如果真取得了童孩儿的心肝，妖怪也会自己食用，哪里会管国王的死活。不论怎样，妖怪要想把蓄谋已久的圈套完成，必须利用国王的权力和他拿人不当人的品性，如果国王的权力有一点儿被制约之处，如果国王头脑中有一点儿人人平等的意识，那么妖怪的圈套都不可能实现。

尽管小说中这一千多名童孩儿最终被孙悟空保护住了，但本章回的故事足以带给人振聋发聩的启悟——只要利于邪恶生存的土壤在，不论多么大的罪恶都会发生，历史上很多反人类罪的出现也充分说明了这一点。

### （七）智勇双全

在《西游记》的邪恶人物画卷当中，如果非要找出一位邪恶人物的代表，笔者以为非大鹏金翅雕莫属。因为无论从资历还是法力、智谋等方面来衡量，在小说众多的妖魔中，都很难找到与其比肩者。

从资历上来说他是孔雀大明王菩萨的弟弟，也就是如来佛祖的舅舅。太白金星与孙悟空提到他时："那妖精一封书到灵山，五百阿罗都来迎接。"大鹏金翅雕能够受到如此高的礼遇，应该有这么几个因素：首先他的辈分很高，自古中国又是一个非常讲究伦理的国家，辈分高自然就意味着受尊敬、受重视的程度越高，再加上他那"超一流"的法力，所以他的地位和名望是其他妖魔所无可比拟的。他的另一个让不少本领强大的妖魔艳羡的是他的"自由身"。像太上老君的坐骑青牛，跑到凡间为妖时，与孙悟空单打独斗丝毫不落下风，就是如来佛祖也惧他三分："那怪我虽知之，但不可与你说。你这猴儿口敞，一传道是我说他，他就不与你斗，定要嚷上灵山，反遗祸于我也。”我们看这位令佛祖也有些忌惮的青牛，论神通恐怕并不输给大鹏金翅雕，但他的身份却远不及大鹏金翅雕，因为太上老君是他的主人，所以他本领再高也是“奴才”。《西游记》中还有许多身手不凡、神通广大，但其身份、地位却无法和大鹏金翅雕相提并论的妖魔，比如黄眉大王是弥勒佛手下的司磬小童；赛太岁是观音菩萨胯下的金毛犼；九头狮子是太乙救苦天尊的坐骑……这些妖魔虽然都身怀绝技、罕有与其匹敌者，但只要他们的主人一出现，他们便立即露出了原形，现出了奴才的本质。这就与大鹏金翅雕自由的身份有着天壤之别。不论在何种境遇下，大鹏金翅雕都以独立人格彰显着存在，就是在如来佛祖面前他也是毫无畏惧、敢于“奓翅儿”：“我们一齐上前，使枪刀搠倒如来，夺他那雷音宝刹。”在这句话中，他那不畏强权的勇气、藐视权威的独立个性体现得尤为明显。当然他挑战法力无边的如来是有些自不量力的，结果让如来断了翅膀的筋腱。但这绝不意味着他的神通是可以被人小觑的，至少他与任何一个妖魔相比都是毫不逊色的，这从他和孙悟空的搏战中可以看得很清楚。

·大鹏金翅雕使用的兵器是一柄画杆方天戟，在与孙悟空的捉对厮杀中，方天戟的百样峥嵘面对金箍棒的千般变化毫不示弱，缠斗多时，孙悟空见八戒、沙僧被擒，自己便翻筋斗云开溜，没料到大鹏金翅雕的飞翔速度比筋斗云快得多，只扇动两翅就赶上了孙悟空，然后紧紧抓住叫孙悟空挣脱不得。由此可见他的功夫之强绝非一般妖魔可比。不仅如此，他还有一个制胜法宝——阴阳二气瓶，此瓶的功能非常神奇，只要人被装进瓶中便有三条火龙出来盘绕其身，如果孙悟空单凭自身的能耐是很难脱险逃生的，他是靠着观音菩萨赠予的三根坚硬毫毛，才侥幸躲过了此劫。

大鹏金翅雕更胜其他妖魔一筹的是他的智谋。孙悟空在取经路上遭遇了众多妖魔，但在与这些妖魔斗智时，常常胜出，偶尔打个平手，唯独遇上了大鹏金翅雕，在斗智方面可以说败得很惨。

大鹏金翅雕的智谋首先体现在联合上。他的神功和孙悟空旗鼓相当，如果仅凭一己之力想要吃上唐僧肉，难度当然非常大。为了确保万无一失他主动去联系了狮驼岭的两个魔头，而且屈尊拜认了两个魔头为大哥、二哥，他们要合力对付取经团队，非吃上唐僧肉不可。大鹏金翅雕之所以采取联合策略应该还有另外一个原因，就是唐僧师徒西行必然要先路过狮驼岭，然后才可能经过他的地盘儿狮驼城，他心里也很清楚，狮驼岭的两个魔头绝非等闲之辈，一个是文殊菩萨的坐骑青毛狮子，一个是普贤菩萨的坐骑白象，万一他们两个把唐僧逮住，也不管生的熟的先吃了再说，那他自己一口唐僧肉也别想捞着，所以“联合”对他来讲有百利而无一害。

魔头们联合之后在与取经团队的实际交战中，大鹏金翅雕的“智谋”更是展现得淋漓尽致。

当孙悟空来到妖魔的洞前，要与魔头们正式交战时，大魔问：“谁去打个头仗？”连问数声大鹏金翅雕装聋作哑也不应答，明显地让人感到他有保存实力、降低风险的心机。无奈大魔只好气哄哄地自己出战。当大魔头青狮一口把孙悟空吞进肚里，自以为得胜而归时，大鹏金翅雕马上意识到这不是好事，果不其然，孙悟空在大魔肚中连蹦带跳、又踢又踹，把个大魔折腾得死去活来不停地求饶，并且答应把唐僧安全送过山去。孙悟空的禀性是吃软不吃硬，见他彻底服输也就打算饶了他，从他嘴里跳出来。大鹏金翅雕见此又耍心机，走到大魔身边轻轻耳语：“等他出来时，一口咬住，嚼碎了他。”孙悟空佯装没听见，说是出来却伸出了金箍棒。大魔一口咬下，嘎嘣一声，门牙都硌裂了。孙悟空抽回棒道：“妖怪，我饶你命，你反咬我，你再说什么我也不出来，看我在里面活活弄死你。”大魔忍着痛埋怨道：“兄弟，你是自家人害自家人呀！”大鹏金翅雕见此计不成就又生一计，使出了激将法，高声叫道：“孙行者，闻你名如轰雷贯耳，原来却是个小辈的猴头，只会在人家肚里逞能，有本事你出来，我与你打！”

大鹏金翅雕这话的意思很清楚——你在人家肚子里耍威风不算好汉，不够光明正大，是小人所为。这话貌似很豪气、很硬气，但其实大鹏金翅雕并没有资格这么说，因为你刚刚干完小人干的事：让大魔咬死从他嘴里出来的孙悟空。小人就是这样，干起小人之事来毫不犹豫，却又时刻提醒别人不要干小人之事，真小人就是如此无耻、下作。孙悟空也没有仔细分析，反而觉得他说的在理。使得大鹏金翅雕的激将法轻易奏效。读者不妨把这处故事看作正直的人常常斗不过小人的一个事例。

在大魔、二魔接连被孙悟空打败之后，这哥俩无计可施达成共识，决定把唐僧师徒送过去算了。在这关键时刻大鹏金翅雕又想出一个“调虎离山”之计，使本打算放弃的大魔、二魔又恢复了吃唐僧肉的信心。所谓的调虎离山就是设法在送唐僧师徒的路上把唐僧与三个徒弟分开，然后趁机劫走唐僧。

一路上唐僧师徒都分别有专人殷勤照顾、好吃好喝招待，让他们沉浸在胜利者的喜悦当中，放松警惕。当浩大的人流走到离狮驼城很近的时候，孙悟空忽听耳后风响，原来是大鹏金翅雕举着方天画戟向他头部打来——三个魔头与徒弟三人正好形成一对一的激战，但显然猪八戒、沙僧不是大魔、二魔的对手，很快败阵遭擒，孙悟空见势不妙想跑，但被大鹏金翅雕扇了两翅追上用利爪抓获。至此调虎离山之计大获成功。

魔头们把师徒四人五花大绑放入笼屉，准备蒸了吃。孙悟空真体抽走留个假身躺在上面，之后拘唤北海龙王敖顺前来，让他使冷风护住锅底，避免师徒三人伤损。待到三个魔头都去歇息，孙悟空麻醉了小妖，救出师父、八戒、沙僧，准备翻越城墙逃跑。魔头们心里惦记着唐僧肉也睡不踏实，起来巡视一下，见笼屉里的人都跑光了，赶紧大呼小叫地带领群妖们去找。见师徒四人正在爬墙，大魔头大吼一声："哪里走！"唬得唐僧跌落墙下，八戒、沙僧复又遭擒，只跑了孙悟空一人。

魔头们当然知道孙悟空还会回来救师父，于是大鹏金翅雕又琢磨出一个"瞒天过海"之计，以达到不战而屈人之兵的目的。他们把唐僧藏在一个铁柜子里，然后支使小妖们到处传言：唐僧已被三个魔头连夜夹生吃了。

孙悟空想救师父当然要先弄清师父被魔头们藏在何处，于是变成个小妖暗中打探。不承想此举正中魔头们的下怀——只要你没有如来先知先觉的本事，这事搁谁也没有更好的办法。孙悟空打探的结果是：不仅小妖们说唐僧被夹生吃了，当碰见猪八戒、沙僧他们也说师父可能被夹生吃了。这一下孙悟空彻底绝望，自己跑到城东山上放声痛哭。此时的孙悟空已经认为取经任务失败，所以他要到灵山面见如来诉说原委，如果你愿意，我就自己把"经"送到东土；不愿意就请把紧箍儿给我摘下，我还回我的花果山。这也再次证明了大鹏金翅雕的智谋有多么厉害，与孙悟空的斗智又一次完胜。

见到如来之后，如来告诉孙悟空：那怪只有我去方可收得。于是率领文殊、普贤菩萨及五百罗汉等众人直奔狮驼城。

大魔、二魔见自己的主人到来只得归顺，大鹏金翅雕面对如来却毫无惧色，还妄图刺倒如来。当然佛祖的法力是谁也抗拒不了的，结果是他被如来断了翅膀的筋腱。虽然他再也无法耀武扬威，但他说话的口气仍然强硬："你那里持斋把素，极贫极苦。我这里吃人肉受用无穷，你若饿坏了我，你有罪愆。"正是大鹏金翅雕的这句言语，反映出了他恶人的本质——我害人、杀人、吃人都是理所当然，你饿着我了就是有罪。这也是那些——宁我负天下人，绝不让天下人负我的恶人们的典型逻辑。用这种荒唐的逻辑看待世界，佛祖自然不是什么慈悲之人，而是个"狠人"！其实整部《西游记》中最狠的人正是大鹏金翅雕自己——五百年前孙悟空正在大闹天宫，而大鹏金翅雕这时却在狮驼国，把国王、文武官僚及满城男女老幼吃了个干净，把个狮驼城占为己有。

最狠的人却称别人为"狠人"；自己刚干完小人之事，马上又恬不知耻地指责别人是小人。对于大鹏金翅雕这样的恶人，做人做事完全没有底线和道德可言，他们唯一遵循的原则是：凡是符合我利益的事就是好事，凡是符合我利益的人就是好人、友人，相反的就是坏事、坏人、狠人。大鹏金翅雕所持的这种以自我为中心的"是非观"，正是一切奸人、恶人的"是非观"！

《西游记》作者不仅把象征邪恶的各色妖魔描绘得生动、全面，而且赋予了绝大多数妖魔不死的命运、安然无恙的结局，从而使邪恶的生命形成了绵延不绝的态势。尽管这样的描述会让有些读者产生疑问——比起大闹天宫时，孙悟空的法力是不是变弱了？也让有些读者扼腕叹息——这样的安排是不是对妖魔太仁慈了？其实都不是。这正是《西游记》比一般小说更高明、更深刻的地方，因为只有这样的描述才有可能把对邪恶的认识带入哲学的层面。那么邪恶在小说中究竟是一种怎样的哲学存在呢？这就需要从善良的象征、正义的象征、邪恶的象征三者之间的关系说起，而要阐述这三者之间的关系，其实就等于在阐释《西游记》的主旨思想，也就是小说中几次提到的那部“无字真经”。

# 第五章

# 《西游记》的主旨思想

作为善良的象征，唐僧的生命是永恒的！

在整个取经过程中，唐僧不仅受到三个徒弟尽心尽力的保护，而且还有六丁六甲、五方揭谛等诸神的暗中相助。所以虽然唐僧在取经的征途中历经各种磨难，但他的生命其实是上了“双层”保险的，保险系数之高在观音菩萨看来是万无一失的。如来把取经这件事托付给了观音菩萨，而取经事关佛祖弘扬佛法的伟业，观音菩萨自然不敢怠慢。而要圆满完成这项艰巨的任务，首先就要确保取经人唐僧的生命安全。当唐僧的生命受到威胁时，三个徒弟非常焦急，其实最焦急的应该是观音菩萨，因为唐僧如果真的被妖魔吃了，她是无法向如来交差的。当然这并不是关键所在，最关键的问题是：唐僧即便被妖魔吃了，也不等于唐僧生命的结束，因为他是金蝉子转世，十世修行之人（小说中反复强调这一点）。而唐僧的前九世，也就是前九个取经人，被后来成为唐僧徒弟的沙僧（被玉帝贬下界的卷帘大将）吃了。那么这是不是玉帝的故意所为？小说中没有交代，如果考虑到道教与佛教在历史上的相互抨击，你认为是故意为之，也无不可。而看到小说中沙僧被贬下界后，每七天便遭一次飞剑穿胸的境遇，你也完全有理由说这不会是沙僧受玉帝指派在流沙河去吃取经人的。至于读者到底怎么看沙僧吃掉取经人这事，并不太重要，重要的是它预示了唐僧的生命是可以不断地转世，死而复生直至永远的。

《西游记》作者以佛教的转世说，来达成唐僧生命的绵延不绝、生命永恒的意象。但通过前三章对小说解构艺术的探析，我们有理由断定小说作者是一位“无神论者”，那这是否意味着唐僧生命的永恒意象就自相矛盾而不能成立了呢？非也。

唐僧是善良的象征，说到善良就自然关乎“人性”问题。孟子言：“人性之善也，犹水之就下也。人无有不善，水无有不下”，“恻隐之心，人皆有之”……孟子是“人性善”的最有力的主张者，虽然古今中外思想家们对性善论的看法不尽相同，本书也无心对此展开讨论，在此我们只强调一点：自人类诞生起“善”就一直伴随着人类！那么就此我们可以说，人性中至少有善的一面。不管他人对这话有何争议，笔者相信《西游记》作者是认同这一观点的。

小说作者作为无神论者对佛教是持否定态度的，那么作者用佛教“转世”说来构成的“善”的生命意象不过是一种艺术上的需要，之所以需要是因为“善的生命永恒意象”本身是存在的；之所以存在是因为“善”是人性中的一部分，只要人类存在，善就永远不绝。

“善”被“恶”不断吞噬却又不断转世重生、生生不息、永远伴随着人类！这就是《西游记》以“人性的善”作为支撑，为我们描绘出的“善的生命”形态。

《西游记》从第一回的故事开始，就让孙悟空像所有的生灵一样意识到了生死的问题，孙悟空也由此踏上了寻仙访圣，以求长生不老之路。

一日孙悟空来到了西牛贺洲的灵台方寸山，在此拜了须菩提祖师为师。经过数年的修炼，孙悟空终于修成了神体。须菩提祖师能预知未来之事，告诫孙悟空五百年之后必有雷、火、风三灾之害，躲过了，与天齐寿；躲不过，就此绝命。孙悟空听闻之后毛骨悚然，急忙恳求祖师授以躲避三灾之法。为此，孙悟空学会了七十二般变化。

在往后的岁月中，孙悟空所经历的远不止雷、火、风这三灾。孙悟空在经受各种灾难考验的同时，也向我们展示、组合了孙悟空生命永存的各种意象画卷。

孙悟空来到幽冥界，先把勾他魂灵的两个鬼卒打为肉酱，又命令阴间天子十代冥王拿出生死簿子，查找到自己的名字——孙悟空，天产石猴，该寿三百四十二岁，善终。孙悟空又命判官取笔过来，然后把自己的姓名及猴类但有名者一概销之。对冥王大声宣告："我已超出三界外，不在五行中，今番不伏你管了！"

孙悟空搅了蟠桃会，被二郎神俘获押上斩妖台，火部众神奉命火烧孙悟空，见孙悟空毫发无损；雷部众神又奉命雷电击打，孙悟空亦无损伤，刀砍斧剁更是不在话下。众神皆无奈，太上老君把孙悟空推进八卦炉中，炼了七七四十九天，以为这样不仅可以炼出孙悟空吃掉的仙丹，同时叫他化为灰烬。不料开炉之时孙悟空安然无恙，但却野性大发，一脚踹倒八卦炉，取出金箍棒似只癫狂恶虎，把天宫闹了个底朝上。

《西游记》作者在小说的开始阶段，就把孙悟空的生命塑造成永存、永恒的意象，即便是被佛祖压在五行山下，也是饿了吃铁丸、渴了饮铜汁，照样给人一种非凡人的、不被生死束缚的、与天同寿的生命意象。

既然天兵天将都奈何不了孙悟空，那么在取经途中孙悟空所遭遇的各种风险，一般读者并不会有太多担心，不论是那些令人刿目怵心的场景——砍头、剖腹、油炸，还是那些令人惊骇的时刻——被困紫金红葫芦、被三昧真火弄昏、被芭蕉扇扇出万里之外……这些磨难其实是孙悟空作为正义象征的应有之义——因为正义生来就是要与邪恶斗智斗勇斗战到底的；因为正义生来就是为了与不公、不平针锋相对的。正义的生命就是要经过千锤百炼从而愈加坚不可摧，正义的生命一定要经受住血与火的历练从而在烈火中得到永生。

正义——人间真理——真理永恒！

在文学领域中，如果要找与《西游记》对邪恶的认识相近的作品，1983 年诺贝尔文学奖获得者——英国作家威廉 · 戈尔丁的小说《蝇王》肯定是其中一部。《蝇王》通过一群少年漂流到孤岛上的经历，生动而令人信服地演绎了“邪恶”的滋生和成长不可遏制。这就让人不由自主联想到“恶”与人性的关系。

在中国古代思想家中，对恶与人性的关系认识最深刻的无疑是荀子。《荀子 · 性恶》言：“人之性恶，其善者伪也。”荀子首先肯定了恶是与生俱来、天生就有的人性。那么善是不是天生也有的呢？荀子没有明说。但荀子强调“化性而起伪”，化性就是改造、压制、打击人性中的恶。恶被打压才能起伪，起伪的意思就是善的兴起。那么如何“化性而起伪”呢？荀子的办法是“立君上之势以临之，明礼义以化之，起法正以治之，重刑罚以禁之”，如此一来天下便可“出于治，合于善”了。看来荀子惩恶扬善的办法无非还是儒家的那一套：君权、礼义、法度、刑罚。而荀子主张的这些办法行不行呢？这已被中国封建社会两千多年的历史充分证明了，不行！

《西游记》作者显然不会苟同荀子采取的惩恶扬善的办法（请参看本书第三章），作者旗帜鲜明地昭告、召唤读者——正义才是打击邪恶的最有效手段，唯有正义才能战胜邪恶！只有打击、战胜邪恶才是对善最好的保护，也只有打击、战胜邪恶，善才会在人间兴起、光大！

荀子所主张的人性恶观点与《西游记》作者的看法不谋而合，因为这正是小说作者所描绘的众多妖魔最终不被根除的原因：

黑熊精——被观音菩萨带走守山。

黄风怪——被灵吉菩萨带回灵山。

黄袍怪——重返天界。

金角大王、银角大王——跟随太上老君重做看炉童子。

青毛狮子——重做文殊菩萨的坐骑。

红孩儿——观音菩萨带走做了善财童子。

灵感大王——被观音菩萨带回莲花池。

独角兕大王——太上老君的坐骑，被收伏后重回离恨天。

牛魔王——皈依佛门。

罗刹女——隐姓修行。

九头鸟——负伤逃离。

黄眉大王——被弥勒佛装进人种袋带走。

赛太岁——原是观音菩萨的坐骑，被带走。

多目怪——当了毗蓝婆菩萨的门卫。

青毛狮子——又一次被文殊菩萨收回胯下。

白象——被普贤菩萨收回胯下。

大鹏金翅雕——做了佛祖的护法。

比丘国国丈——乃是南极寿星的脚力白鹿，被寿星救走。

地涌夫人——被托塔天王带回天庭，听候发落。

九头狮子——被太乙救苦天尊收回狮房。

玉兔——被太阴星君领回月宫。

《西游记》通过绝大多数妖魔不亡的命运，以及对其旺盛生命力的肯定，向世人昭示了：邪恶同善良一样，它们都是人性的一部分，那些试图彻底铲除邪恶的思想，只能是一种幼稚的妄想。

《西游记》作者以象征的艺术手法向我们揭示了善良、正义、邪恶三者是永存的。既然三者永存，那么取经的故事也就永远不会结束，所以它也是观音菩萨让取经人必须经历九九八十一难，少一难也不行的原因。按观音的说法这叫“九九归真”。九九归真的寓意就是回到起点从头再来，周而复始、永无穷期。换句话说，《西游记》是一部永无终结的小说，取经是永无终点的征程！——恰如“人类”本身一样。

下面我们来分析一下善良、正义、邪恶这永存的三者之间的关系，其实它们之间的关系正是小说中所暗示的那本“无字真经”，且“无字真经”就是小说作者在以“解构”的方式书写的同时完成的“建构”，而这个“建构”就是真正的《西游记》的主旨思想——善良、正义、邪恶之间的关系——“相克相生”。

先看邪恶与善良的关系：小说中多次描述唐僧一闻听前方有妖魔挡道，立刻吓得魂飞魄散，面对妖魔他毫无抵抗能力，而唐僧肉又偏偏对妖魔有着巨大的诱惑力——吃一口唐僧肉就可以长生不老，所以有不少妖魔冒着生命危险也要吃上唐僧肉。而对于一些女妖来讲，她们千方百计抓唐僧是要与他交媾，摄取他十世未泄的元阳，以达到长生不老的目的。不论男女妖魔只要没有孙悟空的保护，那他们吃唐僧也好抓唐僧也好都是百分之百的成功率。显而易见，邪恶克善良。

再看善良与正义的关系：孙悟空多次识破妖怪的伪装，但唐僧往往不信，如果孙悟空将妖怪直接打杀或再多劝唐僧几句，唐僧就要念那紧箍咒或以念紧箍咒来威胁，这时孙悟空在唐僧面前只能是“没脾气”（紧箍咒不仅仅是工具，它有着相克的寓意）——善良克正义。

最后看正义与邪恶的关系：孙悟空只要听说哪里有妖怪出现，他的精神立刻就变得亢奋——这颇似妖怪无法控制自己想吃唐僧肉的欲望。小说中有些妖怪并不对取经团队构成威胁或者说他们并不是奔着唐僧肉去的，但孙悟空照样不放过他们，依然要与他们斗争到底，可以说与妖魔鬼怪的斗争已经成为孙悟空的天然使命，虽然有很多孙悟空不能直接战胜的妖魔，但终究在各路神仙的助力下还是制伏了他们——正义克邪恶。

《西游记》作者以象征的艺术手法向我们揭示了善良、正义、邪恶三者之间相克的关系，而它们之间相生或者说相互依存的关系，我想应该是不言而喻的——一个没有善良的世界，邪恶、正义也就无从谈起。反过来也一样，没有邪恶何谈善良、正义。没有正义，善良难以存活，这时的善良与“傻”没什么区别，它只能是邪恶口中的美食——唐僧肉；没有正义，人与动物的区别也不大。对此，思想家荀子的认识相当深刻。

《荀子·王制》中，荀子把世间万物分成了四个等级：

一、无生命特征的："水火有气而无生"。

二、有生命无感知的："草木有生而无知"。

三、有感知无道义的："禽兽有知而无义"。

四、最高等级的是人："人有气、有生、有知、有义，故最为天下贵也"。

在此，荀子明确指出了人之所以在世间万物中最高贵、人的世界之所以不同于动物世界，就是因为人类有道义，也就是说，如果人类失去道德和正义，那与动物没有多少区别。荀子在两千多年前就有了这样一种相当科学的认识论、达到一种让他人难以企及的高度，实在是非常了不起，令人景仰。

中国古代不少先哲们对循环式的思维，似乎有着某种天然的偏好，比如：五行的相生相克；董仲舒提出的黑统、白统、赤统，朝代更迭的三统循环顺序；邵雍的六十四卦方圆图……

《西游记》作者遵循了古代先哲们的循环式思维，并借此阐释了善良、正义、邪恶之间相克相生循环往复的永恒关系。那么如何评价小说作者所"建构"的这一思想？笔者在此只强调一点：这应该是一种超出了封建社会思想范畴的思想。至于这一思想的重要性，我想无论怎么强调也是不过分的，因为这一思想自然昭示了人类社会的一个永恒命题：在现实社会中如何使正气风行、善行兴盛而邪气罕见？这样一个重大命题显然是小说作者无法解决的，当然也是吾辈力所不逮的，那就留给政治家、思想家们去研究、去探讨吧。

# 第六章

# 《西游记》无与伦比的艺术

# 一 气势宏大的叙事

## （一）宇宙之战

《西游记》的起笔即从宇宙的起源、天地的形成、演化及人类、万物的滋长写起，继而引出孙悟空的诞生——天地精华所生。这种以宇宙为开端的宏大叙事，自然让读者产生一种惊异心理：什么样的小说内容、什么样的思想内涵才撑得住这种大气磅礴的开篇？接下来的故事很快让我们领略到了，这般宏伟的故事起始，绝非作者的随意之笔，更不是无病呻吟的小题大做——天地精华所生的孙悟空把宇宙当作斗战的舞台，向自己认为的一切有违自由、有违自尊的事情发起挑战。——先是去龙宫索取兵器，之后又去幽冥界大打出手，并且宣告：我已超出三界外，不在五行中。之后又闹天宫与玉皇大帝叫板。

“超出三界外，不在五行中”这话乍一听实在很像大话、疯话，但只要我们分析一下就会发现，这貌似非理性的话其实是为孙悟空作为正义的象征而做的铺垫——本来一切生灵都不可能逃离天、地、人这三界的管束，但孙悟空认为自己跳出了三界，这自然暗示读者——对孙悟空的认知应超出对生灵的认知。简单地说，五行就是古人对物质的认识。孙悟空说自己不在五行中，这样一来孙悟空既不是生灵又不是物质，那他只能代表一种抽象的存在，这种抽象的存在恰恰符合本书前面章节所论述过的——正义的象征。

《西游记》宏大的叙事在闹天宫的故事中达到了极致。

孙悟空去地府勾了生死簿，强迫玉帝封自己为“齐天大圣”，之后又把蟠桃会搅黄。这接二连三撼天动地、震古烁今的举动，终于让玉帝忍无可忍，发十万天兵天将捉拿孙悟空。

> 黄风滚滚遮天暗，紫雾腾腾罩地昏。只为妖猴欺上帝，致令众圣降凡尘。四大天王权总制，五方大圣调多兵。李托塔中军掌号，恶哪吒前部先锋。罗睺星为头检点，计都星随后峥嵘。太阴星精神抖擞，太阳星照耀分明。五行星偏能豪杰，九曜星最喜相争。元辰星子午卯酉，一个个都是大力天丁。五瘟五岳东西摆，六丁六甲左右行。四渎龙神分上下，二十八宿密层层。角亢氐房为总领，奎娄胃昴惯翻腾。斗牛女虚危室壁，心尾箕星个个能。井鬼柳星张翼轸，抡枪舞剑显威灵。停云降雾临凡世，花果山前扎下营。

这样一场堪称“宇宙大战”的斗战，从辰时战到了傍晚，直斗得“扬砂走石乾坤黑，播土飞尘宇宙昏”。这样一种亘古未有的宏大叙事，以及作者豪放不羁的艺术想象，确实令人赞叹。但小说作者绝不仅仅是在追求外在的宏大叙事，而是在这宏大的叙事当中——特别是“闹天宫”这场大戏中，充分融入了小说作者对中国古代“天”文化的认识和批判。

中国古代“天”文化源远流长，但不论是自然的天还是被人格化的天抑或充满了神性化的天，自始至终都是令人们崇奉和敬畏的。例如古人以“天道”代表真理，把最高道德称作“天理”。就连至尊无上的皇帝也只能称“天子”，也就是天的儿子。甭管一个人多么狂妄、掌握多么大的权力，他也必须跟“天”套近乎、拍“天”的马屁。一言以蔽之：在中国传统文化的基因中，“天”是庄严的、神圣的。

商朝就开始有了较频繁的祭天活动，而周朝取代商朝之后，最高统治者认为自己是代天治民，所以以天子自居，从此“君权神授”，皇权“受命于天”这种观念成了统治者统治的法理依据，并贯穿了（秦朝不祭天）中国古代社会的始终。

《西游记》中“天”的代表是玉皇大帝，主宰天地万物。玉帝虽是道教文化创造的神仙人物，但他与儒家“天”文化的集大成者董仲舒所鼓吹的天——“百神之大君”，可谓异曲同工、殊途同归，他们都具有神圣性，且在所有领域都具有至高无上的权威性……而《西游记》对天的这种神圣性及无上权威性进行了有力的解构。

“天”的神圣性首先在于它是真理和权力的化身，它是只可景仰而不能有任何质疑的。但孙悟空对此满不在乎，第一次见玉帝便采取“装傻充愣”的态度，不施任何礼仪。玉帝无奈，只好自己找了个台阶下：“那孙悟空乃下界妖仙，初得人身不知朝礼，姑且恕罪。”而在玉帝封孙悟空为弼马温之后，孙悟空认为玉帝不会用贤，干脆一走了之，根本无视玉帝的尊严和权威。玉帝无法忍受孙悟空对自己的蔑视，动了肝火，派遣托塔天王、哪吒等天兵天将去花果山剿杀孙悟空。但出乎玉帝的预料，这一次出兵不但没能灭掉孙悟空，而且还收到一个令他非常震惊的消息——玉帝必须封孙悟空为“齐天大圣”，否则他就打上凌霄宝殿，叫玉帝的龙床坐不成。

“齐天大圣”是一个什么概念？北大教授李零老师认为：等于是和玉皇大帝平级。从字面上这么理解当然没错，但如果结合整部小说去理解，也许就不止这些了。强迫“天”封一个与天一样大的“圣”，你若封了，证明我这个“大圣”可以支配你这个天，同时也意味着我有取而代之的可能性。这完全打破了玉帝身上的神圣光环，也是对他不容置疑的权力、权威的严重挑衅，尤其对小说作者生活的封建时代，有着重大的启示意义——可以说对统治者“受命于天”的法理性观念，是一种釜底抽薪式的破坏。

以宇宙为背景的宏大叙事，可以说是神话小说或科幻小说的天然优势之一，但要从形式与内涵的完美统一这样的审美高度来说，所谓的优势也许要打一个大大的问号。因为只有胸怀天地又博古通今的人，才有可能为如此宏大的叙述形式镶嵌相匹配的思想内容，也才有可能追问什么事物能“超出三界外，不在五行中”及什么事物才能堪称“齐天大圣”这样的终极问题。从某种意义上说，孙悟空保护唐僧取经的过程，就是小说对这种终极问题的艺术诠释过程。

### （二）史诗般的征程

《西游记》的故事不论是从空间跨度还是时间跨度上来讲，都具有宏大的史诗气势。小说作者的空间视野始终在天地之间穿梭交错；而他的时间视野更是从宇宙的起始直至九九八十一难的从头再来，永无止境——善良、正义、邪恶的相克相生循环往复，永无终点。一句话，《西游记》中的时间概念是具有无限性的。

孙悟空保护唐僧取经的路程有十万八千里，十万八千里是个什么概念，就是绕地球一圈还有富余。如此漫长的征程中取经人唐僧经历了九九八十一难，而在众多的灾难故事中，小说作者所描绘的故事的戏剧性、奇幻性及千难万险的程度，在中外文学史上都是罕见的。

小说作者以极其丰富的想象力使《西游记》的奇幻色彩达到了极致。作者首先赋予了孙悟空各种神奇的力量——超音速的筋斗云、七十二番变化、金箍棒大小变化随意……乍一看孙悟空有这般超强的神功应该无往而不胜，可在取经途中却远非如此——孙悟空有七十二番变化，牛魔王同样有七十二番变化，单打独斗丝毫不惧孙悟空。

孙悟空的脑袋刀砍斧凿全不惧，但一个不起眼儿的小小蝎子精偏能把孙悟空的脑袋蜇出包来。

黄风怪的三昧神风刮得孙悟空不敢睁眼，让孙悟空的法力很难施展。

红孩儿的三昧真火同样令孙悟空难以招架、无法取胜。

大鹏金翅雕的飞行速度比孙悟空的筋斗云还快，只扇两翅就追上了孙悟空。

孙悟空的金箍棒很厉害，但不少妖魔的秘密武器比金箍棒还厉害——独角兕大王的金钢琢一使出来，不论你是什么武器全部被它套走。黄眉大王的人种袋用起来更厉害，不光是武器，连人都一块儿装进去。其他妖怪的阴阳二气瓶、紫金红葫芦、芭蕉扇等，威力都不比金箍棒差。

也正是因为有了各种奇幻色彩的妖魔形象，各类奇幻的威力巨大的兵器，从而不仅使得小说本身的奇幻性分外多彩、令人叹服，而且也极大丰富了小说故事的戏剧性——让孙悟空与妖魔的斗战，时常处于曲折中，时常处于被动、无奈的情景，不得不请天庭或其他救兵来帮忙。故事情节的跌宕起伏、千回万转，的确给我们的阅读带来不少的快感，但也让我们不由得心生感叹：取经的历程真是太不容易了！特别是没有任何法力的唐僧太多次处在命悬一线的境遇当中。

笔者简略统计了一下，唐僧让妖怪抓去险些被吃掉的情景就有十多次。

第一次，唐僧陷入绝境险些被妖魔吃掉，是还没走出大唐境域，被一个叫寅将军的魔头逮住。唐僧的两个随从被寅将军用来待客吃掉了，准备另择他日再食唐僧。幸得太白金星搭救才脱离了虎口。

第二次，是魔头黄风怪手下的虎先锋，使了个金蝉脱壳计把唐僧抓入了黄风岭黄风洞中。这次是灵吉菩萨帮忙制伏了黄风怪，唐僧才没有被吃掉。

第三次，唐僧是被一个叫黄袍怪的妖怪抓住。黄袍怪的老婆是宝象国的公主，不食人肉。她让唐僧带一封书信给自己的父王，便从后门偷偷放走了唐僧。

第四次，唐僧是让银角大王抓去的。银角大王不仅法力不在孙悟空之下，而且还有紫金红葫芦等秘密武器。孙悟空最终能打败他是带有很大的侥幸成分的。

第五次，唐僧是被红孩儿抓去的。由于孙悟空对红孩儿喷的三昧真火无可奈何，只得请观音菩萨出手降伏了红孩儿。

第六次，唐僧路过黑水河的时候，被黑水河霸主鼍龙抓入黑水河神府。孙悟空找到龙王敖顺，敖顺派自己的儿子摩昂出马打败了鼍龙。

第七次，唐僧是被通天河里的灵感大王逮去。灵感大王与猪八戒、沙僧交战打了个平手，之后便避而不战。孙悟空只好请来观音菩萨把灵感大王收了。

第八次，唐僧是被一个叫独角兕大王的魔头抓了。此魔头由于有金钢琢，任何天兵天将包括孙悟空本人都拿他毫无办法，最终只得请出他的主人——太上老君把他收了。

第九次，唐僧是被黄眉大王所擒。孙悟空请来的所有救兵都对黄眉大王无计可施，黄眉大王的主人弥勒佛大概看孙悟空实在没辙了，才亲自出面帮助孙悟空制伏了此魔。

第十次，唐僧虽然被七个蜘蛛精抓住，但她们法力有限并没有对唐僧性命构成太大威胁，而她们有个师兄多目怪却比较厉害，他身上有一千只眼睛可以放出金光，在与孙悟空交战时用金光把孙悟空罩住，使孙悟空不能施展神通，孙悟空变成个穿山甲钻入地下才得以逃走。之后孙悟空请来了黎山老母终于制伏了此怪。

第十一次，唐僧是被三个法力超强的魔头抓进了狮驼城。这一次唐僧确确实实陷入了危如朝露的险境，魔头们把唐僧藏进一个铁柜里，对外宣称已经把唐僧生吃了。你孙悟空来替师父报仇我们也不怕，就等着你孙悟空没招了、不再闹腾了，我们再踏踏实实慢慢“享用”你师父。孙悟空也认为保护唐僧的任务失败了，便去灵山找佛祖交差，佛祖如来全知全能知道唐僧还活着，亲自出马降伏了魔头。

第十二次，唐僧是走到了金平府这个地方，赶上了元宵节，师徒们看花灯时被三个魔头抓去。三个魔头分别叫：辟寒大王、辟暑大王和辟尘大王，他们想得很美，准备把唐僧肉用酥合香油煎了吃。孙悟空去天庭请来了三个魔头的克星——四木禽星，把三个魔头打杀了。

另外还有一些女妖或法力弱小的魔怪，他们虽然抓住了唐僧，但对唐僧的性命没有构成太大的威胁，本书就不一一罗列了，不过上述这些命悬一线、九死一生的遭遇足以显示取经之路充满千难万险。在经历了如此众多的危难之后，唐僧仍旧死不旋踵、执着向前。我们不禁好奇，唐僧身上这种一往无前的精神，来自哪里呢?

小说里的唐僧与历史上的唐僧相比，虽然都具有一往无前、舍身求法的精神，但由于他们取经的目的不同，所体现的精神内涵自然不同。历史上的唐僧取经纯粹是为了探求佛法、光大佛法，是信仰的力量指引他前行，彰显的是“殉道者”的精神；而小说里的唐僧是为了大唐的江山永固才去取经的，自然他身上所体现的是一种“爱国主义”精神。

唐太宗送别唐僧取经时曾言：“宁恋本乡一捻土，莫爱他乡万两金。”唐僧对此铭记在心，取经途中不止一次流露出思乡之情。小说第三十六回唐僧对徒弟们说：“我记得出了长安城，已有四五个年头，怎么还不到啊? ”孙悟空回答：“早哩，早哩。”走到深山里，唐僧借各种植物抒发了自己的感慨（用药名集成的诗）：

自从益智登山盟，王不留行送出城。
路上相逢三棱子，途中催趱马兜铃。
寻坡转涧求荆芥，迈岭登山拜茯苓。
防己一身如竹沥，茴香何日拜朝廷？

诗的最后一句，作者以谐音双关的笔法充分表达了唐僧想尽快完成取经之业，早日回归故土的心情。

师徒来到“敕建宝林寺”。唐僧见当晚皓月当空，不免对月怀归，赋古风长诗一首，诗的最后两句“今宵静玩来山寺，何日相同返故园”，又一次表达了思乡之意。

小说第四十九回，唐僧被灵感大王抓去，放入了一个石匣里。唐僧感叹道：“不知徒弟能来否，早得真经归故园。”既表达了他思念故乡的心情，也说明他从未忘记自己的使命。

第六十五回，唐僧不听孙悟空的劝告，非要进入黄眉大王虚设的小雷音寺，结果中了妖怪的埋伏被捉。之后唐僧当然很后悔，他哭着说：“自恨当时不听伊，致令今日受灾危。……何由解得迍邅难，坦荡西方去复归。”

这段遭遇生动描述了唐僧取经的急迫心情，同时也强调了他取经的诚心和来意。诚心——无论遇到多少危难绝不退缩。来意——复归故土，保大唐江山永固。

小说第八十回，作者用骨牌术语表达了唐僧的思乡之情，读来饶有趣味。

我自天牌传旨意，锦屏风下领关文。

观灯十五离东土，才与唐王天地分。
甫能龙虎风云会，却又师徒拗马军。
行尽巫山峰十二，何时对子见当今？

作者在描述唐僧的思乡之情时也依然保持着它文风的趣味性。可以说，《西游记》自始至终都以洒脱、轻松、幽默、妙趣横生的文字风格叙述着严肃的事情，构建着重大、深邃的主题。这确是小说令人称道，也是值得让人进一步深入研究的艺术特色之一。

征途漫漫十四年，历经千难万险，读者从中可以清晰地感受到唐僧身上两种精神力量的存在——

一是信仰的精神力量。他对“善的信仰”始终忠贞不渝、坚贞不移，为了坚守“善的原则”不惜牺牲自己的生命。

二是爱国主义的精神力量。他对自己诺言的信守坚不可摧，不到达西天取得真经，死也不回来！用生命去践行自己的诺言，这是颇有英雄气概的，这种英雄气概源自他的爱国主义精神力量——为了保大唐江山永固，唐僧同样宁愿献出自己的生命。

从唐僧身上焕发出来的这两种精神力量，正是古代中华文化的精要所在，用墨子的话说就是“万事莫贵于义”，用孟子的话说就是“舍生取义”（实际也借鉴了墨子的思想）。总之，从唐僧这个人物形象上所焕发出的“善”的光辉、所展现出的爱国精神力量，足以让人震撼，足以说明他有着非常人所能有的精神境界，也足以让人感受到史诗级人物才有的精神光彩。

面对各种妖魔给取经团队造成的重重困难、层层艰险，孙悟空毫不畏惧，他对自己必胜的信念毫不动摇。与妖魔斗战的惊心动魄的场景迭出，那些惊险、精彩的情节，本书前面章节已多有论及，在此主要强调一下孙悟空面对妖魔时的昂扬斗志和所持的乐观主义精神。

孙悟空顽强的斗争精神贯穿小说始终。他不但敢于斗争而且善于斗争，特别是在与妖魔斗争时所表现出的乐观主义精神给人极深的印象。用猪八戒的话说就是：听见说拿妖怪，就是见他外公也没这般亲热。漫长的取经路上每每遇见峻岭尖峰，唐僧便不免心慌胆寒，这时总是孙悟空给师父鼓气：师父莫再多心，老孙自有防护。特别是当前方即将遇到神通广大的妖怪，有担心取经人安危的神仙会假扮樵夫过来提醒，唐僧一听说前面的魔怪神通广大就魂飞魄散，便叫孙悟空过去问个仔细。从孙悟空与樵夫的对话中非常典型地表现出了孙悟空的乐观主义精神。

孙悟空："你说前方有毒魔狠怪，故此我来奉问一声：那魔是几年之魔，怪是几年之怪？是个把势，还是个雏儿？烦大哥老实说说，我好叫山神、土地递解他起身。"

樵夫仰天大笑道："你原来是个疯和尚，怎敢说把他递解起身？"

孙悟空："你这等长他威风，莫不是与他有亲？不亲必邻，不邻必友。"

樵夫："你这个疯和尚，忒没道理，我是好意报与你们知晓，叫你们路上有个防备，你怎么倒赖在我身上？且莫说我不晓得妖魔出处，就算晓得，你敢把他怎么递解？递解到何处？"

孙悟空："若是天魔，解与玉帝；若是土魔，解与土府。西方的归佛，东方的归圣；北方的解与真武，南方的解与火德。是蛟精解与海主，是鬼祟解与阎王。——各有地头方向。我老孙到处里人熟，发一张批文，把他连夜解着飞跑。”

樵夫冷笑道：“想你会些驱邪缚鬼的法术，却还不曾撞见这等狠怪哩。”

孙悟空：“怎见他狠？”

樵夫：“你们若从别处来的还好，但犯了一个‘唐’字儿，他就要吃了你们！”

孙悟空：“造化！造化！我们正是唐朝来的，他要怎么吃？”樵夫：“你要他怎么吃？”

孙悟空：“他若先吃头还好，若是先吃脚就难为了。”

樵夫：“先吃头怎么讲？先吃脚又怎么说？”

孙悟空：“若是先吃头，他一口咬下，我已死了，凭他怎么煎炒熬煮，我也不知疼痛了。若是先吃脚，他啃了孤拐，嚼了腿亭，吃到腰截骨，我还不急着死，岂不是零零碎碎受苦？此所以难为也。”

樵夫：“和尚，他哪里有这许多工夫，只是把你拿住，捆在笼里，囫囵蒸吃了。”

孙悟空笑道：“这个更好！更好！疼倒不怎疼，只是受些闷气罢了。”

樵夫：“和尚不要耍嘴，那妖怪随身有五件宝贝，神通极广极大。就是擎天的玉柱、架海的金梁，若要保唐朝和尚过去，也须发发昏是。”

孙悟空：“发几个昏呢？”

樵夫：“要发三四个昏是。”

孙悟空:“不打紧,不打紧。我们一年常发七八百个昏儿,这三四个昏儿易得发,发发儿就过去了。”

问询之后,孙悟空为了尽可能减少师父的内心压力,并没有实话实说,而是说:“这里人胆小,有个把妖怪罢了。”

孙悟空与樵夫风趣的对话,充分表现出了他与妖魔斗争时所持的乐观主义精神。这种乐观精神彰显了他对于自己所从事的正义事业,有着一种必胜的信念。孙悟空在战略上对妖魔是藐视的,但在战术上又对其非常重视。

在遇到法力强大的妖魔时,孙悟空并不蛮干,而是往往变成个小妖,与别的小妖套近乎,借机打探魔王的法力特点或者有什么秘密武器等,有时又混入妖魔洞穴里小心翼翼地侦察,对敌情做到心中有数,从而思考相应的对策。由于有的魔王身怀绝技或有什么秘密武器,孙悟空很难直接战胜,甚至有时还被逼入绝境。但即便如此,当孙悟空再次面对妖魔时他的乐观精神并不削减、斗争的意志更加旺盛。

五百年前孙悟空与天斗,其乐无穷,那是因不平等而斗;与地斗,其乐无穷,那是为超出三界外不在五行中的自由而斗。而在踏上十万八千里的漫漫取经征途后,在长达十四年的取经经历里,他与妖魔的斗,更是其乐无穷,这是为了保护善良而进行的正义的斗!可以说,孙悟空就是一位名副其实,充满斗争意志和乐观主义精神的“斗神”,孙悟空这个人物形象本身,就是一首伟大的“斗神”的史诗!

《西游记》作者对妖魔的描述是比较深刻的,他摈弃了不少艺术作品对反面形象的那种肤浅的、丑化式的描述，而是比较客观地展示了各路妖魔的法力神通，也就是邪恶势力在客观现实中所具有的真实力量。另外难得的一点是，小说作者并没有忽略妖魔们在精神层面所具有的力量。

法力并不太强的白骨精，就有着一股子“不怕死”的精神。她明知道孙悟空完全有能力识破她的法术，却一而再、再而三地使变化，非要吃到唐僧肉不可，以达到长生不老的目的。为了追求这样一个目标，她甘愿冒性命之危。也许她心里有一种算计——要活就活它个长生不老，多活个十年八年意义不大。当然我们对她的这种心理判断不一定准确，但不论如何都无法否认，她身上有一种不畏强力、豁得出去的勇敢精神。

有不少法力超强的妖怪，他们身上也有着一种“英雄”的精神，比如说银角大王，他不仅能遣三座大山的重量把孙悟空压得起不了身，而且放出狂言：“我若没本事拿他（孙悟空），永不在西方路上为怪！”真是豪迈之气尽显。再有独角兕大王，他见孙悟空把金箍棒舞得风雨不透，没有任何破绽，不仅不害怕反而高兴地喝彩：“好猴头，好猴头！真是个闹天宫的本事！”这话给人一种英雄相惜、豪杰相敬的感觉。而大鹏金翅雕则不仅诡计多端还英勇异常，面对法力无边的佛祖如来，他也是毫不畏缩，高喊着：“休要悚惧，我们一齐向前，使刀枪搠倒如来，夺他那雷音宝刹！”如此的勇猛还是颇有些英雄气概的。

《西游记》作者对妖怪们所具有的勇敢精神和英雄气概的刻画，当然不是为了赞美，而是对世间邪恶的力量有着十分清醒的认识，就像对邪恶的精神本质认识一样清楚。不论妖魔的法力多么强大，战斗有多么英勇，都改变不了他们与一般动物同样的属性——把自己的私欲、私利当作自己一切行为的目的。他们追求长生不老，渴望吃到唐僧肉，这些其实是动物也会有的追求。不难想象，动物也不愿意死，动物也喜欢美食。他们的勇敢精神就是动物之间互相残杀的勇敢，正如马克思在《资本论》中引用英国评论家登宁的话揭示资本家逐利的那种勇敢："为了 100% 的利润，它就敢践踏一切人间法律；有 300% 的利润，它就敢犯任何罪行，甚至冒绞首的危险。"（《马克思恩格斯全集》第 43 卷，人民出版社 2016 年版，第 824 页）总之，妖魔们的追求也好，英勇精神也好，从精神境界上来讲，他们与动物的区别不大。

恩格斯有句名言："人来源于动物界这一事实已经决定人永远不能完全摆脱兽性。"（《马克思恩格斯选集》第 3 卷，人民出版社 2012 年版，第 478 页）恩格斯这句名言无疑是正确的，但显然他同时也提出了一个问题：人身上的兽性应该降低到什么程度以及如何降低。要回答这样的问题绝非易事，不用讳言，这是本书所难以回答的。但这并不妨碍我们对《西游记》的人物在脱离兽性这一维度上进行品评。很明显，在这一点上妖怪们与唐僧、孙悟空之间是有着云泥之别的。

唐僧信仰善、推崇善，视善的原则高于生命。唐僧有着强烈的爱国主义精神，为了大唐的江山永固，也就是为了国家的利益，他可以献出生命。这样一种精神境界只有"人"才可能达到，而动物是永远不可能企及的。

孙悟空把捍卫"善"视为自己的使命，把伸张正义当作自己的事业，从而使其自身的生命价值，与同样有着广大神通的妖怪们的生命价值产生了本质的差别。孙悟空从事的事业是伟大而神圣的，也是只有“人”才可能有的事业。那些妖怪们不论如何神通广大、勇猛强悍，也不过是在动物世界里称王称霸，在丛林法则中转来转去。

世界发展得更美好、人类如何更幸福，从一定意义上讲，取决于人类摆脱兽性的多少。但正如恩格斯断言的，人永远不能完全摆脱兽性。显然，这也是《西游记》作者充分意识到的问题，所以才有了妖魔不能根除的叙事，才可能衍生出善良、正义、邪恶相克相生的哲理主题。

以上是本书对小说的主要人物在精神层面的一些观察和分析，这算是一种比较直观的领悟。而在十万八千里的漫长征途中，在八十一难的曲折故事里，不同的读者会领悟到不同的意义，其中的原因是多方面的，但主要原因是小说宏大的叙事所涵盖的内容十分厚重，以及每个读者审美素养的差异。

唐僧师徒求取的是由儒、释、道提炼、凝聚而成的“三藏真经”，儒、释、道也是学术界公认的中国封建社会的主流文化，可以说上至王公贵族下至黎民百姓无不受其影响。而取经团队取经的路上，不可避免地与这些主流文化交织、缠绕在一起，由此演绎出的众多故事也会因读者对传统文化认识上的差异而产生不尽相同的意义。

囿于欣赏写实主义风格的读者，对故事里各类人物的所作所为特别关注——在小说前七回的故事中他们看到了孙悟空身上的反抗意识、自由意识，甚至是“王侯将相宁有种乎”的起义意识。孙悟空被佛祖压在五行山下，为了得到身体的自由，孙悟空答应观音菩萨保护唐僧西天取经，这一行为被认为是孙悟空对强权的妥协。从人物形象的表面作为直接挖掘小说的意义，这对于写实主义或者通俗小说来讲不失为一种有效的读法，但对于《西游记》这样一部以解构、象征、“大写意”为主要艺术手法，有着强烈的现代主义特征的小说来讲，肯定是不太适用的。

《西游记》本身就是浪漫主义文学的经典之作，所以它处处洋溢着浪漫主义文学的气息——豪放不羁的想象、天马行空的文思，令读者叹服的同时也容易让人忽略小说的内在逻辑，再加上作者滑稽、幽默的文笔，从而使作品深邃的内涵被遮饰，这让有的“博学”之士也误以为《西游记》只是并无深意的游戏之作。

《西游记》中使用了很多佛教言辞和道教术语，这让执迷于佛教与道教的读者，有了认为《西游记》就是宣扬佛教或道教文化的根据，他们不顾故事情节内容的发展，一味地在佛、道的词语上做文章，有的甚至违背小说艺术的欣赏规律，玩起了拆字游戏。其实小说中使用大量的佛教、道教语言，说明作者对佛教与道教是颇有研究的，而且还不止于此。事实上，《西游记》作者对整个传统文化都有较深的认识，这一点从孙悟空学艺时，他老师菩提祖师的言谈中可以得到证实：儒家、释家、道家、阴阳家、墨家、医家，都似“壁里安柱”。随后祖师对“壁里安柱”解释说：“人家盖房，欲图坚固，将墙壁之间，立一顶柱。”这里说的“人家盖房”当然是指古代帝王的统治大厦。小说作者对中国传统文化这一形象的比喻，其概括性和深刻性，与鲁迅对中国传统文化的概括有着异曲同工之妙：中国文化是侍奉主子的文化。任何一部文学作品，无论你是要肯定还是解构某种文化，首先要对该文化有比较深的认识、理解，这是一种基本的要求,《西游记》当然也不可能例外。

《西游记》以宏大的叙述承载着对中国传统文化的反思和探索,并在此基础上用旷古未有的精妙绝伦的“形式的语言”为我们奉献了一部“无字真经”。不论你对“无字真经”的内容是褒是贬，单就《西游记》独创的叙事形式来讲，也是可以穿越时空，放在当今的世界文坛而艺压群芳的。不论你认为形式大于内容，还是相信内容大于形式,《西游记》都能满足你的愿望，因为它真正是一部高超的形式与深刻的内容完美契合的小说杰作。

## 二　形式的魅力

以鲁迅、胡适、郑振铎为代表的中国近代文学史家及理论家们,将明清章回小说界定为“通俗文学”，西方研究中国古典文学的汉学家们则对章回小说进行了讥评——其“‘外形’上的致命缺点，在于它的‘缀段性’，一段一段的故事，形如散沙，缺乏西方小说那种‘头、身、尾’一以贯之的有机结构，因而也就欠缺所谓的整体感”(见[美]浦安迪《中国叙事学》)。或许是受这些观念的影响，中国的美学家们似乎羞于谈及中国古典小说的结构美，而是大谈特谈古诗词等门类的意境美或神韵美。其实大可不必，因为至少是《西游记》通过解构、象征等艺术手段所营造的“无字”的形式之美，不仅不逊于其他门类艺术所达到的美学境界，就其在小说叙事形式上所抵达的美学高峰，即便是放在当今世界文坛——各种叙事形式不断推陈出新的境况中，也是文学艺术殿堂中最独树一帜、最光彩夺目的叙事形式作品的典范。

下面本书将对《西游记》的叙事形式做较全面的分析。

读者们都知道《西游记》前七章描写得异常精彩，但它毕竟是作为后面取经故事的铺垫而写——没有孙悟空闹天宫时的大展神威，没有佛祖对天庭的出手相救，那么在取经途中孙悟空三番五次去天庭找玉帝帮忙，玉帝还会不计任何报酬“助人为乐”吗？这从逻辑上恐怕也行不通，还有六丁六甲、五方揭谛、四值功曹等神祇，凭什么心甘情愿地在暗中保护唐僧不被伤害？这同样和孙悟空闹天宫时佛祖的相助有很大关系，不然也很难自圆其说。当然小说的起始部分也是解构“天文化”与道教的有力章节，但终归《西游记》的开篇绝不是“缀段式”的情节，而是和后面取经故事的发展有着千丝万缕的联系。可以确定地说，小说作者完全是有意识地把小说的起始部分作为基础融入整部小说的结构之中，这个基础不仅打得很厚实，而且它还是整部小说的“引擎”。

取经团队在取经的路上经历了“无数”劫难，从直观上看，仿佛就是不停地遇难——解难的过程。因此某些学者诟病为形如散沙，缺乏一以贯之的有机结构，因而也欠缺整体感。其实这是一种错觉—所谓的“一以贯之”的故事，不过是随着时间的流动而展开故事情节——开始—高潮—节尾。而《西游记》的取经故事是在空间中展开，其中的每个故事仍然是整体的一个有机部分，只是这个整体不是随着时间的流动而形成的直线形整体，而是赋予了思想内容一种造型，每个故事又都与这个造型密切相关，从而使得文本的整体非常具有立体感。

小说作者为取经人同时也为读者设立了一个诱人、美好、辉煌的目标，让取经人历经磨难、舍生忘死地追寻这一目标，也让读者渴望、期盼着唐僧师徒最终能求索到目标。这个目标就是被观音和佛祖说得天花乱坠、吹得神乎其神的“三藏真经”，取经人追寻目标是一条明线，与它同步开始的还有一条暗线，这条暗线就是“解构”之线。

作为读者，我们“陪同”取经人历经各种磨难抵达灵山，终于迎来了揭晓诱人的“三藏真经”的谜底的时刻。然而，原来被观音吹嘘为能修无量寿身、能作无来无去的“三藏真经”不过是三教合流的产物，正如佛祖所言：“虽为我门之龟鉴，实乃三教之源流。”这不免让读者有一种卑之无甚高论的失落感，但它同时也令读者有所顿悟，让解构的暗线逐渐清晰起来。当我们明白了，那所谓的“三藏真经”，就是儒、释、道的结晶，这让我们回想起菩提祖师对儒、释、道的评价，祖师的评价用的是一个非常形象的比喻，说它们如“壁里安柱”，也就是皇权统治这座大厦中的顶柱、横梁等支撑物，这个评价让“三藏真经”浮现出一种立体感的形式。

唐僧取经的目的很明确，是为了保大唐统治大厦的永固；佛祖传经的目的也很明确，就是劝大唐境域贪淫乐祸、多杀多争的人们能与人为善。那“三藏真经”会有实现唐僧和佛祖愿望的功效吗？小说以解构的形式给予了回答，小说中的每一个故事，都可视作从大厦上解构下的一根梁、一根柱、一根椽子，并且它们上面还刻着字，不是“佛”就是“道”，抑或是“儒”。也就是说当取经人历经千辛万苦、舍生忘死地追寻那辉煌的目标时，真实的情景却是他们在不停地解构着这一目标。取经的路上，“三藏真经”已被取经人解构得七零八落、毫无积极意义可言（虽然他们自己并没有意识到），既没有佛祖说的劝人为善的效果，也谈不上“成仙了道之奥妙，发明万化之奇方”了，更不可能实现唐僧所企盼的大唐统治大厦的永远牢固。抵达灵山取到真经之时，也正是解构三藏真经的完成之时，此刻读者可以清楚地看出小说中每个看似松散的故事，都有一个共同的源头——三藏真经，如果我们把解构下来的散落一地的故事——房梁、房柱、椽子等组合到一起，那么呈现在眼前的就是一座大厦的构架。所以《西游记》中的每个故事绝不是无源之水、无本之木，当然更不是无所附丽的所谓“缀段性”故事。《西游记》向我们展示出以空间性叙事，实现了或许是时间性叙事难以企及的具有清晰立体感的整体感。如此天才般的艺术构思、如此妙不可言的叙事形式，真可谓前无古人、后无来者，无论给予怎样的赞誉都不为过，相信它对中国文学乃至于世界文学在叙事形式方面的贡献和影响定会逐渐地光耀起来。

前面说取经人追寻目标是一条明线，解构是一条暗线，其实还有一条比解构更隐秘的象征之线，也可以说是建构之线。三条线恰好代表了阅读的三个层次。

如果你的审美眼光只停留在“明线”上，那么当你看到取经队员同妖魔的争斗，很可能认为这只是单纯的保护师父而已；看到孙悟空不畏强权的态度，很可能认为这不过是玩世不恭而已；看到小说诙谐、幽默的叙述风格，很可能认为《西游记》是并无微言大义的游戏之作。

当你发现了“解构”之线，也就看到了小说中对传统文化的反思——不论是佛教还是道教，它们在客观上都起到了对邪恶的人和事的纵容效果；还会看到小说文本对儒家鼓吹的君尊臣卑及惟上智与下愚不移等谬论，给予了有力抨击。

当你犀利的眼睛搜索到了“象征”之线，就会发现“善”的信仰所焕发的光辉和它的震撼力；就会发现“正义”一往无前的精神和它无穷的力量；就会发现“邪恶”不可能根除的不亡命运；同时你也发现了找到探秘“无字真经”的路径。

《西游记》作者用纯熟的象征艺术所建构的“无字真经”是以“形式”的语言来呈现的，它所达到的美学境界，用法国诗人莫雷亚斯的美学主张概括一下那是再合适不过的。

莫雷亚斯在《象征主义宣言》中阐明其象征主义美学宗旨：“赋予思想一种敏感的形式，但这形式又并非是探索的目的，它既有助于表达思想，又从属于思想。……象征艺术的基本特征就在于它从来不深入到思想观念的本质。因此，在这种艺术中，自然景色，人类的行为，所有具体的表象都不表现它们自身，这些富于感受力的表象是要体现它们与初发的思想之间的秘密的亲缘关系。”“客观只向艺术提供了一个极端简明的起点，象征主义将以主观变形来构成它的作品。”

象征主义的美学宗旨，仿佛就是对《西游记》艺术特色的“私人定制”，那么惬当、那么确切。但需要指出：这份宣言的发表是在《西游记》诞生二百多年之后，也就是说《西游记》提前二百余年就达到了后人所向往的美学境界；同样需要指出：这个象征主义流派的作家并未能创作出符合其美学宗旨的小说作品，也就是说二百多年之后的小说作家，仍然未创作出达到《西游记》的美学高度的作品；还是需要指出：在跨越了四个多世纪之后的当今世界文坛上，从叙事形式这种艺术性的角度看，可与《西游记》比肩者也寥寥无几。正是基于《西游记》与《象征主义宣言》所构筑的这样一种在中西文学史上堪称美学奇观、美学奇迹的独一无二、不可复制的存在，本书不惜重申了一遍象征主义的美学宗旨，这既是出于读者阅读的方便，更是为了强调《西游记》在美学意义上的独创性、超越时代的重要性。那么《西游记》作者的审美意识为什么会如此超前与拔俗？这的确是不可思议，本书也没有令人满意的答案，如果非要给出一个解释，也只能说：因为这是天才的创作！

《西游记》作者对于叙事形式的重视程度及其运用的精彩程度都超出了人们的想象——作者甚至在一部小说中使用了多种“形式”的语言来叙述。首先看一下小说用形式对佛祖之言的解构是多么巧妙和给力。佛祖言：我西牛贺洲者，不贪不杀，养气潜灵。南赡部洲者，多杀多争，是非恶海。

佛祖把大唐所在地南赡部洲的境况描述得异常恶劣——多杀多争，是非恶海。而小说作者用三个故事，把这种恶劣的社会环境直接搬到了佛祖所居住的西牛贺洲，这三个故事就是：第十四回心猿归正，六贼无踪；第五十六回神狂诛草寇，道昧放心猿；第九十七回金酬外护遭磨蜇，圣显幽魂救本原。这三个故事发生的地理位置颇显作者的用心。第十四回故事发生在刚一出大唐地界，也就是进入西牛贺洲遭的第一难。第五十六回的故事发生在取经途中的中部。第九十七回的故事则是抵达灵山前的最后一难。这样就完成了头部、中部、尾部三点一线的连接，形成了一个像代数中的大括号一样形状的罩子，把途经的西牛贺洲全部罩住。三个故事有一个共同特点，即都是一些普通强盗的打劫，而不像其他章回的故事，作恶的多是妖魔鬼怪，这恰好反讽了——佛祖自己居住的地盘儿，才像他所形容的南赡部洲——是个多杀多争、是非恶海，民风恶劣的世界。

《西游记》作者用大括号似的罩子形式对佛祖之言进行了强有力的解构，赋予儒、释、道思想以大厦的形式，从而让每个故事有了解构这座大厦的意义。用象征的艺术孕育出善良、正义、邪恶循环相克的永恒形式，从而使得主题思想具有了哲学意义。

就小说艺术而言，怎么写与写什么哪个更重要？或者说形式是否大于内容？这一命题是近代与当代纯文学作家都难以回避、苦思冥想的问题，作家们用各自的作品给出了各种不同的答案，而《西游记》作者早在四个多世纪之前就天才般地意识到并重视到了这样的问题，且以先行者的姿态做出了自己雄辩有力的回答。

首先可以明确地说，《西游记》中的形式是依赖内容而存在的。

基于对中国传统文化的深度认识，小说作者才可能为儒、释、道思想赋予大厦的形式，之后所有的取经故事都不曾脱离这座大厦，就像以大厦为中心形成了一个巨大的磁场，而每个貌似松散的故事与大厦之间，是以磁力线的方式相连的，这种“隐形”的磁力之美，实为艺术之大美。

有了佛祖的虚妄之言，《西游记》作者才可能以蜻蜓点水式的笔墨，用三个小故事勾勒出一个罩子的形式，把广阔的西牛贺洲囊括其中，尽显形式语言的解构之美。

用象征艺术孕育出“无字真经”——善良、正义、邪恶循环相克的形式，使《西游记》闪耀哲理之美。

欣赏《西游记》而没有领悟出它的形式美（形式美，用小说作者的观念来说，就是所谓的“无字”境界），就很难说读懂了《西游记》，因为《西游记》最大的艺术特色就是形式美，它对世界文学本身最大的贡献也自然是形式美。《西游记》作者无疑是最早意识到叙事形式是文学之本质的作家，对叙事形式如此地重视、如此地敏感又如此地超前，践行得如此成功和完美，使形式的语言凸显着艺术的张力和醉人的艺术魅力。不论是从对小说本质的超前认识、从艺术贵在独创的角度来说，还是从作品反映出的思想深度、作品所达到的美学意境来说，《西游记》作者都彰显出了世界上最伟大作家的一切特征，而《西游记》也只能是最伟大作家才能创造出的杰作，并且是杰作中的杰作！

令人十分钦佩的鲁迅先生，在他的《中国小说史略》一书中，把《西游记》定义为神魔小说。本书对《西游记》的主要艺术特征进行了赏析，由此关于《西游记》怎么定义的问题，有了拙见，本书认为《西游记》是一部以神话为题材，以解构、象征等为艺术特征的哲理小说。

附录

# 《西游记》中的『大写意』人物

## 太白金星——一个潜伏者的形象

在《西游记》中太白金星是天庭神仙里第一个与孙悟空打交道的神仙，是他建议天庭收编孙悟空，并且亲自去花果山把孙悟空请上天界。由于孙悟空对被任命为弼马温一事不满，擅自下天宫重新回到花果山。在武力征服不了孙悟空的情况下，又是太白金星建议玉帝给孙悟空一个有官无禄的“齐天大圣”的空衔。玉帝无奈之下也就答应了。这样太白金星再一次充当说客去了花果山，请孙悟空重返天界。孙悟空返回天界的结果很糟糕——引发了闹天宫的大事。虽然“闹天宫”的责任不在太白金星，但从天庭的角度看他也没起什么好作用。而且他在第二次请孙悟空返回天界时，还不忘讨好孙悟空：闻你要做“齐天大圣”，是老汉为大圣冒罪奏闻，玉帝准奏。作为玉帝的臣子去讨好一个向天庭发难的人，显然是不妥当的。而从唐僧取经的故事开始，就可以看出太白金星跟天庭不是一条心。

小说第十三回的故事，描写的是唐僧取经刚刚起程，还没走出大唐国界就被一个叫寅将军的魔怪捉住，解救唐僧的并不是佛界中人，而正是这位太白金星。太白金星身为天庭中人却帮佛教做事，不算大逆不道起码也是吃里爬外。我们说过，历史上道教与佛教相争相斗的情景时有发生，用“同行是冤家”这句俗话形容他们一点儿也不为过。太白金星这次搭救唐僧与玉帝派人保护取经人性质完全不同——玉帝首先是要“还”如来帮忙降伏孙悟空这个大人情；其次，孙悟空成了唐僧的大徒弟，如果玉帝不帮忙的话，恐孙悟空到天庭来捣乱，到时不好收场，所以还有被逼无奈的因素。而太白金星的帮忙是非常主动的，并且很关注、关心唐僧的取经过程，好像生怕唐僧的经取不成。

小说第二十一回，孙悟空拿黄风怪的三昧神风毫无办法。好在他变化成一只蚊虫进入妖魔洞中，偷听到了妖怪们的谈话，从而得知能降伏黄风怪的只有灵吉菩萨，但又不知灵吉菩萨住在什么地方。正踌躇之时太白金星出现了，并告知孙悟空：灵吉菩萨住在小须弥山，山上有个菩萨讲经的禅院。

我们看太白金星对取经事业是多么关心，这么点小事他也亲自出马。这本是佛界之人该管的事，和他“一毛钱”关系都没有，他如此心系、帮助取经团队，让我们完全有理由怀疑，他与道教——天庭到底是不是一条心？

小说第四十四回描述了道士欺压僧侣的惨景。两千多僧人被道士残害得只剩下五百人，这五百僧人每日还要为道士们当牛做马，受尽了压榨凌辱。太白金星对这些受迫害的僧侣充满了同情，于是托梦给僧人们，让他们挺住这难熬的日子，等取经人到来定会搭救他们逃出苦海，并且把孙悟空的相貌特征也告诉了这些僧人。

从这个情节当中我们可以看出，太白金星虽然对道教不忠，但他不是个坏人，他不仅对取经事业高度认同，而且对孙悟空的除恶之举也很赞同，尽管作恶之人与他同出一门。

《西游记》第七十三回所叙述的故事异常惊心动魄，因为这回取经人遇到的对手实在太强大了，也正因如此，太白金星显得比谁都着急，他迫不及待地赶在取经人遇上妖魔之前去通风报信，警告孙悟空：这魔头确实神通广大，你要十分小心，稍有不慎就有可能吃亏。孙悟空当然很感激太白金星的好心提醒，心里有了打硬仗的准备。

太白金星的这种“好心”肯定是违背玉帝意愿的，因为不论从哪个角度来说孙悟空都是玉帝的“心头大患”——正是孙悟空的“闹天宫”让他不得不屈尊请佛祖出面制伏孙悟空，这等于昭示天下：道教的教主不如佛教教主，让玉帝颜面扫地。此外，孙悟空拿天庭不当回事，想去就去、想走就走，并不时地叫嚣要打上灵霄宝殿，要借用天兵神将时玉帝也不敢不应允。总之，孙悟空的存在令玉帝感到很窝囊、很不爽，如果哪个妖魔能把孙悟空灭了，那当然是玉帝巴不得的事。而太白金星的做法与玉帝的意愿正好相反，却与佛家的利益相一致。特别应该注意的是：不论是他亲自搭救唐僧，还是他给取经人传递各种信息，都是暗中相助，并不是光明正大地进行，这从小说第八十三回的故事里可以得到印证。

第八十三回叙述的是一个叫地涌夫人的妖精把唐僧抓去，要摄取唐僧的元阳。孙悟空进入妖精的洞穴后看见了妖精供奉的李天王牌位，于是拿着牌位直接去玉帝那里状告李天王纵女成精害人。原来这妖精是李天王的义女，所以时间一长，李天王并不记得有这样一个女儿，他就认为孙悟空是在诬告，便命令手下把孙悟空绑了起来。可是哪吒还记得此女，便提醒父王：三百年前这妖精曾偷食如来的香花宝烛，被我父子捉住，当时饶了她的性命，她念不杀之恩，拜父王为父、拜孩儿为兄，在下方供设牌位、侍奉香火。李天王这才想起确有此事，便去给孙悟空松绑。孙悟空不让松，偏要这么捆着去见玉帝。李天王没办法只好求太白金星给说情。太白金星回答："我也想说和你们，只是无情可说。"李天王笑道："你把那奏招安授官衔的事说说不就行了。"从李天王的话中我们可以判断出，他只知道太白金星奏请玉帝招安孙悟空的事，对于太白金星救过唐僧性命，给孙悟空通风报信的事并不知情。而太白金星为李天王说起情来也不提这些，只说公开的、尽人皆知的招安授衔这些事。其实招安授衔要从公事公办的角度讲，太白金星说无情可说，也是说得通的，但是救唐僧、通风报信这些有情可讲的事为什么不说呢？最大的理由就是怕别人知道。所以纵观太白金星的一系列行为，如果我们把他当成一个潜伏在道教中的佛教人物来欣赏，应该不是毫无道理的。

《西游记》作者在刻画太白金星这个人物时，是有意地轻描淡写，如果你不去细读文本、不去仔细推敲人物的对话，很容易认为：玉帝给孙悟空帮忙和太白金星给孙悟空帮忙的性质是一样的。其实小说作者在刻画这个人物时借用了中国画的大写意手法，寥寥几笔就把人物勾勒出来，而其中别出心裁的一笔正是与李天王对话的这一笔，没有这一笔，整个人物就会变得苍白、无味，也自然失去值得品味的艺术乐趣。

# “无为”的太上老君

太上老君在小说中又被称为道祖，地位很高但是没有实权，相当于某某协会的名誉主席。那么他对这种“虚衔”满意吗？可以说不满意。这种不满意主要从他对当权派——玉皇大帝的态度中显露出来。

孙悟空偷吃了蟠桃、偷喝了御酒，把王母娘娘设的蟠桃会彻底搅黄。玉帝派十万天兵天将，在花果山布下十八层天罗地网，誓要剿灭孙悟空。然而，阵势虽然很强大，却没有一员天将能打败孙悟空。赴蟠桃盛会的观音见状，举荐玉帝的外甥二郎神去和孙悟空较量。这二郎神武功还真是与孙悟空旗鼓相当、不分伯仲，二人打得难解难分时，观音菩萨要助二郎神一臂之力，想用净瓶去砸孙悟空。此时观战的太上老君劝住观音道：“你那净瓶是个瓷器，若撞着他的铁棒却不碎了？你且莫动手，等我老君助他一功。”观音问：“你用什么兵器？”太上老君从袖子里取出一个圈子，说道：“此乃金钢琢，被我用还丹点成，养就一身灵气，当年过函关，化胡为佛，幸亏有它……”话毕，将金钢琢自天门往下一抛，飞向花果山营盘，精准砸中了孙悟空的猴头。

从观音菩萨与太上老君简短的对话当中，我们是可以发现不少线索的。首先，太上老君提到的“化胡为佛”，本是道教与佛教历史上的一桩公案，简单说就是道教认为老子出了函谷关经西域到天竺，这里的人们受到老子的教化才产生了佛教，也就是说先有道后有佛，道比佛更正宗，地位也更高。这种思想的代表就是西晋时期的道士王浮，他根据老子化胡的各种传说著了一部《老子化胡经》。但佛教徒对此是坚决否认和反对的，因而在千余年的历史长河中，佛与道为此进行了很多次论战，有时佛教胜，有时道教胜，但谁胜谁负最终还是取决于当时统治者的意愿。

太上老君明知道跟观音提这样一件具有很大争议的事情，会引起对方心里的不悦，但他偏偏要提，其实他是在含蓄地表达他对观音的不满。他对观音不满的地方在于——观音请二郎神来降伏孙悟空是属于多管闲事。为什么这么说呢？因为太上老君不想制伏孙悟空，他就想看玉帝的笑话，换句话说他对自己名高无权的状况并不满意——你玉帝什么能耐都没有，我凭什么受你领导受你指挥呀？那他干吗又出手用金钢琢去砸孙悟空呢？那是因为观音已经表示要使净瓶助力二郎神，即便太上老君不出手，孙悟空也同样会被二郎神擒住。所以干脆我老君来出手，这既可以不让你把功劳全捞去，也免得你笑我道教无人。如果太上老君真心辅佐玉帝的话，那根本就用不着请什么二郎神，他自己直接用金钢琢把孙悟空的金箍棒收了，天兵天将再战孙悟空，那孙悟空就只有逃跑一条路了。

孙悟空被押上斩妖台，刀砍斧剁、火烧雷劈，都未能伤害其身。玉帝正不知如何处治为好时，太上老君说道："那猴吃了我那五壶丹，急不能伤，不若交给我，把他放入八卦炉中，以文武火煅炼，炼出我的丹来，他身子自然化为灰烬。"玉帝实在想不出更好的办法，只得让太上老君把孙悟空带走。

我们看，太上老君明知道孙悟空不怕火烧，却还要把孙悟空放进八卦炉里，想着像烤鸭似的可以把他烤死烤化，然后取出他的丹来。太上老君实在是太心疼自己的丹，太想要回自己的丹，思维有些不太理智——吃过烧烤的人都明白，甭管什么东西如果用火烧都熟不了，那烤也同样熟不了。孙悟空在八卦炉里被烤了七七四十九天，终于等来太上老君开炉取丹的时刻。孙悟空跳出八卦炉之后像疯了一般，不分好歹、见谁打谁，直打到灵霄殿前。见此情景玉帝急忙派人去灵山请佛祖来降伏孙悟空。

这一次孙悟空在天宫的大打出手，就是因为太上老君要把孙悟空化为灰烬这一承诺落空所导致的。既如此，你作为最大责任人就应该尽全力把“事故”的危害降至最低——拿出你的金钢琢把孙悟空的金箍棒收了，事情很容易得到解决。可他像没事人一样任由孙悟空胡闹，对玉帝迫不得已做出请佛祖来降妖这种极大损害道教名誉的决定，他也是置若罔闻、无动于衷，一副局外人的样子。总而言之，不论天庭出了多大的事，他都采取坐视不管的态度，可能有人会说：这种形象正符合他（老子）的“无为”理论，而在笔者看来却未必如此。

首先应当指出，老子的所谓“无为”是方法是手段而并非目的，“无为而无不为”“无为而治”等等，都是为“有为”来服务的。用易中天先生的话说：老子其实很关心政治，总在为统治者出谋划策——“是以圣人之治，虚其心，实其腹，弱其志，强其骨。常使民无知无欲，使夫智者不敢为也。”（《老子》第三章）“夫唯不争，故天下莫能与之争。”（《老子》第二十二章）“以正治国，以奇用兵，以无事取天下。”（《老子》第五十七章）“治大国，若烹小鲜。”（《老子》第六十章）我们看，太上老君对国家治理是很有研究的，这样一位对治理国家有着浓厚兴趣的人，恐怕他不仅仅满足于纸上谈兵，如果他产生了把自己的治国理念亲自实施一下的心思，那也并不奇怪、是可以理解的。

从太上老君对天庭的无为态度，到他放纵孙悟空在天宫中胡为的表现，这样一种形象与他自己“夫唯不争，故天下莫能与之争”“以无事取天下”的种种观念相参照，给人感觉形象和观念之间是非常契合的，那么我们大胆揣测一下他有觊觎玉帝的皇位之心，也许并非都是捕风捉影。把“治大国，若烹小鲜”的理念付诸实践是他最大的心愿，而且他完全有理由认为能够把“天下”治理得比玉帝要好，起码有一点可以肯定：如果他坐在了玉帝的位子上，决不会由着孙悟空在天宫里胡闹，一定会把他制伏，也决不会受佛教的欺负、摆布。这么说有根据吗？太上老君有这种能力吗？回答是肯定的。

小说第三十二回描述了太上老君的两个看炉童子下界为妖的故事，他们分别号称金角大王、银角大王。其中银角大王与孙悟空斗智斗勇的过程中，一开始明显占据上风——银角大王装作一个受伤的老道士，引起唐僧的同情，唐僧让孙悟空背着他走路，虽然孙悟空识破他是个妖魔，无奈师父的话他不能不听。孙悟空准备等走到没人的地方再摔死背上的妖魔，可银角大王也觉察到了孙悟空的想法，他根本不给孙悟空这样的机会，施法力遣三座大山把孙悟空死死压住。然后把唐僧、沙僧、白龙马加行李全部拿入洞中。我们看，太上老君身边随便一个看炉童子的法力就足以令人惊叹，而令孙悟空更加惊讶的是，这两个童子每天让山神、土地轮流在他们洞中值班，当奴仆使唤。这让孙悟空也情不自禁发出类似于既生瑜何生亮的感叹：“天啊！既生老孙，怎么又生此辈？”金角大王与银角大王不光神功了得，而且他们还有多件制胜的法宝——紫金红葫芦、玉净瓶、芭蕉扇、七星剑、幌金绳。

拿紫金红葫芦来说，它的神奇之处在于，葫芦口对着你，叫你名字，只要你一答应，嗖的一下你就被吸进去了，然后你就会慢慢化成浓汁。孙悟空被葫芦吸入之后也没有挣脱的办法，只是喊叫说：“天啊！我的脚怎么没了！”过一会儿又喊：“妈啊！腰腿怎么都没有了！”孙悟空的喊叫终于引起了妖魔的好奇心，金角大王打开葫芦盖向里看了一眼，孙悟空趁机逃脱。如果妖魔内心再沉稳一些——不管你怎么叫喊，我该喝酒喝酒，该睡觉睡觉，闷你一宿第二天再说，那孙悟空岂不死定了。

在这样的情节当中，我们会发现太上老君的阴狠之处，他是奔着要孙悟空的命去的。为什么这么说，因为这俩看炉童子和别的妖魔不同，他们不是私自下界为妖，或者是长年作怪的本地妖怪。他们是被观音菩萨从太上老君处借到此地托化为妖魔，以此考验取经人的。既然是帮忙，达到给取经人增加“一难”的目的就可以了，可太上老君似乎并不这么认为，他让这俩看炉童子几乎把所有“秘密武器”都带到下界（只留下金钢琢用来防备万一——比如，俩童子吃了唐僧肉不再听太上老君使唤，或者觉得在下界占山为王很自在，不愿重回上界），用来和孙悟空拼杀。这恐怕不是帮忙的事了，这分明是在动“真格的”，要把佛教的取经大业彻底打乱、摧毁。这就与太白金星对佛教取经事业的态度截然相反——一个是千方百计地去维护，一个是无所不用其极地进行毁灭。

《西游记》第五十回的故事也和太上老君有关，他的坐骑青牛跑去下界，在金兜山这个地方吃人作怪。青牛怪的武艺不凡，与孙悟空单打独斗时丝毫不落下风，而他还偷来了老君的金钢琢，金钢琢有着和弥勒佛人种袋类似的功能——不论你用什么兵器它都可以收走。

没有了金箍棒的孙悟空对青牛怪构不成任何威胁，由于青牛怪无意中提到孙悟空闹天宫的事，所以孙悟空觉得青牛怪可能与天庭有瓜葛，于是去天庭请玉帝查核有无凶星思凡下界。结果诸天星斗、各宿神王查了个遍，并无下界者。唯独兜率宫没有去查，这说明太上老君在天庭的地位非常之高，具有一定的豁免权。孙悟空上天界没取得实质性收获，等于白跑一趟，他不得不求助佛祖如来给指点迷津。如来知道该魔怪的底细，但并没有直接告诉孙悟空，因为如来明白该魔胆大妄为，在没能降伏他之前，他若知道如来揭了他身份，他会跑上灵山找如来的麻烦。那就有可能形成一种对称的局面——五百年前孙悟空把道教天庭闹得乱七八糟，而如今青牛怪把佛教圣地搅得一塌糊涂。佛祖当然要避免这种局面的出现，但太上老君有没有这样一种野心呢？虽然不能下定论，但根据细节分析它的可能性也是存在的。

孙悟空来到了太上老君的住地兜率宫，左瞧右巡发现牛栏里不见了青牛，看牛童子倚在一旁睡觉。一问得知：看牛童子在丹房捡到一粒七返火丹吃了，而吃了此丹要睡七日，所以青牛趁童子熟睡之时溜走，在下界大约已有七年。

太上老君所炼的丹可以算是无价之宝，与王母娘娘的蟠桃和镇元大仙的人参果类似，都有资格以此物的名称举行一个极高规格的盛会，如此珍贵的丹太上老君自然也就非常重视。当初孙悟空喝醉了酒吃了他几壶丹，恨得他要把孙悟空化为灰烬取出他的丹。第三十九回的故事中，孙悟空为了救活乌鸡国国王，找太上老君去借还魂丹。刚开始不借，可孙悟空往外走时他一琢磨，料想孙悟空必定回来偷丹，等到孙悟空偷丹得手，那就不是一粒两粒的事了，所以让童儿把孙悟空叫回来，给了他一粒还魂丹。孙悟空佯装自己把丹吃了，急得老君抓住孙悟空的帽子大喊：“不许吃！”其实不要说丹了，就连当年在八卦炉中烧炼孙悟空时用的那些炭，他也念念不忘，心疼得很。

既然太上老君如此注重自己的丹，那么丹丢失的可能性就很低，即便是不小心偶尔在丹房中掉了一粒，那也应该是被看丹的童子捡着，怎么会是看牛的童子捡到？恐怕只有一种可能，那就是故意让看牛童子看到自己掉了一粒丹，而且还必须是“七返火丹”，也就是甭管谁吃了都要睡上好几天觉的丹。话说到这儿已经非常明白了——青牛怪之所以能跑到下界作孽，是因为太上老君故意为之，主要目的当然是要阻止、毁灭佛教的取经事业。再补充一点，青牛怪最怕的武器是芭蕉扇，所以太上老君肯定不能让他拿走：若偷去我的芭蕉扇，连我也奈何不了他。说到“芭蕉扇”，自然让人想起孙悟空三调芭蕉扇的故事。

小说第五十九回唐僧师徒被火焰山挡住了去路。火焰山一年四季火焰腾腾，周围寸草不生，距它还有六十里远就已经让人感到热浪扑面。火焰山的来历和太上老君、孙悟空都有关系。当初孙悟空被太上老君在八卦炉里炼了四十九天，开炉逃生时孙悟空踹倒了八卦炉，从而有几块带火的砖石掉落到了此地，日久天长形成了火焰山。而当年一个守炉的道人被太上老君责怪失职，被降入此地成了土地，那么从某种意义上说火焰山属于太上老君的地盘。

唐僧师徒要想越过火焰山，唯一的办法就是找到铁扇公主，向她借来芭蕉扇把山火扇息方可过去。

铁扇公主是牛魔王的妻子，她自身并没有多少法力神通，只是她的芭蕉扇非常厉害。太上老君也有一把芭蕉扇，我们拿这两把芭蕉扇对比一下，就会发现很有意思——两把扇子都是混沌开辟以来，天地生成的灵宝；太上老君的芭蕉扇可以平白地把任意一块地方扇起大火，铁扇公主的芭蕉扇最大功能则是扇息火焰，两把扇子正好是一阳一阴的搭配。

《西游记》中凡是持有灵宝的角色都是顶级人物——太上老君持有的灵宝较多，芭蕉扇、金钢琢、紫金红葫芦等；观音菩萨有净瓶杨柳和紫金铃；弥勒佛有人种袋；大鹏金翅雕有净瓶；佛祖如来拥有的灵物，那更是数不胜数，比如赐给观音的金、紧、禁三个箍儿，赐给灵吉菩萨的定风丹和飞龙宝杖。

铁扇公主和这些人物相比，不论从哪个方面来说都是根本不入流的。她哪来的这么大能力和能量，弄到芭蕉扇这样一个顶级宝物？芭蕉扇产自昆仑山，太上老君的芭蕉扇虽然没交代产地，但他的紫金红葫芦也是产自昆仑山，既然他去过昆仑山他怎么可能只摘走一个葫芦，而把太阴精叶的芭蕉扇留给别人？

《西游记》作者无论是给人取名、给地取名、给物取名那都堪称一绝，而太上老君扇火的扇子已经取名叫芭蕉扇，为什么作者突然失去了他取名的特长，毫无创意地把铁扇公主的扇子也叫芭蕉扇？这种毫无意义的重复，是文学作品中很忌讳的事情。本来铁扇公主的扇子是太阴精叶，扇的是阴风，如果取名叫“太阴扇”是一件非常简单、合理、自然的事情。但作者放着简单、合理的事情不做，偏要去犯个“忌讳”，这说明作者的意图就是让读者从铁扇公主这里联想到太上老君。

还有更重要的一点，铁扇公主是怎么知道火焰山的火扇七七四十九下就能彻底熄灭的？她自己不可能亲自去试验，因为试验之后，火彻底灭了，她没有办法让火重新燃烧起来。而最有可能知道扇四十九下火就熄灭的人是太上老君，因为火焰山就是他的八卦炉被悟空蹬倒后落到凡间的砖块变成的，自然他对这个火的性能最了解，也就最有可能知道怎样让这个火熄灭。他也是最有条件去试验扇多少下可以灭火的人，因为火灭了，他可以用自己的芭蕉扇再把火扇起来。

综上所述，本书认为火焰山的故事极有可能是太上老君阻止取经人的最后一道防线。当然笔者这种推论，如果你以法律的眼光来审视的话，那很可能是证据不足，不过这不重要，重要的是《西游记》作者深谙艺术的奥妙，以“大写意”的技艺，用那貌似随意挥洒的笔墨，实则恰到好处的点染，为读者留下了广阔的想象及艺术再创作空间，使得太上老君这一虽然着墨不多但却充满了张力的艺术形象跃然纸上，让读者沉浸在某种“若隐若现、扑朔迷离、意犹未尽、欲罢不能”的艺术魅力当中。

感谢作者为我们带来“痛并快乐着”的审美享受！

## 完美的观音菩萨

如果说佛祖如来是西天取经的“总设计师”，那么观音菩萨就是西天取经的总指挥——亲自选拔取经人才，亲自安排五方揭帝、六丁六甲等暗中保护唐僧，紧要关头还要亲临现场。她在所有神仙人物中出场率是最高的，也可以说她是小说中神仙体系里的第一主角。《西游记》作者似乎对观音菩萨这一人物有所偏爱，不仅把她刻画得神通广大而且还颇具谋略，她的智谋从一出场就有所展示。

观音去参加蟠桃大会，到了会场得知大会被孙悟空搅了，天兵天将正在花果山缉拿孙悟空，她命自己的徒弟木叉（惠岸行者）去花果山察看情况，如果能顺便把孙悟空打败更好。

这话说得没有毛病，玉帝听了非常受用。其实她就是说给玉帝听的，哪里是真心想把孙悟空打败，不过是为后面“恶心”玉帝做了个铺垫。众多的天兵天将都没能打过孙悟空，木叉去了也胜不了是再正常不过的。在此种状况下观音向玉帝举荐了二郎神，二郎神与孙悟空的神通不分伯仲，但他和玉帝是有过恩怨的——玉帝曾把自己的妹妹也就是二郎神的母亲压在桃山，二郎神大胆劈山救出母亲，从此不再认玉帝这个舅舅，而且对玉帝的权威也很蔑视——你“调”我去干什么事可以，你“宣”我去做什么事不听。面对这样一个对自己大不敬的人，玉帝内心有多么厌恶是可想而知的。观音自身的法力高深莫测，但却不出手，偏偏举荐一个令玉帝十分讨厌的人，这分明是给玉帝添堵，同时也寒碜一下道教的无人可用，由此我们可以看出观音菩萨是个很有心机的人。她的心机、智慧在为唐僧选徒弟上表现得尤为充分。

观音走到流沙河这个地方被沙和尚拦住了去路。当沙和尚知道来人是大名鼎鼎的观音菩萨时，立刻放下兵器低头下拜，并告知观音：自己本是天庭的卷帘大将，因不小心在蟠桃会上打碎一个杯子，被玉帝贬下界来到了此处，遭受每七日一次的飞剑穿胸。观音一听马上认定他符合给取经人做徒弟的标准——跟天庭有一定的恩怨。后面在福陵山收猪八戒时也一样，一听说猪八戒原是天蓬元帅，因在蟠桃会上喝醉了酒调戏嫦娥，被玉帝打了两千锤后贬下凡尘，观音也是没犹豫就决定让他做取经人的徒弟。唐僧的坐骑白龙马同样也是与天庭有恩怨的——他本是西海龙王敖闰之子，因纵火烧了殿上明珠，被父王告上天庭，玉帝把他吊在空中打了三百下，过几日就要诛杀。观音见此情景立刻跑去见了玉帝，为白龙马求情，饶了性命。孙悟空与天庭的恩怨天下皆知就更不用说了。

与天庭有恩怨这是做取经人徒弟的硬性标准，武功高低倒在其次。沙僧和猪八戒应该说武功一般，但符合这条硬性标准所以才做了唐僧的徒弟。而你武艺再好不符合这条标准就不行，拿黑风山的黑熊怪来说，观音明知道他的神通不亚于孙悟空，但也不会想办法让他加入取经团队，增强团队的实力，而只是让他做了自己落伽山的守山大神。根本原因是他不符合与天庭有恩怨的硬性标准。

这条硬性标准的实质其实是一条“政治”原则。观音心里非常清楚，佛教的最大竞争者是道教，最有可能破坏取经事业，阻碍弘扬佛法的也应该是道教之人。虽然目前道教的统治者玉帝对佛教采取合作的态度，但那属于被逼无奈，并非真心实意。历史早已证明

“不服”佛教的道教人士大有人在，在《西游记》中则是以太上老君为代表。太上老君不仅跟观音提到自己过函谷关化胡之事，他和孙悟空也念叨过此事。而且他还跟自己的看炉童子吹嘘：曾经“化名女娲”补过天。这样一种宣传当然有抬高道教贬低佛教的意思。再有，他还和观音直接较量过神通，这场神通的较量是以“赌赛”的形式来表现的——太上老君把观音的杨柳枝拿去，放入八卦炉内烧焦，之后送还观音。观音则把烧焦的杨柳枝插进自己的净瓶，一昼夜复活。

赌赛不是友谊比赛，不仅仅是分出输赢就算完事，那是要有赌注的。虽然小说中对观音下的什么赌注没有丝毫交代，但太上老君下的赌注我们还是可以推测出来——三个能分别喷火、喷烟、喷沙的紫金铃。那么这样推测的根据是什么？根据就是紫金铃的制造者是太上老君，小说第七十一回借妖王之口把这事说得很清楚：“太清仙君道源深，八卦炉中久炼金。结就铃儿称至宝，老君留下到如今。”

由此可知，在观音拥有它之前，紫金铃的主人是太上老君。那么紫金铃是如何到了观音手里的？首先可以肯定太上老君是不会把紫金铃赠送给任何人的，因为它的威力实在是太大了，用观音的话说：“若不是你偷了这铃，莫说一个悟空，就是十个，也近不了这妖王之身。”观音菩萨神通广大，有着亿万化身，难道是她从太上老君那里偷来的？这当然不可能，小说作者是把观音作为“正面”人物来塑造的，怎能让她干龌龊之事，如果真是偷来的，她也应该把偷来的宝贝藏起来，岂有光明正大地挂在自己坐骑颈项上的道理。所以最合理的推测就是太上老君在赌赛中把紫金铃当作赌注，输给了观音菩萨。

虽然这次赌赛输了，但太上老君的言行足以说明他对佛教的不服气，遇有机会是敢于挑战佛教的。观音对此心知肚明，所以与道教“斗争”的这根弦绷得很紧。那么为了确保取经团队的纯洁性以及与佛门“利害”的一致性，取经人员要与道教存在恩怨就成了一条必须坚持、毫不动摇的“政治”原则。

观音的智慧不仅体现在看穿了太上老君的“假无为”，而且还主动出击，冒着巨大的风险引诱太上老君暴露自己的实力，从而使世人看清他不肯为天庭出力，不肯去维护玉帝的至尊地位的真实面目。为了达到这一目的，观音不惜面子向太上老君三次开口借了看炉童子（请参看本书第一章中观音向太上老君借童子的推演），而看炉童子的法力之强是否超出了观音的预料，这是值得打一个大大的问号的。

我们看一下看炉童子之一的银角大王，他居然可以遣移三座大山压住孙悟空，使他动弹不得。幸亏有暗中保护唐僧的金头揭谛及时赶到，让山神、土地把山移开，孙悟空才得以脱身。如果仅凭孙悟空自身法力是没有办法自救脱险的，换句话说孙悟空与银角大王的第一次较量是完败的。

银角大王使用的秘密武器也是异常厉害的，尤其是紫金红葫芦。银角大王把孙悟空装进葫芦之后，如果金角大王不那么急于开盖察看孙悟空到底化没化，而是先把唐僧肉吃了再说（那些暗中保卫唐僧的六丁六甲、五方揭谛等，根本不是这俩大王的对手），即便你孙悟空最后活着出来了，也无非就是开打，而银角大王先前与孙悟空单打独斗并不吃亏。况且孙悟空的斗志也并非永远都是旺盛的——

只要师父活着，不论冒多大的风险，哪怕就是把自己的命搭上，他也会毫无惧色、毫不犹豫地去救师父；可一旦他认为师父真的被妖魔吃了，他的斗志就会削减不少，甚至会认为斗战失去了意义。例如在第七十七回的故事中，魔头把唐僧藏进一个铁柜子里，然后到处散布谣言说唐僧已被魔头们生吃了。孙悟空进入妖魔的巢穴中打探消息，听见小妖们交头接耳说的话，都是唐僧被吃掉了。而被吊在桩子上的猪八戒、沙和尚，也说师父被魔头生吃了。孙悟空信以为真，悲痛地大哭一场，也没心思恋战了，直接去了灵山找佛祖诉说自己想回花果山了……

所以如果金角大王和银角大王行事果断，真把唐僧吃了，不仅可以长生不老，还是削弱孙悟空斗志最有效的办法。果真如此，那么佛祖托付给观音的取经大业也就彻底失败了。太上老君心满意足自不必说，那么佛祖会责备观音吗？观音会后悔借童子一事吗？在笔者看来这也未必。

其实取经人被吃掉并不是什么新鲜事，在流沙河被沙和尚吃掉的取经人就有好几个。当然以往的取经人可能没有唐僧这般受佛界重视，取经团队也没有这么强大，但也正因为取经团队的强大才有了引诱太上老君“出手”的机会，而对佛界来说，太上老君的“出手”——也就是让他露出真容，可能比唐僧取经成功与否更为重要。

唐僧取经失败了，无非是再找一个取经人再取一次，而打破太上老君无为的假象，让他有为的一面显露出来，意在打破道教内部的和谐、挑起道教内部的争端。这直接关系到佛教能否继续压制道教（在《西游记》中佛教一直压制着道教）的大问题。那么观音的这种目的能够达到吗？

太上老君有着和佛教相抗衡的法力神通，这一定会被观音满世界宣传，他无法隐瞒自己的实力。当玉帝了解到这种情况后肯定会对太上老君充满怨恨——我被孙悟空都快赶下台了，你居然无动于衷，还玩你的无为，到底是何居心？其他大、小神仙自然也会看出太上老君窥伺皇位的野心，那他们也就面临一个选边站队的问题——玉帝作为最高统治者，站在他这边，不论是从物质的分配上还是从官职的升迁机会上，都要远多于站在太上老君这边的人（此章说的人当然是指大、小神仙），一个讲究务实的人肯定会站在玉帝这边了。那么站在太上老君这边的会是什么人呢？肯定是希望道教不要总是被佛教压制（如小说中这样）的人，肯定是希望有个强有力的人来扭转乾坤并把道教发扬光大。这样一来形成了两派，而他们之间产生的矛盾似乎也很难调和。不管两派之间“斗法”的结果如何，观音菩萨企图使道教内部分裂和内耗的目的是达到了。

观音菩萨和太上老君两位高手之间的“过招”，貌似风轻云淡，实则暗流涌动、暗藏杀机。可以说他们两人的交锋是无法避免的，最主要的原因当然是他们分别属于各自的“利益集团”，另外他们都有着各自的政治抱负、政治谋略。而小说对此的描述让人感觉观音菩萨更胜一筹，这种描述并不奇怪，因为它正符合小说中佛教压制道教的这一态势。

小说作者对于观音菩萨这一人物形象有一种偏爱——在《西游记》主要的神佛人物中观音是唯一一个没有任何负面文字的人物，就连她的直接“领导”佛祖如来也没有这份殊荣。如来曾吹嘘他所在的西牛贺洲不贪不杀、人人固寿，结果被啪啪打脸——取经途中遇到的绝大多数杀人越货、吃人魔王都在西牛贺洲。至于对道教人物则有着更多的微词和讽刺——玉皇大帝直接被刻画成昏庸无能的代表。太上老君试图阻拦从八卦炉中逃出的孙悟空，结果被摔了个倒栽葱，另外他与观音的赌赛也输了。

小说中观音菩萨的人格被塑造得近乎完美，不仅在与对手的较量中展示了她超人的胆识和智慧，对她大慈大悲的情怀也有具体的描述。在观音缚红孩儿的故事中，观音为了营造一处南海落伽山的景象，用净瓶带来一海水，在放水之前命当地的山神土地把幼兽雏虫等所有生灵全部转移至安全地带。至于观音的神通有多大，书中说她法力无边、亿万化身。孙悟空掌握七十二番变化就感觉自己很“牛”，可他要跟观音的亿万化身一比只能算是“小儿科”了。

观音菩萨集超人的智慧、无限的慈悲、无边的法力于一身，这或许可以视作《西游记》作者心目中理想人物的一种人格化表现——让“善”谨遵杀戒而又充满战无不胜的力量，这种乌托邦式的人物也只能存在于神话中吧。

《西游记》作者在塑造观音菩萨这一形象时沿用了他所偏好的“大写意”艺术手法——她向太上老君借童子一事、她与太上老君赌赛一事，用的都是蜻蜓点水式的笔墨，但却带来暗流涌动、遐思飞舞的艺术效果。其实小说作者用大写意笔墨塑造人物还不止上述几位，在描绘佛祖这一形象时也采取过大写意的艺术手法。

乌鸡国国王曾把文殊菩萨扔进御水河中浸泡了三日，佛祖如来指派青毛狮子为他的主人文殊菩萨报仇。青毛狮子变化成一个道人，把乌鸡国国王推下井里，让国王在井中浸泡了三年。既然佛祖可以指派青毛狮子去为文殊菩萨报仇，自然也能指示他去干其他的事。

那么佛祖指令青毛狮子干了什么别的事呢？小说中没有交代。但在第七十四回的故事中，有个小妖告诉孙悟空：有一年王母娘娘设蟠桃大会，邀请诸仙，却没有邀请我大王，我大王意欲争天，玉皇遣十万天兵来降。我大王变化法身，张开大口似城门一般，唬得众天兵不敢交锋，关了南天门。

这里说的“我大王”就是青毛狮子，也就是说青毛狮子和孙悟空一样，也曾闹过天宫。闹天宫是一件可能引起道教与佛教“战争”的天大的事。文殊菩萨肯定没有权力也没有胆量派自己的手下干这种事。那是不是青毛狮子自作主张去闹的天宫呢？可能性也不大，俗话说国有国法、家有家规，青毛狮子并不傻，他肯定知道去闯这么大的祸，佛祖要废了他的法术谁也说不出话来。所以最大的可能还是他受到了佛祖的暗中指使。

《西游记》作者塑造神佛人物时所用的“大写意”手法，不仅契合这类人物高深莫测的特质，并且给读者留下了十分广阔的想象空间，让人们在真真假假、虚虚实实之间尽情畅想、遨游，让人们尽情享受艺术的奥妙以及带给我们的“能指”乐趣。

# 主要参考文献


黄晋凯、张秉真、杨恒达主编:《象征主义·意象派》,中国人民大学出版社 1989 年版。

李泽厚:《美的历程》,文物出版社 1989 年版。

李泽厚:《中国古代思想史论》,天津社会科学院出版社 2003 年版。

李零:《丧家狗——我读〈论语〉》,山西人民出版社 2007 年版。

林辰编选:《世界 100 位作家谈写作》,王歌、郑欣译,上海文化出版社 1987 年版。

柳鸣九编选:《萨特研究》,中国社会科学出版社 1981 年版。

柳鸣九编选:《新小说派研究》,中国社会科学出版社 1986 年版。

(战国)墨翟:《墨子》,曹海英译注,北方文艺出版社 2013 年版。

钱满素编:《美国当代小说家论》,中国社会科学出版社 1987 年版。

施康强选译:《萨特文论选》,人民文学出版社 1991 年版。

吴承恩:《西游记》，人民文学出版社 2010 年版。

邢兆良:《墨子评传》，南京大学出版社 1993 年版。

叶庭芳编:《论卡夫卡》，中国社会科学出版社 1988 年版。

易中天:《品人录》，上海文艺出版社 2006 年版。

易中天:《帝国的惆怅——中国传统社会的政治与人性》，文汇出版社 2005 年版。

易中天:《先秦诸子百家争鸣》，上海文艺出版社 2009 年版。

赵纪彬:《论语新探》，人民出版社 1959 年版。

（法）阿尔贝·加缪:《西西弗的神话》，杜小真译，生活·读书·新知三联书店 1987 年版。

（法）茨维坦·托多洛夫:《批评的批评》，王东亮、王晨阳译，生活·读书·新知三联书店 1988 年版。

（荷兰）佛克马、伯顿斯编:《走向后现代主义》，王宁等译，北京大学出版社 1991 年版。

（美）赫伯特·马尔库塞:《审美之维》，李小兵译，广西师范大学出版社 2001 年版。

（法）罗杰·加洛蒂:《论无边的现实主义》，吴岳添译，上海文艺出版社 1986 年版。

（美）浦安迪:《中国叙事学》，北京大学出版社 2018 年版。

（意）伊塔洛·卡尔维诺:《卡尔维诺文集：寒冬夜行人　帕洛马尔　美国讲稿》，吕同六、张洁主编，译林出版社 2001 年版。